〔俄〕列夫·托尔斯泰 著

草婴 译

哲思主题中短篇小说

СУРАТСКАЯ КОФЕЙНАЯ

苏拉特的咖啡馆

人民文学出版社

根据 Л.Н.ТОЛСТОЙ, СОБРАНИЕ СОЧИНЕНИЙ В 12 ТОМАХ (МОСКВА, ГОСЛИТИЗДАТ,1958-1959)翻译。

图书在版编目(CIP)数据

苏拉特的咖啡馆/(俄罗斯)列夫·托尔斯泰著;草婴译. —北京:人民文学出版社, 2021(2022.3重印)

(草婴译列夫·托尔斯泰中短篇小说全集)

ISBN 978-7-02-014631-4

Ⅰ.①苏… Ⅱ.①列…②草… Ⅲ.①中篇小说—小说集—俄罗斯—近代 ②短篇小说—小说集—俄罗斯—近代 Ⅳ.①I512.44

中国版本图书馆CIP数据核字(2021)第149430号

责任编辑	柏　英
装帧设计	陶　雷
责任印制	宋佳月

出版发行	人民文学出版社
社　　址	北京市朝内大街166号
邮政编码	100705
印　　刷	三河市博文印刷有限公司
经　　销	全国新华书店等
字　　数	230千字
开　　本	890毫米×1290毫米　1/32
印　　张	11.375　插页6
印　　数	5001—8000
版　　次	2021年8月北京第1版
印　　次	2022年3月第2次印刷
书　　号	978-7-02-014631-4
定　　价	54.00元

如有印装质量问题,请与本社图书销售中心调换。电话:010-65233595

列夫·托尔斯泰 （列宾绘于1901年）

1901年10月10日

> 我希望我临死时有人问我：我是否仍然像从前那样理解生命，认为生命就是接近上帝，增加爱……假如我已经不能说话，那么我闭上眼就表示我给予肯定的答复，而两眼朝上则表示我给予否定的答复。

10 октября 1901 года

> ...Когда я буду умирать, я желал бы, чтобы меня спросили: продолжаю ли я понимать жизнь так же, как я понимал ее, что она есть приближение к богу, увеличение любви... Если не буду в силах говорить, то если да, то закрою глаза, если нет, то подниму их кверху.

走进这座巍峨的大山

——序《草婴译列夫·托尔斯泰中短篇小说全集》

赵丽宏

二十多年前,曾经有报刊给我出题,要我推荐人类有史以来最伟大的十部小说。中国的小说,我首先想到的是《红楼梦》,外国的小说家,第一个出现在脑海里的就是列夫·托尔斯泰。然而,选他的哪一部小说? 我感到为难。《战争与和平》《安娜·卡列尼娜》《复活》,三部小说都是伟大的作品,选任何一部都不会辱没了这个小说的排行榜。我最后还是选了《战争与和平》,不过加了一个说明:托翁的这三部小说,难分高下,都可以入选。面对托尔斯泰和他的作品,再狂妄自大的家伙,也不敢发出不恭敬的声音。"伟大"这样的形容词,曾经被人用得很随便很泛滥,用来形容托尔斯泰,却是妥帖的。

托尔斯泰的形象和他的小说,似乎有些对不上号。照片和雕塑中那个满脸胡子的老人,更像一个普通的俄罗斯农夫。托尔斯泰是贵族,是大地主,但对贵族的头衔和田地钱财看得很轻。他把土地分给农奴,让农奴们恢复自由,自己也常常穿着粗布衣衫,操着农具,和农民一起在田野里劳动。但是,他的小说中表现的，却是那个时代知识分子最沉重最深刻的思考，他的小说中展现的宽阔雄浑的场景和丰富多彩的人物，让人叹为观止。他是一个小说家，也是一个哲学家，读他的那些哲学笔记，我也曾被他深邃的思想震惊。不是所有的小说家都在这样锲而不舍地寻找真理，探索人类的精神。他追求的是人与人之间的平等，希望人心向善，希望正义和善良能以和平的方式战胜邪恶。他是一个理想主义者，并用自己所有的生命和才华去追求这理想，尽管这理想在他的时代犹如云中仙乐、空中楼阁。他的向往和困惑，在小说中化成了有血有肉的人物，化成了让人叹息沉思的曲折人生。

如果认为托尔斯泰只写长篇小说，那就大错特错了。托尔斯泰一生写的中短篇小说，和其他篇幅不长的散文、特写、随笔、日记，不计其数。它们的数量和篇幅，也许远超托尔斯泰的长篇小说。人民文学出版社这次出版的由草婴翻译的列夫·托尔斯泰中短篇小说全集，篇幅浩瀚，有洋洋洒洒七卷之巨。它们的题材和内容极其丰富，几乎容纳和涵盖了托尔斯泰一生的经历和追求。这七卷中短篇小说的编排，没有以写作时间为序，而是根据不同的主题集合成卷。第一册《回忆》，是托尔斯泰的自传文字。多年前，人民文学出版社曾经出版过其中的三部曲《童年》《少年》《青年》，这是托尔斯泰早年的代表作。读这些回忆的篇章，可以生动地了解托尔斯泰最初的才华展露和精神成长。第二册《高加索回忆片段》，所选篇目都与托尔斯泰在高加索的经历有关——他在高加索亲历的战争生活，他对高加索问题、对战争问题的思考。第三册《两个骠骑兵》，作品多为军旅主题，表现俄罗斯贵族在军营中的哀怒喜乐，是了解俄国社会生活的一个特殊视角。第四册《三死》，所选作品都与死亡有关，如《三死》《伊凡·伊里奇的死》《费奥多尔·库兹米奇长老死后发表的日记》。思考死亡，表现死亡，其实也是对生活和生命的思考，托尔斯泰把自己对死亡的深邃见解，通过小说的人物故事，生动地传达给了读者。第五册《魔鬼》，并非写妖魔鬼怪，而是以欲望为主题的选篇，因其中有题为《魔鬼》的作品而取名。小说写的是情欲、财欲和权力之欲，思考的是人类的生存境况和命运走向，也传达了托尔斯泰的人生观。第六册《世间无罪人》，所选作品多与俄国社会问题有关，既有作家对俄国社会问题的关注，也有对人性的思考，表达着托尔斯泰对故土和人民的热爱。第七册《苏拉特的咖啡馆》是哲思主题的选篇。托尔斯泰是一位思想家，他一生都在做哲学的思考，晚年写过很多谈哲学的文章。而收在这里的小说，是以丰富多彩的故事、日记、人物对话以及别具一格的寓言，传达作家对生命之旅、对生活之道的探寻求索，对人类终极问题的深邃沉思。读这些小说，可以看到托尔斯泰是如何把他的哲思巧妙地融入了自己的小说。

列夫·托尔斯泰的中短篇小说，还是第一次如此完整系统地呈现给中国读者，通过这些作品，我们可以对这位文学巨匠有更全面和深刻的了解。托尔斯泰是一位创作态度极为严谨的作家，作品无论长短，他都一样用心对待。他曾经在为莫泊桑小说集写的序文中宣示自己的创作观。他认为，对任何艺术作品都应该从三个方面去评判：一是作品的内容，必须真实地揭示生活的本质，"作者对待事物正确的，即合乎道德的态度"；二是作品表现形式的独特和优美的程度，以及与内容的相符程度，"叙述的畅晓或形式美"；三是真诚，即"艺术家对他所描写的事物的爱憎分明的真挚情感"。他认为，作家是否有真诚的态度，是决定作品成败的关键。他用这三个标准批评他人的作品，也用这三个标准指导自己的创作。读托尔斯泰的中短篇小说，和读他的长篇小说一样，我们都能感受到他所遵循的这三条原则，感受到他的正直、独特和发自灵魂的真诚。这也许正是托尔斯泰成就他非凡的文学人生的秘诀。

中国读者能如此完整地读到托尔斯泰的中短篇小说，要感谢翻译家草婴先生。"草婴"这两个字，在我心里很早就是一个响亮的名字，在小学时代，我就读过他翻译的俄苏小说，他翻译的长篇巨著《一个人的遭遇》和《新垦地》，让中国人认识了肖洛霍夫。草婴的名字和很多名声赫赫的俄苏大作家连在一起——莱蒙托夫、托尔斯泰、巴甫连柯、卡达耶夫、尼古拉耶娃……在中国的俄罗斯文学翻译家中，他是坚持时间最长、译著最丰富的一位。

四十年前，我刚从大学毕业，分在《萌芽》当编辑，草婴的女儿盛姗姗是《萌芽》的美术编辑，她告诉我，她父亲准备把托尔斯泰的所有小说作品全部翻译过来。我当时有点儿吃惊，这是何等巨大的工程，完成它需要怎样的毅力和耐心。托尔斯泰的长篇小说，在草婴翻译之前早已有了多种译本。然而托尔斯泰小说的很多中译本，并非直接译自俄文，而是从英译本或者日译本转译过来，便可能失去了原作的韵味。草婴要以一己之力，根据俄文原作重新翻译托翁所有的小说，让中国读者能读到原汁原味的托尔斯泰作品，是一个极有勇气和魄力的决定。草婴先生言而有信，此后的岁月，不管窗外的世界发生多大的变化，草婴先生一直安坐书房，专注地从事他的翻译工作，把托尔斯泰浩如烟海的小说文字，一字字、一句句、一篇篇、一部部，全都准确而优雅地翻译成中文。我和草婴先生交往不多，有时在公开场合偶尔遇到，也没有机会向他表达我的敬意。但这种敬意，在我读他翻译的托尔斯泰小说时与日俱增。二〇〇七年夏天，《世界文学》原主编、翻译家高莽在上海图书馆举办画展。高莽先生是我和草婴先生共同的朋友，他请我和草婴先生作为嘉宾出席画展。那天下午，草婴先生由夫人陪着来了。在开幕式上，草婴先生站在图书馆大厅里，面对着读者慢条斯理地谈高莽的翻译成就，谈高莽的为人，也赞美了高莽为几代作家的绘画造像。他那种认真诚恳的态度令人感动，也让我感受到他对友情的珍重。在参观高莽的画作时，有一个中年女士手里拿着一本书走到草婴身边，悄悄地对他说："草婴老师，谢谢您为我们翻译托尔斯泰！"她手中的书是草婴翻译的《复活》。草婴为这位读者签了名，微笑着说了一声"谢谢"。高莽先生在一边笑着说："你看，读者今天是冲着你来的。大家爱读你翻译的书。"那天画展结束后，高莽先生邀请我到他下榻的上图宾馆喝茶，一边说话，一边为我画一幅速写。高莽告诉我，他佩服草婴，佩服他的毅力，也佩服他作为一个翻译家的认真和严谨。他说，能把托尔斯泰所有的小说作品都转译成另外一种文字，全世界除了草婴没有第二人。高莽曾和草婴交流过翻译的经验，草婴介绍了他的"六步翻译法"。草婴说，托尔斯泰写《战争与和平》用了六年时间，修改了七遍，要翻译这部伟大的杰作，不反复阅读原作怎么行？起码要读十遍二十遍！翻译的过程，也是探寻真相的过程，为小说中的一句话、一个细节，他会查阅无数外文资料，请教各种工具书。有些翻译家只能以自己习惯的语言转译外文，把不同作家的作品翻译得如出自一人之笔，草婴不屑于这样的翻译。他力求译出原作的神韵，这是一个精心琢磨、千锤百炼的过程。其中的艰辛和甘苦，只有认真从事翻译的人才能体会。高莽对草婴的钦佩发自内心，他说，读草婴的译文，就像读托尔斯泰的原文。作为俄文翻译同行，这也许是至高无上的赞誉了。

今天我们读到的这套托尔斯泰的中短篇小说全集，凝聚着草婴先生后半生的心血，其中的每一篇作品，都是他的智慧和心血的结晶。草婴先生的翻译，在托尔斯泰和中国读者之间，在俄罗斯文学和中国文学之间，架起了一座恢宏坚实的桥梁。托尔斯泰在天有灵，应该也会感谢草婴，感谢他的这位中国知音。他用一生心血创作的小说作品，被一位中国翻译家用一生的心血翻译成中文，这是怎样的一种深缘。

我很多年前访问俄罗斯，有一个很大的遗憾，就是没有去看看托尔斯泰的庄园，没有去祭扫一下托尔斯泰的墓。托尔斯泰的墓，被茨威格称为"世界上最美的、最感人的坟墓"。这位大文豪的归宿之地，"只是树林中的一个小小长方形土丘，上面开满鲜花，没有十字架，没有墓碑，没有墓志铭，连托尔斯泰这个名字也没有"，但这却是世上最宏伟的墓地，因为，里面长眠着一个伟大的灵魂，他在全世界都有知音。

在当时的苏联作家协会的花园里，有一座托尔斯泰的雕像，他穿着那件典型的俄罗斯长衫，坐在椅子上，表情忧戚地注视着每一个来访者。我在他的雕像前留影时，感觉自己是站在一座巍峨的大山脚下。现在，用中文阅读托尔斯泰这些展露心迹的中短篇小说，感觉是走进了这座巍峨的大山，慢慢走，细细看，可以尽情感受山中的美妙天籁和浩瀚气象。

二〇二一年三月七日于四步斋

目 次

卢塞恩：聂赫留朵夫公爵日记摘录 …………… 001
人靠什么生活 …………………………………… 031
疯人日记 ………………………………………… 061
傻子伊凡的故事 ………………………………… 077
雇工叶密良和空大鼓 …………………………… 109
苏拉特的咖啡馆 ………………………………… 121
三个儿子：寓言 ………………………………… 133
弗朗索瓦丝 ……………………………………… 139
因果报应 ………………………………………… 151
年轻沙皇的梦 …………………………………… 165
寓言三则 ………………………………………… 179
代价太高：往事 ………………………………… 191
树皮屋顶上蜂窝的两种不同历史 ……………… 197
地狱的毁坏和重建：传说 ……………………… 205

亚述国王伊撒哈顿 ················· 227

穷人 ························ 235

母亲 ························ 241

为什么？ ····················· 257

神性与人性 ···················· 287

孩子的力量 ···················· 329

狼 ························· 335

过路客和农民 ··················· 339

卢塞恩：聂赫留朵夫公爵日记摘录[*]

[*] 旧译《琉森》。

七月八日

昨晚来到卢塞恩，住进本地最好的旅馆：瑞士旅馆。

"卢塞恩，这座古老的州城，建于四州湖畔，是瑞士最富有浪漫气息的地方之一；"梅勒写道，"这儿有三条大道交叉；到里奇山乘汽船只有一小时路程，从里奇山眺望，就可以欣赏世界上最壮丽的景色。"①

这话不知是否正确，但其他旅游指南②也都这样说，因此各国旅游者，特别是英国人，到卢塞恩来的不计其数。

豪华的五层楼瑞士旅馆不久前刚落成，矗立在湖畔，那里从前有一座有顶的弯曲木桥，桥梁上雕有圣像，桥堍有座小教堂。如今英国人大量拥到，为了满足他们的需要，迎合他们的趣味，并靠了他们的金钱，拆毁了那座旧桥，新筑了一条笔直的花岗石湖滨街，街上盖了一排四四方方的五层楼房子，房子前面种了两行菩提树，都用支柱撑着，菩提树中间照例安放着漆成绿色的长凳。这是个散步的好地方，头戴瑞士草帽的英国淑女和身穿坚实而舒适衣服的英国绅士在这里来回踱步，欣赏着他们的杰作。这样的街道、房屋、菩

---

① 摘自英国出版商约翰·梅勒的《瑞士旅游指南》。
② 加着重号文字在原著中是斜体，以下不再一一标注。——编者注

提树和英国人,在别处也许令人赏心悦目,但在这儿,在这庄严得出奇而又和谐得难以形容的大自然中,可不是那么回事。

我上楼走进我的房间,打开临湖的窗子。湖光、山色和天宇的美最初一刹那使我头晕目眩,惊叹不已。我感到情绪激动,心里有一种感情需要抒发。在这个时刻,我想拥抱什么人,紧紧地拥抱他,呵他的痒,拧他,总之,要对他和对我自己做点儿不寻常的事。

晚上六点多钟。下了一整天雨,这会儿放晴了。浅蓝的湖水好像燃烧的硫黄;湖上几叶扁舟,拖着一条条渐渐消逝的波纹;光滑宁静的湖水像要满溢出来,从窗外葱绿的河岸间蜿蜒流去,流到两边夹峙的陡坡之间,颜色渐渐变暗,接着就停留和消失在沟壑、山岭、云雾和冰雪之间。近处,潮湿的浅绿湖岸伸展出去,岸上有芦苇、草坪、花园和别墅;远一点儿是树木苍郁的陡坡和倾圮的古堡;再远一点儿是淡紫色的群山,那里有形状古怪的巉岩和白雪皑皑的奇峰;万物都沉浸在柔和清澈的浅蓝色大气中,同时又被从云缝里漏出来的落日余晖照耀得瑰丽万状。湖上也好,山上也好,空中也好,没有一根完整的线条,没有一种单纯的色彩,没有一个停滞的瞬间,一切都在运动,哪里也没有平衡,一切都变幻莫测,到处是互相渗透、光怪陆离的线条和阴影,但周围却是一片宁静、柔和、统一和无与伦比的美。可是这儿,在我的窗前,在这浑然天成的自然美景中,却俗不可耐地横着一条笔直的湖滨街、用支柱撑着的菩提树和漆成绿色的长凳。这些粗劣俗气的人工产物,不仅不像远处别墅和倾圮的古堡那样融合在和谐统一的美景中,而且粗暴地将它破坏了。我的视线老是不由自主地同那条直得可怕的湖滨街相撞,我真想把它推开,毁掉,就像抹掉眼睛下面鼻子上的黑斑那样;可是英国人散

步的那条湖滨街始终留在原地。我不得不另找一个看不见它的视角。我学会了这样观望，晚饭前就独自领略着那种一个人欣赏自然美景时才能体会到的揪心的淡淡哀愁。

七点半，侍者来通知我吃晚饭。底层富丽堂皇的大厅里摆着两张长桌，至少可坐一百人。客人默默地聚拢来，大约用了三分钟时间，只听得女宾衣服的窸窣声、轻轻的脚步声以及同殷勤体面的侍者的悄悄说话声。最后，全部位子都被绅士淑女们占据了。他们个个穿戴得十分漂亮，甚至阔绰，而且异常整洁。这里也像瑞士其他地方一样，旅客多半是英国人，因此公共餐桌上的主要特点是严格遵守礼节：大家都彬彬有礼，不随便交谈，并非由于高傲，而是觉得彼此不需要亲近，人人都单独陶醉在舒服和愉快的环境中。四面八方都是雪白的花边、雪白的硬领、雪白的真牙和假牙、雪白的脸和手。不过，所有的脸——其中也有很漂亮的——只有一种表情，那就是只满足于个人的幸福，对周围与己无涉的东西一概漠不关心。而戴着宝石戒指和半截手套的白手，只是用来理理领子，切切牛肉，斟斟美酒而已。从他们的一举一动中看不出丝毫内心活动。家人之间也只偶尔低声交谈几句，说哪道菜或哪种酒味道好，里奇山的景色有多美。有些单身的男女旅客默默地坐在一起，谁也不看谁一眼。要是这一百个人中有两个交谈几句，那也无非是谈谈天气和攀登里奇山之类的话。刀叉在盘子里轻轻移动着，菜肴一小口一小口地吃着，豌豆和青菜都用叉子叉着吃。侍者不由自主地顺从这种严肃的气氛，低声问你要什么酒。每次这样吃饭，我总感到压抑、不快、甚至忧郁。我老觉得犯了什么过错，受到惩罚，就像小时候淘气被罚坐椅子，并且听到讽刺的话："你就歇会儿吧，我的宝贝！"当时我热血沸腾,还听见弟兄们在隔壁屋子里快乐地喧闹。在这样的会餐桌上,我总是竭力想驱除压抑感,可是没有用;那一张张死气沉沉的脸对我产生一种无法抗拒的影响,我也就变得那样死气沉沉了。我什么也不要,什么也不想,甚至什么也不看。起初我试图同邻座谈谈,但是,除了同一个人在同一个地方重复过千百遍的话之外,我听不到别的回答。其实,这些人并不傻,也不是麻木不仁,许多死气沉沉的人也像我一样有着内心生活,其中不少人比我复杂得多,有趣得多。那他们为什么要使自己失去人生的一大乐趣——交际的乐趣呢?

我们在巴黎的公寓生活就完全不同。在那儿,我们二十个人,国籍不同,职业不同,性格不同,但在法国人爱好社交的风气影响下,大家坐在一起吃饭,毫无拘束,十分愉快。在那儿,大家从餐桌这一头谈到那一头,还常常夹些俏皮话和双关语,尽管说得语无伦次,但都是共同的语言。在那儿,谁也不在乎会产生什么后果,心里想什么,嘴里就说什么。在那儿,我们有我们的哲学家,有我们的辩论家,有我们的俏皮鬼①,有我们的常被取笑的倒霉蛋,一切都是共有的。在那儿,一吃完晚饭,我们把桌子推开,不管合不合节拍,就在沾满尘土的地毯上跳起波尔卡舞来,一直跳到深夜。在那儿,尽管我们有点儿玩世不恭,也不够聪明,不值得受人尊敬,但我们都是人。不论是风流多情的西班牙伯爵夫人,还是那在饭后朗诵《神曲》的意大利修道院院长,还是那获得去杜尔里宫②许可证的美国医

---

① 楷体文字在原著中是法语,以下不再一一标注,其他语言另注。——编者注
② 杜尔里宫——巴黎的皇宫,于十六世纪建成,十八世纪末资产阶级革命时期是国民公会所在地,后曾作为拿破仑和法国皇帝的皇宫,一八七一年在战争中焚毁。

生，还是那留长头发的青年戏剧家，还是那自称创作了世界上最优秀波尔卡舞曲的女钢琴家，还是那每个手指上都戴着三个戒指的俏丽而薄命的寡妇，大家彼此都保持着人的关系，尽管关系不深，但都十分诚恳，而且互相留下或浅或深的印象。这种印象甚至深入人心，使人终生难忘。可是在这种英国式的餐桌上，我瞧着这些花边、缎带、戒指、搽油的头发和丝绸衣服，心里常常想：有多少这样活生生的女人自己可以获得幸福，也可以使别人幸福，想起来也怪，这儿有多少朋友和情人，最幸福的朋友和最幸福的情人，并排坐在一起，却不懂得这个道理。天知道为什么他们从不懂得这个道理，从不肯把他们所渴望和非常容易给人的幸福给予对方。

吃过这样的晚餐，我照例感到闷闷不乐，不等吃完甜食，就心烦意乱地上街溜达。又窄又脏又暗的街道，上了门板的店铺，喝得烂醉的工人，走去打水的女人和头戴帽子沿胡同墙根儿闲荡、眼睛东张西望的女人，这一切不仅没有驱除而且加深了我的忧郁。街上已是一片漆黑，我没向周围环顾，头脑里也没想什么，径直向旅馆走去，希望用睡眠来摆脱心头的忧郁。我感到极其寒冷、孤独和沉重，就像一个人刚到一个新地方，有时会莫名其妙地产生这样的心情那样。

我瞧着脚下的地面，沿湖滨街向瑞士旅馆走去，突然一阵美妙动人的乐声把我惊住了。这乐声顿时使我精神振奋，仿佛一道欢乐的强光射进我的心田。我感到轻松愉快。我那沉睡的注意力重又投向周围的一切。美丽的夜色和湖景原来已被我淡忘，这会儿忽然像一件新玩意儿那样使我精神振奋。刹那间，我忽然发现冉冉上升的月亮照着阴暗的天空，有几块灰云飘浮在湛蓝的天幕上；平滑的墨绿湖水上映着点点灯火，看见远处雾蒙蒙的群山，听见从弗廖兴堡传来的蛙鸣和对岸鹌鹑像朝霞般纯净的啼声。就在我前面，在我的注意力被乐声吸引的地方，昏暗中我看到街心有一群人围成半圆形，而在人群前面几步的地方，有一个穿黑衣服的矮小的人。在人群和那人后面，背衬着浮云片片的深灰色天空，整整齐齐地浮现着几行黑魆魆的杨树，古教堂两边庄严地耸立着两个森严的塔顶。

  我走近去，乐声更清楚了。我清楚地听出那在远方夜空中美妙地回荡着的吉他婉转的和音，还有几个人在轮唱，不唱主旋律而唱其中最扣人心弦的几段。主旋律类似优美悦耳的玛祖卡舞曲，歌声忽近忽远，有时是男高音，有时是男低音，有时像是提罗尔人从喉部发出的高亢颤音的假声。这不是歌曲，而是一首轻快歌曲的优秀草稿。我不知道这是什么歌，但很美妙动听。那令人销魂的吉他婉转的和音，那轻快美妙的旋律，那月光照耀下黑沉沉的湖面，那默默耸立着的两个高塔和黑魆魆的杨树，以及那在神奇环境中孤独的黑衣人——这一切都是怪诞的，但都具有说不出的美，至少我有这样的感觉。

  生活中错综复杂而又无法摆脱的印象忽然对我产生了意义和魅力。我心里仿佛绽开了一朵芬芳的鲜花。刚才的疲劳、萎靡和对世间万物的冷漠一扫而光，我忽然感到需要爱情、希望和纯洁的生活的欢乐。我情不自禁地问自己："你需要什么？你希望什么？还不是从四面八方向你涌来的美和诗嘛！尽你的全力大口大口地吸收美和诗吧，尽情享受吧，你还需要什么呢！一切都属于你，一切都是那么美好……"

  我走得更近些。那个矮小的人好像是个提罗尔流浪汉。他站在旅馆窗前，伸出一只脚，仰起头，一面弹吉他，一面用不同的音调唱着优美的歌曲。我对他顿时发生了好感，感谢他促使我心灵上发生变化。我勉强看出，这位歌手身穿一件很旧的黑礼服，头发又黑又短，头戴一顶很俗气的旧便帽。他的衣着毫无艺术家风度，但他那潇洒天真的姿态和矮小个儿的一举一动，都给人一种诙谐好玩的印象。在灯火辉煌的旅馆的台阶上、窗子里和阳台上，站着浓妆艳抹、细腰宽裙的贵妇人，硬领雪白的绅士，身穿金边制服的看门人和侍仆；街上，在围成半圆形的人群中，在较远的林荫道的菩提树之间，聚集着衣衫漂亮的侍者、头戴白帽和身穿白罩衫的厨师、互相搂腰的姑娘和游人。看来，人人都有跟我同样的感受。大家默默地站在歌手周围，聚精会神地听着。周围一片寂静，只有在歌声停歇的片刻，远远地从水面上飘来锤子的敲击声，以及从弗廖兴堡那儿传来的断断续续的蛙鸣，其中夹杂着鹌鹑婉转单调的啼叫。

矮小的人在黑暗的街上，像夜莺一样，一段又一段，一曲又一曲地唱着。我走到他跟前，他的歌声依旧给我带来极大的快乐。他的声音并不洪亮，但非常悦耳。他控制声音时所表现出来的轻柔、韵味和感情都恰到好处，显示他这方面很有天赋。他重唱每一段，每次唱法都不同，而这些美妙的变化他都是兴之所至，随口唱来的。

上面瑞士旅馆的人和下面林荫道上的人常常发出低低的赞许声，而周围则是一片表示敬意的沉默。在灯火辉煌的阳台上和窗口，盛装艳服的女士越来越多了。她们凭栏站着，那景象煞是好看。散步的人都停住脚步，在湖滨街的阴影里，到处有三五成群的女士站在菩提树旁。在我的旁边，稍微离开人群，站着一个豪门贵族的侍仆和一个厨师，嘴里都抽着雪茄。厨师被音乐的魅力深深感动，每次听到高音的假声,就情绪激动而莫名其妙地向侍仆挤挤眼,点点头,用臂肘撞撞他,脸上的表情仿佛在问:"唱得怎么样,呃?"侍仆呢,我从他的满脸笑容上看出也同样高兴,对厨师的碰撞只耸耸肩膀回答,表示要使他感到惊奇相当困难,因为比这唱得更好的他也听多了。

在歌唱的间歇,歌手清了清嗓子,我就问侍仆,他是谁,是不是常到这儿来。

"每年夏天都要来两三次,"侍仆回答,"他是从阿尔高维① 来的。是个要饭的。"

"怎么,像他这样的人很多吗?"我问。

"是的,是的,"侍仆一下子没听懂我的话,但接着弄明白我的问题,就改口说,"哦,不!在这儿我只看到他一个。没有第二个了。"

这时候,个儿矮小的人唱完一支歌,利索地把吉他往怀里一抱,接着就用他的德国方言说了些什么。他的话我听不懂,却逗得围观的人哈哈大笑。

"他在说什么?"我问。

"他说喉咙干,要喝点儿酒。"站在我旁边的侍仆翻译给我听。

"哦,他是不是爱喝酒啊?"

"他们那种人都是这样的。"侍仆笑嘻嘻地回答,对他挥了挥手。

歌手摘下帽子,扬了扬吉他,走近旅馆。他仰起头,对站在窗口和阳台上的绅士淑女说:"诸位先生,诸位太太,"他用一半意大利腔一半德国腔的法语像魔术师对观众那样说,"你们要是以为我想挣点儿钱,那你们就错了。我是个穷人。"他停住,沉默了一会儿;因

---

① 阿尔高维——瑞士的一个州。

为谁也没有给他什么,他又扬了扬吉他说,"诸位先生,诸位太太,现在我要给你们唱一支里奇民歌。"上面的听众毫无反应,但仍站在那儿等着听下一支歌;下面的人群都笑了,大概是因为他说得很好玩,而且谁也没有给他什么东西。我给了他几个生丁,他灵巧地把它们从这只手扔到那只手,然后塞到背心口袋里,戴上帽子,又唱起他那支叫作里奇民歌的曲调优美的提罗尔歌来。这支歌是他的压台戏,唱得比前面几支更好,从四面八方不断聚拢来的人群中发出一片喝彩声。他唱完这支歌,又扬了扬吉他,摘下帽子,把它举到前面,向窗口走近两步,又说了那种费解的话:"诸位先生,诸位太太,你们要是以为我想挣点儿钱,那……"这话他显然自以为说得很巧妙很俏皮,但在他的声音和动作里,我发现他有点儿踌躇,而且像孩子般胆怯。这种神态由于他身材矮小而特别令人感动。高雅的观众仍旧站在灯火辉煌的阳台上和窗口,穿着盛装艳服,那景象依然十分好看;有几个彬彬有礼地谈论着那伸手站在他们面前的歌手,有几个好奇地仔细打量着这个穿黑衣服的矮小的人,从一个阳台上传出一位年轻姑娘清脆快乐的笑声。下面的人群中,说话声和笑声越来越响。歌手第三次重复他那句话,声音更加微弱,甚至不等说完,就又伸出拿帽子的手,但立刻又缩了回去。而那百来个衣饰华丽的听众,还是没有人扔给他一个子儿。人群冷酷无情地哈哈笑起来。矮小的歌手——我觉得他更矮小了——一只手拿着吉他,另一只手把帽子举到头上扬了扬说:"诸位先生,诸位太太,谢谢你们,祝你们晚安。"然后他戴上帽子。人群高兴得哈哈大笑。漂亮的绅士和淑女悠闲地交谈着,渐渐从阳台上离去。林荫道上又有许多人在散步。在歌唱时一度寂静的街道又热闹起来,有几个人没有走近,只远远地望着歌手发笑。我听见那矮小的人嘴里嘀咕着，转过身——他的身子显得更矮小了——快步向城里走去。快乐的游人还是和他保持一段距离，眼睛瞧着他，跟在他后面笑……

我惘然若失，弄不懂这一切是什么意思。我站在那儿，茫然凝望那大步向城里走去、在黑暗中逐渐消失的渺小的人，凝望那些跟在他后面嘻嘻哈哈笑着的行人。我感到痛苦、悲哀和羞耻，主要是羞耻。我替那个渺小的人，替人群，也替我自己感到羞耻，仿佛是我向人家讨钱，人家什么也没给我，还要嘲笑我。我怀着揪心的痛楚，也不回头张望，就快步向我住宿的瑞士旅馆走去。我还捉摸不透我的感受，只觉得心头有一种无法摆脱的压力，使我感到沉重。

在灯火辉煌的豪华旅馆大门口，我遇见那彬彬有礼地让开路的看门人和一家英国人。那个魁伟漂亮的男人留着英国式黑色络腮胡子，头戴黑呢帽，胳膊上搭着一条方格花毯，手里拿着一根贵重的手杖，挽着一位身穿绚丽丝绸连衣裙、头戴缎带发亮和花边精致的女帽的太太，目空一切地懒洋洋走来。旁边走着一位如花似玉的小姐，头戴一顶雅致的瑞士女帽，帽上像火枪手那样斜插着一根羽毛，帽子下面白净的脸蛋周围垂着一绺绺柔软、卷曲的淡褐色长发。他们前面连跳带蹦地走着一个十岁模样的小姑娘。她脸颊绯红，精致的花边下露出一双浑圆的雪白膝盖。

"夜色真美啊！"我从他们身边经过时，听到那位太太娇声娇气地说。

"嘢[①]！"那英国人懒洋洋地答应一声。看上去，他在世界上过

[①] 原文是英语。

得那么称心如意，连话都懒得说了。他们活在世界上，似乎个个都感到无忧无虑，轻松愉快；他们的一举一动和脸上的表情都反映出对别人生活的极度冷漠；他们深信，看门人会给他们让路和鞠躬，他们散步回来，会找到干净的房间和床铺；他们深信，这一切都是理所当然的，他们在这方面享有充分的权利。我情不自禁地拿他们同那又饥又累、忍辱逃避人们嘲笑的流浪歌手做比较。我恍然大悟，究竟是什么像一块巨石似的压住我的心。我对这些人感到有说不出的愤恨。我在这个英国人旁边来回走了两次，没有给他让路，还用臂肘撞他，感到很痛快，然后我走下台阶，在黑暗中朝那矮小的人消失的方向跑去。

我赶上三个同行的人，问他们歌手往哪儿去了。他们笑笑，指给我看他就在前面。他独自快步走着，没有人接近他，我仿佛觉得他还在气愤地嘀咕着。我跑到他跟前，提议跟他一起到什么地方去喝杯酒。他还是匆匆走着，不高兴地看了我一眼，但等弄明白是怎么一回事，就站住了。

"好吧，既然您一番好意，我就不客气了，"他说，"这儿有家小咖啡馆，可以去坐坐，是个普普通通的地方。"他补充说，指指那家还在营业的小酒店。

他说"普普通通的"这个词，不由得使我想到不该到那家普普通通的咖啡馆去，而应该上那家有人听过他歌唱的瑞士旅馆。尽管他胆怯而兴奋地说瑞士旅馆太奢侈，谢绝到那儿去，我还是坚持我的意见。于是他就装出无所谓的样子，快乐地挥动吉他，跟着我沿湖滨街走去。我刚走到歌手跟前，就有几个悠闲地散步的人走近来听我说话。接着他们交头接耳地议论起来，跟着我们走到旅馆门口，大概是希望那提罗尔人再演唱些什么。

我在门廊里遇见一个侍者,向他要了一瓶葡萄酒。那侍者含笑对我们瞧瞧,就一言不发地跑开了。我也向领班提出同样的要求。他认真地听了我的话,从脚到头打量了一下怯生生的矮小歌手,严厉地叫看门人把我们领到左边那个厅里。左边那个厅是接待普通顾客的酒吧间。屋角有个驼背女工在洗碗碟,里面只有几张简朴的木桌和板凳。招待我们的侍者露出温和的嘲笑,对我们瞧瞧,双手插在口袋里,同那驼背女工交谈了几句。他显然很想让我们明白,尽管他的社会地位和身份比歌手高得多,他伺候我们不仅不感到屈辱,甚至觉得很有趣。

"来普通葡萄酒吗?"他懂事地说,暗指坐在我对面的人向我挤挤眼,同时把餐巾从这只胳膊搭到那只胳膊上。

"来瓶香槟,要最好的。"我说,竭力装出傲慢和威严的神气。但香槟也好,我那装作傲慢和威严的神气也好,对那侍者都不起作用。他冷笑了一下,站着瞧了我们一会儿,从容不迫地看看金表,这才悠闲地轻轻走出去。他很快拿了酒回来,后面跟着另外两个侍者。那两个侍者坐在洗碗碟女人旁边,脸上现出快乐的神色和温柔的微笑欣赏着我们,就像父母欣赏孩子做有趣的游戏那样。只有那洗碗碟的驼背女人不是带着嘲弄而是怀着同情看着我们。虽然在侍者们咄咄逼人的目光下,我款待歌手并同他谈话有点儿难堪,但我还是竭力做得落落大方,若无其事。在灯光下,我把他看得更清楚了。他体格匀称,筋脉毕露,个儿很小,简直像个侏儒,黑头发硬得像鬃毛,一双黑色的大眼睛没有睫毛,老是泪汪汪的,而他那张线条分明的小嘴则非常逗人喜爱。他留着短小的络腮胡子,头发不长，穿着寒碜。他外表邋遢，衣服褴褛，皮肤很黑，总之是一副劳动者的模样。他与其说像个艺术家，不如说像个贫穷的小贩。只有他那双老是湿润的亮晶晶的眼睛和抿着的小嘴很有特色，十分动人。看上去，他的年龄在二十五到四十之间，其实他是三十八岁。

他诚挚地讲了他的身世。他是阿尔高维人，从小失去父母，没有亲戚，也从没有过财产。他跟一个细木匠学过手艺，但二十二年前一只手得了骨疽，从此不能干活。他从小爱唱歌，就唱起歌来，外国人偶尔给他一点儿钱。他买了一把吉他，以卖唱为生，十八年来跑遍了瑞士和意大利，在旅馆前面卖唱。他的全部行装是一把吉他和一个钱袋，钱袋里现在只有一个半法郎，他今晚就得靠这些钱宿夜吃饭。他每年（今年是第十八年）都要跑遍瑞士的旅游胜地：苏黎世、卢塞恩、英脱拉根、沙摩尼等地；经圣伯尔拿到意大利，然后经圣·哥特德或萨伏伊回来。如今他渐渐感到走路吃力，两腿因受风寒酸痛——他自认为是风湿痛——一年比一年厉害，视力和嗓子也一年不如一年。尽管这样，他还是要到英脱拉根和亚兴雷邦，然后经圣伯尔拿到他特别喜欢的意大利去。总的看来，他对他的生活是心满意足的。我问他为什么要回家，家里有没有亲人，有没有房地产。听了这话，他乐得嘴都合不拢来，含笑回答说："是啊，糖是好东西，孩子们最喜欢！"他说完，对侍者们挤挤眼。

我摸不着头脑，但那几个侍者都笑了。

"我什么也没有，要不然我会那么东奔西跑吗？"他向我解释道，"至于回家，那是因为故乡对我总还有点儿吸引力。"

于是他又调皮而自得地重复说："是啊，糖是好东西。"接着又纯朴地笑起来。侍者都很开心，也哈哈大笑，只有洗碗碟的驼背女人用她那双善良的大眼睛严肃地瞧瞧矮小的歌手,给他拾起他在谈话时从凳子上掉下的帽子。我发现凡是流浪歌手、杂技演员,甚至变戏法的,都喜欢自称为艺术家,因此我在同矮小歌手谈话时几次暗示他是个艺术家,但他绝不承认他有这方面的禀赋,他只是把他的行当看作谋生的手段罢了。我问他唱的歌是不是他自己创作的。他听了这种古怪的问题感到惊奇,回答说他怎么会呢,那都是古老的提罗尔民歌。

"那么里奇民歌呢?我看那不是一支古代民歌吧?"我问道。

"是的,这支歌是十五六年前作的。巴塞尔有个德国人,绝顶聪明,这支歌是他作的。这支歌真美!您瞧,他这是为旅行家作的。"

于是他就把里奇民歌译成法语,念给我听,显然他很喜欢这支歌:

> 如果你要去里奇,
> 到维吉斯一段不用走路,
> 那里有轮船航行。
> 从维吉斯出发得拿根棍子,
> 手里再挽一位姑娘,
> 临走可喝上一杯红酒。
> 只是别喝得太多,
> 因为谁想喝酒,
> 谁得先建立功劳……

"哦,这支歌真美!"他结束说。

侍者们大概也认为这支歌很美,都走拢来听。

"那么，曲子是谁作的呢？"我问。

"没有谁作曲，就这么随便唱唱。要唱给外国人听，就得换点儿新鲜花样。"

侍者给我们送来了冰块，我给我的客人倒了一杯香槟。他显然有点儿窘，回头望望侍者们，坐在板凳上扭动身子。我们碰杯祝艺术家们健康。他喝了半杯，似乎有什么事要沉思一番，紧紧地皱起眉头。

"我好久没喝这样的好酒了。这话我只跟您说说。在意大利，阿斯提酒不错，但还比不上这酒。哦，意大利！意大利可真是个好地方！"他补充说。

"是啊，那里的人重视音乐，重视艺术家。"我说，想引他谈谈当晚在瑞士旅馆门口演出的失利。

"不，"他回答说，"在那儿我不能用音乐给谁带来快乐。意大利人是天底下最出色的音乐家；不过我只唱些提罗尔歌曲。这种歌对他们来说还是新鲜的。"

"怎么样，那儿的老爷们是不是慷慨些？"我继续说，想引他像我一样愤恨瑞士旅馆的旅客，"那儿总不会像这儿这样，大旅馆里住的都是阔佬，听音乐家唱歌的有百来个人，可是大家什么也不给……"

我的问题完全没有产生预期的效果。他根本没想到生他们的气；相反，他还以为我这话是在责怪他才气不足，没有获得奖赏，就竭力在我面前替自己辩护。

"不是每次都能得到许多报酬的，"他回答，"有时候嗓子都唱哑了，累得很。不瞒您说，我今天跑了九个钟头，差不多唱了一整天。

真吃力。可那些贵族老爷,他们有时候连提罗尔歌曲都不爱听。"

"不管怎么说,他们总不能什么也不给啊。"我重复说。

他没有理解我的话。

"问题不在这儿,"他说,"这儿主要是警察局限制太严,问题就在这儿。根据这儿的共和国法律,他们不让你唱,可是在意大利,你到处都可以唱,谁也不会说一句话。在这儿,他们高兴让你唱,就让你唱;不高兴,就叫你坐牢。"

"哦,真有这样的事吗?"

"是的。要是他们警告过你一次,而你还要唱,他们就会叫你坐牢。我已坐过三个月牢了。"他笑着说,仿佛这是一个非常愉快的回忆。

"哦,这真是太可怕了!"我说,"这究竟是为什么呀?"

"这是根据他们共和国的新法律[①],"他兴奋起来,继续说,"他们不肯想想,也得让穷人活下去。我要不是得了残疾,我也愿意工作。至于我唱唱歌,那又会损害什么人?富人可以随心所欲地生活,可像我这样的穷小子连日子都过不下去。这究竟是怎么一回事啊?共和国法律究竟算什么呀?要是这样,那我们还要共和国干什么呀?先生,您说是吗?我们不要共和国……我们只要……我们只要……"他迟疑了一下,"我们宁可要自然法。"

我又给他斟了一杯酒。

他端起杯子,对我鞠了一躬。

"我知道您要干什么,"他眯缝着眼睛,用手指指我说,"您要灌醉我,瞧我的好看;哼,不行,这您办不到。"

---

① 新法律——指一八四八年瑞士共和国宪法。

"我干吗要把您灌醉呢？"我说，"我只不过想使您高兴高兴罢了。"

他误解了我的用意，大概有点儿后悔，感到很窘，就欠起身来，捏捏我的臂肘。

"不，不，"他用那双湿润的眼睛恳求似的瞧着我说，"我这只是开开玩笑，开开玩笑。"

接着他又说了些颠三倒四、莫名其妙的话，大意是我毕竟是个好人。

"这话我只对您说说！"他最后说。

就这样，我继续跟歌手喝酒谈天，侍者们仍旧肆无忌惮地瞧着我们，看来还在取笑我们。尽管我们谈得津津有味，我还是留意着他们，而且说实在的，对他们越来越生气。有个侍者站起来，走到歌手跟前，仔细察看他的头顶，笑了。我对瑞士旅馆的住客已积了一肚子气，还没有机会发泄。这会儿，说实在的，那一伙侍者实在弄得我忍无可忍。看门人没有摘下帽子，走进屋里，一屁股坐在我旁边，双臂支在桌上。这最后的一幕触犯了我的自尊心或者说虚荣心，惹得我按捺不住，使我心里憋了一晚上的怒气顿时爆发了。为什么当我一个人走到大门口时，他卑躬屈膝地向我鞠躬，如今我同一名流浪歌手坐在一起，他就蛮不讲理地坐到我旁边来呢？我心头的怒火熊熊燃烧，但我反而觉得快慰，甚至兴奋，因为它刺激了我，使我在肉体上和精神上暂时感到舒畅、振奋和有力。

我霍地从座位上站起来。

"你笑什么？"我对那侍者大声喝道，感到自己脸色发白，嘴唇直打哆嗦。

"我没有笑，我就是这样。"那侍者一面回答，一面后退。

"不，你取笑这位先生。这儿有客人，你有什么权利上这儿来，还要坐下？不许坐！"我大声喝道。

看门人嘴里嘀咕着，站起来，向门口走去。

"这位先生是客人，你是侍者，你有什么权利取笑他，还要坐到他旁边来？为什么今晚吃饭的时候你不取笑我，不坐到我旁边来呢？是不是因为他穿得寒碜而且在街头卖唱呢？就是因为这个缘故，而我却穿着阔气的衣服。他人虽然穷，但我相信他的品德比你高尚万倍。因为他没有侮辱谁，你却侮辱他。"

"我什么也没做，您何必这样呢，"我所痛恨的那个侍者怯生生地回答，"他坐在这儿，我又没打搅他。"

那侍者没懂得我的意思，我的德国话白说了。态度粗暴的看门人想帮那侍者说话，但被我狠狠地骂了一通，他也就装作听不懂我的话，摆了摆手。洗碗碟的驼背女人察觉我的愤激情绪，怕闹出事来，也许因为同意我的意见，站在我一边，竭力替我和看门人调解，劝他别作声，并说我是对的，恳求我别激动。"先生说得对，您说得对。"①她肯定地用德语说。歌手现出可怜巴巴的恐惧神色，显然不明白我为什么发火，我要干什么，就要求我赶快离开这地方。可是我的火气越来越大，气话也越说越多。我念念不忘那嘲笑他的人群和分文不给的听众，我怎么也无法平息心头的怒火。我想，要不是那侍者和看门人表示让步，我准会跟他们大干一场，或者用手杖敲敲那手无寸铁的英国小姐的脑袋。当时我要是在塞瓦斯托波尔，就准会冲进英军堑壕，向他们猛砍猛杀。②

---

① 原文是德语。
② 这里指一八五三年至一八五六年塞瓦斯托波尔保卫战，托尔斯泰曾参加那次战争。

"你们为什么把我和这位先生领到这个厅里而不领到那个厅里？啊？"我揪住看门人的胳膊不让他走，责问道，"你们有什么权利可以决定，这位先生只能进这个厅而不能进那个厅？进旅馆，只要付钱，不是应该人人平等吗？这规矩不仅适用于这个共和国，在全世界都适用。你们的共和国真是糟透了！这就是你们的平等！那些英国人白听这位先生唱歌，等于每人从他身上剥夺了应该给他的几个生丁，可你们就是不敢把英国人领到这个厅里来。你们怎么敢叫我们坐到这个厅里来呢？"

"那个厅关着。"看门人回答。

"不，"我嚷道，"胡说，那个厅没关。"

"那您知道得比我们清楚啰。"

"我知道，我知道你们撒谎。"

看门人侧身从我身边走开去。

"唉，有什么可说的！"他嘀咕着。

"哼，别来'有什么可说的'这一套，"我大声叫道，"马上把我领到那个厅里去。"

我不管驼背女人的劝告和歌手回家的要求，坚决要领班过来，自己就带着客人向那个厅走去。领班听见我那愤怒的声音，看到我那激动的神情，没同我争辩，只是轻蔑而恭敬地说，我高兴上哪儿，就可以上哪儿。我没来得及揭穿看门人的谎言，因为不等我走进那个厅，他已溜走了。

那个厅确实开着，里面灯火通明，一个英国绅士和太太正坐在里面吃饭。尽管侍者把我们领到一张独用的桌上，我和肮脏的歌手偏偏紧挨着那英国人坐下，并吩咐侍者把我们没喝完的半瓶酒拿来。

这对英国夫妇先是大吃一惊,然后恶狠狠地瞧瞧呆坐在我旁边的矮小歌手。他们交谈了两句,那英国太太把盘子一推,站起来,弄得衣衫窸窣发响,接着两人走掉了。隔着玻璃门,我看见那英国绅士怒气冲冲地对侍者说着些什么,一只手不断地指着我们。侍者把头探进门来瞧瞧。我欣然等着他们来撵我们出去,这样我就可以把所有的怒气往他们身上倾泻。但总算他们走运,没有来干涉我们。这使我有点儿失望。

歌手起初不肯喝酒,这会儿却匆匆把瓶里剩下的酒都喝光,想尽快离开这地方。我发觉他对我的款待表现出真诚的感谢。他那双泪汪汪亮晶晶的眼睛变得更湿润更明亮了。他又对我说了一句非常古怪难懂的话表示感激。它的大意是,要是人人都像我这样尊重艺术家,那他就快活了。他还祝我万事如意。不论怎么说,他的话还是使我高兴。我和他一起走到前厅。那些侍者和我所憎恨的看门人都站在那儿。那看门人仿佛在向他们说我的坏话。他们瞧我的那副神气,好像我是个疯子。我要让他们看到,矮小的歌手同大家地位平等,就尽量现出恭敬的态度,摘下帽子,紧握着他那瘦骨嶙峋的手。所有的侍者都装作根本没有看到我的样子,只有一个人发出恶毒的嘲笑。

歌手鞠了个躬,在黑暗中渐渐消失了,我上楼回到自己的房间,想睡个觉来摆脱这些印象和突然袭上心头的幼稚愚蠢的憎恨。但我感到自己激动得无法入睡,就又上街溜达,直到心里平静下来。不过,说实在的,除此以外,我还朦朦胧胧地希望有机会碰到那看门人、那侍者或者那英国人,同他们干一场,好让他们认识认识他们的残酷,尤其是他们的不公平。可是,除了那个一看

卢塞恩:聂赫留朵夫公爵日记摘录 | 023

见我就转过脸去的看门人以外,我没遇见任何人,只好独自沿着湖滨街踱步。

"哦,这就是诗歌的奇怪遭遇,"我稍微冷静点儿,寻思着,"人人都喜爱诗歌,找寻它,追求它,可是谁也不承认它的力量,谁也不珍惜这世上最大的幸福,谁也不看重和感激把这种幸福献给人类的人。你不妨问问瑞士旅馆随便哪个旅客:什么是世上最大的幸福?所有的人,也许是百分之九十九的人,会露出嘲弄的微笑对你说,世上最大的幸福就是金钱。'这种想法你也许不喜欢,或者和你那崇高的理想格格不入,'他会这样说,'但人类的生活就是这样安排的,只有金钱能给人幸福,那又有什么办法呢?我不能不理智地去看待世界,也就是看待现实。'唉,你的理智实在可怜,你所追求的幸福也实在可怜,你是个连自己需要什么也不知道的可怜虫……为什么你们抛下祖国、亲人、事业和财产,聚集到这个瑞士小城卢塞恩来呢?为什么你们今晚都拥到阳台上,肃静地倾听那矮小乞丐的歌唱呢?再说,他要是肯再唱下去,你们还会默默地听下去。难道金钱,哪怕是几百万,能驱使你们抛下祖国,聚集在卢塞恩这个小天地里吗?金钱能使你们集中到阳台上,一动不动地默默站上半小时吗?不!只有一样东西能迫使你们行动,而且永远比生活中其他动力更强大,那就是对诗歌的需要,这一点你们不承认,但你们会感觉到,只要你们身上还有一点儿人性,你们就永远都会感觉到。你们觉得'诗歌'这个名词很可笑,你们以嘲弄挖苦的语气使用这个名词。你们容许天真的少男少女给爱情带上诗意,但你们却取笑他们。其实你们需要的是积极的东西。孩子们看待生活是健康的,他们热爱并且知道人应该爱什么,什么会给人带来幸福,可是生活弄得你们颠三倒四，腐化堕落，你们嘲笑你们所爱的东西，你们追求你们所憎恨并使你们不幸的东西。你们实在是昏了头，不懂得对那个给你们带来纯洁快乐的穷提罗尔人尽应尽的义务，同时却认为应该在一位勋爵面前卑躬屈膝，牺牲自己的安宁和舒适，既没有获得什么好处，也没有享到什么欢乐。这真是荒唐，真是莫名其妙的怪事！不过今晚最使我吃惊的倒不是这件事。这种对给人以幸福的东西的无知，这种对诗歌的乐趣的麻木不仁，我在生活中常常遇到，已经习惯了，差不多也能理解；人群的粗暴和不自觉的残酷对我也并不新奇；不管那些为群众心理辩护的人怎样解释，人群虽是许多好人的集合体，但他们只接触兽性的卑下方面，因此只表现出人性的弱点和残忍。可是你们这些讲究人性的自由民族的儿女，你们这些基督徒，你们这些被称为人的人，怎么能用冷酷和嘲弄来回报一个不幸的求乞者给予你们的纯洁的快乐呢？可不是吗，在你们的祖国没有乞丐收容所。事实上，乞讨的人是没有的，世界上也不应该有乞讨的人，也不应该存在对乞讨的同情心。但那个提罗尔歌手可是付出过劳动的呀，他给了你们欢乐，他央求你们为他的劳动给他一点儿你们多余的东西。可你们却从你们金碧辉煌的高楼大厦里，带着冷笑像观赏稀有怪物那样观赏他，而在你们百来位幸福的阔人中，竟没有一个人扔给他一点儿东西！他受了凌辱，从你们身边走开了，可是那没有头脑的人群却跟在后面取笑他，他们侮辱的不是你们而是他，因为你们冷淡、残忍和无耻；因为你们白白享受了他向你们提供的欢乐，他因此受到了侮辱。"

　　一八五七年七月七日，在卢塞恩那家头等阔佬下榻的瑞士旅馆门前，一个流浪的乞讨歌手唱歌弹琴达半小时之久。百来个人听他演唱。歌手三次要求施舍。没有一人给他任何东西，有许多人还嘲笑他。

这不是虚构，而是确凿无疑的事实。谁只要到瑞士旅馆常住旅客那里去调查一下，或者通过报纸向七月七日在瑞士旅馆住过的外国人打听一下，谁就可以证实这件事。

是的，这件事当代历史学家应该用不可磨灭的如火如荼的文字记录下来。这件事比报章史册所记载的那些事重大得多，严酷得多，具有更深刻的意义。什么英国人又枪杀了一千名中国人，因为他们不肯买英国货，而英国一味想掠夺当当响的金币啦；① 什么法国人又杀死了一千名阿尔及利亚人，② 因为在非洲庄稼长得好，而且经常打仗对训练军队有益啦；什么土耳其驻那波里公使不可能是犹太人啦；③ 什么拿破仑皇帝在帕隆比列公园散步，④ 并且发表公告，他统治国家完全是秉承全体人民的意志啦——这些言论不是掩盖就是宣布众所周知的事实。然而七月七日在卢塞恩发生的这件事，我觉得新鲜而奇怪，它不涉及人性中永远存在的缺点，而同社会发展的一定时期有关。这件事不属于人类活动史的范畴，而属于进步和文明史的范畴。

为什么这种惨无人道的事不可能发生在德国、法国或者意大

---

① 指一八五六年英国军舰借口中国当局在英国船上拘捕鸦片贩子，炮轰中国沿海城市。
② 指一八五七年法国军队在殖民战争中镇压阿尔及利亚人的抵抗。
③ 指那波里政府拒绝接受土耳其公使，理由是他是犹太人。
④ 据当时许多欧洲报纸记载，拿破仑三世曾在法国孚日省疗养地散步。

利的任何一个乡村,而发生在这儿,在这高度文明、自由和平等的地方,发生在这最文明国家的最文明旅游者集中的地方? 为什么这些又有教养又讲人道的绅士淑女一般也能讲讲公道,做些善事,如今面对一个不幸的人,却缺乏人类的同情心呢? 为什么这些绅士淑女在议会上或者其他集会上热情关心在印度的未婚中国人的状况[①],关心非洲基督教的传布和教育的发展,关心改善全人类协会[②]的成立,却不能在自己心里得到起码的人对人的感情? 难道他们真的没有这种感情吗? 是不是这种感情已被在议会和各种集会上支配他们的虚荣心、名誉心和利欲心排斥了呢? 难道理性和自私的结合体,即所谓文明的传布就会消灭和否定人的本性和爱吗? 难道人们就是为了这样的平等才流了那么多无辜的血、犯了那么多的罪吗? 难道各国人民空喊"平等",就会像孩子一般感到幸福吗?

法律面前人人平等吗? 难道人的生活都是在法律范围内度过的吗? 其实人们的生活只有千分之一属于法律范围,其余都越出法律范围,而在社会的习惯和观点范围内度过。在这个社会里,侍者穿得比歌手漂亮,他就可以侮辱歌手而不受惩罚。我穿得比侍者体面,就可以侮辱侍者而不受惩罚。看门人认为我比他高,歌手比他低;而当我和歌手在一起,他就自以为可以同我们平起平坐,因此变得蛮不讲理。我对看门人粗暴无礼,看门人就自以为比我低。侍者对歌

---

① 一八五七年七月英国议院讨论吸收中国人移民到英国殖民地,英国人忧虑的是中国移民不带家眷,不能安心定居。

② 改善全人类协会——这里似指成立"全欧国家联盟",这个问题一八五六年至一八五七年曾在英法报纸上展开讨论。

手粗暴无礼，歌手就自以为比他低。在一个国家里，一个公民，既没有伤害任何人，也没有妨碍任何人，他只做一种力所能及的事以免饿死，却被送去坐牢。难道这样的国家是自由的国家吗？是被人们称为绝对自由之国的国家吗？

一个人想积极解决各种问题，因而被投入善恶、事件、思想和矛盾的永远动荡的海洋，这真是不幸而可怜。多少世纪以来，人们为了分清善恶，不断地拼搏和劳动。世纪不断过去，凡是讲公道的人，你不论在哪儿把他放到善恶的天平上，天平绝不会摇摆：一边有多少善，另一边就有多少恶。一个人要是能学会不判断，不苦苦思索，不回答永远无法回答的问题，那就好了！他要是能懂得一切思想都是真真假假的，那就好了！它之所以假，是因为人不可能掌握全部真理；它之所以真，是因为人有追求真理的一面。人们总是在这永远运动着的善恶混杂的无边海洋里进行分类，在想象中划分这海洋的分界线，并指望海洋真的会一分为二，仿佛不可能从不同的观点、不同的方面做出其他无数种分法似的。不错，多少世纪来人们不断进行着新的分类，虽然已过去了许多世纪，今后还会有许多世纪到来。文明是善，野蛮是恶；自由是善，奴役是恶。正是这种虚假的知识扑灭了人性中最本能最幸福的对善的要求。谁能给我下个定义：什么叫自由，什么叫专制，什么叫文明，什么叫野蛮？两者的分界线在哪里？谁心里有一个善恶的绝对标准，使他能衡量错综复杂、转瞬即逝的众多事件？谁有那么了不起的脑袋，使他能哪怕从不会再变化的往事中洞察和衡量各种事物？谁又看到过善恶不并存的情况？我又怎么能知道我看到这个比那个多，并不是因为我的观点错了？谁又能让精神完全脱离生活而超然地观察生活，哪怕只有一瞬间？我们有一个，只有一个，绝对正确的指导，那就是毫无例外地渗透在我们每一个人心灵中的世界精神。这种精神促使我们每一个人追求应该追求的东西；这种精神促使树木向着太阳生长，促使花卉在秋天撒下种子，促使我们情不自禁地相亲相爱。

而且，只有这种绝对的福音能压倒文明发展的嘈杂噪音。谁更像个人，谁更像个野蛮人：是那个看见歌手的破烂衣服就恶狠狠地离开餐桌，不肯从自己的财产中拿出百万分之一来酬劳他，此刻正吃得饱饱的坐在明亮宁静的屋子里，悠闲地大谈其中国形势并认为在那儿屠杀平民是正义的那个英国勋爵呢，还是那个冒着坐牢的危险，二十年来走遍高山深谷，没有损害过任何人而用歌唱来安慰人，可是受尽凌辱，今晚差点儿被人推出门去，口袋里只有一个半法郎，又饿又累又羞，此刻不知溜到哪堆烂麦秆上去睡觉的矮小歌手？

这时，从深夜死寂的城市里，远远地传来矮小歌手的吉他声和唱歌声。

"不，"我不禁对自己说，"你没有权利可怜他，也没有权利为勋爵的阔绰而生气。谁曾衡量过他们每个人心灵里的幸福呢？你瞧那歌手，他这会儿正坐在哪个肮脏的门槛上，抬头望着月光溶溶的天空，在花香扑鼻的静夜里快乐地唱着歌，他的心里没有责备，没有埋怨，也没有悔恨。可是谁知道那些高楼大厦里的人此刻内心有些什么活动？谁知道他们每个人是不是也像矮小的歌手那样，心里充满无忧无虑的生之欢乐和与世无争的满足感呢？允许和规定这些矛盾同时存在的上帝，真是无限仁慈无限睿智！可是你这渺小的虫子竟胆大妄为，胆敢探索上帝的法则和上帝的意旨，只有你才觉得存在着矛盾。上帝从他光辉的高处俯视着、欣赏着芸芸众生在其中蠢动的无限和谐的大地。可是你却妄自尊大,竟想摆脱这普遍法则。不行!你还对卑微的侍者们表示愤慨,要知道你也该对永恒的无限和谐负责啊……"

一八五七年七月十八日

人靠什么生活

我们因为爱弟兄，就晓得是已经出生入死了。没有爱心的，仍住在死中。(《新约·约翰一书》，第三章，第十四节)

凡有世上财物的，看见弟兄穷乏，却塞住怜恤的心，爱上帝的心怎能存在他里面呢？(同上，第三章，第十七节)

小子们哪，我们相爱，不要只在言语和舌头上，总要在行为和诚实上。(同上，第三章，第十八节)

爱是从上帝来的，凡有爱心的，都是由上帝而生，并且认识上帝。(同上，第四章，第七节)

没有爱心的，就不认识上帝，因为上帝就是爱。(同上，第四章，第八节)

从来没有人见过上帝。我们若彼此相爱，上帝就住在我们里面。(同上，第四章，第十二节)

上帝就是爱。住在爱里面的，就是住在上帝里面，上帝也住在他里面。(同上，第四章，第十六节)

人若说，我爱上帝却恨他的弟兄，就是说谎话的。不爱他所看见的弟兄，就不能爱没有看见的上帝。(同上，第四章，第二十节)

一

从前有个鞋匠，他带着老婆、孩子租了农民的一所小房子，住在那里。他没有自己的房子，没有土地，靠做鞋养家糊口。粮食贵，工钱贱，挣得的钱全部吃光。夫妻俩只有一件皮袄，而且这件皮袄也已穿得破破烂烂。鞋匠想买一块羊皮做件新皮袄，为此他已积了一年多的钱。

到今年秋天，鞋匠已积了一些钱；老婆箱子里藏着一张三卢布钞票，还有五卢布二十戈比是村里农民欠他的债。

一天早晨，鞋匠打算去村里买羊皮。他在衬衫外面穿上老婆的布棉袄，外面再套一件布长袍，口袋里放着那张三卢布钞票。他折了一根棍子，吃过早饭就动身。他想："我从农民那里收来五卢布，再加上自己的三卢布，就可以买一块羊皮做新皮袄了。"

鞋匠来到村里，走进一个农民家，农民出去了，他老婆没钱，但答应一星期内叫丈夫送去。他去找另一个农民，那农民指天发誓说他没有钱，只付了二十戈比修鞋费。鞋匠想赊一块羊皮，可是卖皮货的信不过他。

"拿钱来，"他说，"皮子随你挑，我可尝过讨债的滋味。"

结果鞋匠一事无成，只收到二十戈比修鞋钱，还有一双旧毡靴，

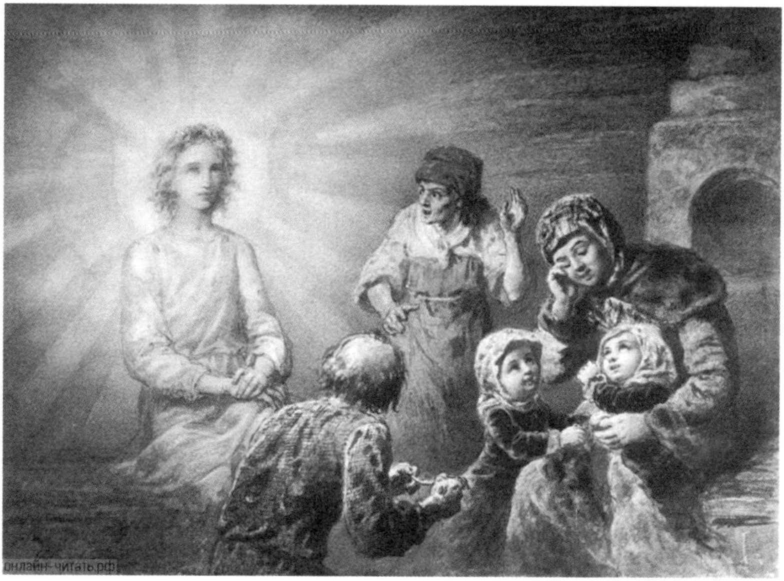

那是一个农民要他拿回去用皮子缘边的。

鞋匠垂头丧气,拿二十戈比全喝了伏特加,空着一双手回家。早晨,鞋匠感到寒冷彻骨,但喝了点儿酒,不穿皮袄也还暖和。鞋匠走大路回家,一手拿棍子敲着冰冻的地面,一手摇摇晃晃提着毡靴,嘴里自言自语:"我不穿皮袄也挺暖和。一杯酒下肚,浑身发热,皮袄都用不着了。我现在高高兴兴回家去。嗨,我就是这样一个人!有什么可烦恼的? 没有皮袄照样活下去。我一辈子也用不着皮袄,可是老太婆会不高兴的。再说,你整天给人干活,却一个钱也拿不到,总叫人生气。哼,你要是不拿钱来,我就摘你帽子,真的,摘你帽子。要不这像什么话? 一次只给你二十戈比! 哼,二十戈比能干什么? 只能喝一盅。他说他手头紧。你手头紧,我就不紧? 你有房子,有牲口,什么都有。你有自己种的粮,可我得花钱买粮吃。不论怎么说,我光买面包每星期就得三卢布。我回去,家里没有面包,又得掏出一个半卢布去买。所以你得把欠的钱还我。"

这时鞋匠来到大路转角一座小教堂旁。他看见教堂那边有个白乎乎的东西。天已黑下来,鞋匠仔细看了半天,也看不清究竟是什么。他想:"石头吗? 这里没有这样的石头。牲口吗? 又不像牲口。脑袋有点儿像人,但怎么会是白乎乎的? 再说,人怎么会待在那里?"

他走近些,看清楚了。真稀奇,的确是一个人,但不知是死是活,光着身子坐在那里,身子靠在教堂墙上,一动不动。鞋匠很害怕,心里想:"准是谁杀了他,剥去衣服,把他扔在这里。我要是再走近点儿,就脱不了干系啦。"

鞋匠从旁边绕过去,走到教堂后面就看不见那个人了。他走过教堂,回头一看,那人已不再靠着墙壁,身子在动,仿佛也瞧着他。

鞋匠越发害怕,心里想:"走近去,还是绕开? 走近去,难保不出事,谁知道他是什么人? 他落到这里准不是什么好事。要是走近去,他跳起来掐我的脖子,我就别想脱身了。即使他不掐脖子,你能拿一个光身子的人怎么办? 总不能把自己身上最后一件衣服脱给他吧。上帝保佑!"

鞋匠加快脚步,眼看就要绕过教堂,但他的良心不答应。

鞋匠在路上站住。

"谢苗,你这算什么呀?"他自己对自己说,"人家遭难都快死了,你却害怕,想绕过去。难道你发了大财,怕人家抢你的钱吗? 唉,谢苗,这样可不好!"

谢苗转身向那人走去。

二

谢苗走到那人身边,仔细一看,发现他年轻力壮,身上没有伤痕,但是几乎冻僵了。这可把他吓坏了。那人斜靠在墙上,眼睛不看谢苗,样子非常虚弱,连眼皮也抬不起来。谢苗走到他紧跟前,那人仿佛突然清醒过来,转过头,睁开眼睛,瞧了瞧谢苗。他的目光引起谢苗的爱怜。谢苗把毡靴往地上一扔,解下腰带放在毡靴上,然后脱下长袍。

"你不用说什么!"谢苗说,"快穿上! 来!"

谢苗抓住那人的臂肘,扶他站起来。那人站了起来。谢苗看到他身体细长、干净，手脚完整，相貌和蔼可亲。谢苗把长袍披在他肩上，可是他的手臂伸不进衣袖。谢苗把他的手塞进衣袖里，给他掩上前襟，束好腰带。

谢苗摘下破便帽，想给那人戴上，但自己头上感到冷。他想："我的头全秃了，他却有一头长长的鬈发。"于是他又戴上帽子。"还是给他穿上靴子吧。"

谢苗让他坐下，给他穿上毡靴。

谢苗给他穿好衣服说："好了，兄弟。你活动活动身子，暖和暖和。别的我就不管了。你能走吗？"

那人站在那里，温柔地瞧着谢苗，但说不出话来。

"你怎么不说话？总不能在这里过冬啊。得到有人家的地方去。喏，把我的棍子拿去，你身子虚，就拄着棍子走。打起精神来！"

那人就迈开步子。他走得挺轻松，没有落后。

他们在大路上走着，谢苗问："你是哪里人？"

"我不是本地人。"

"本地人我都认识。你怎么会到教堂这儿来的？"

"我不能告诉你。"

"是不是有人欺负你了？"

"谁也没有欺负我。是上帝惩罚我。"

"当然，一切都是上帝的旨意，但你总得找个地方安顿啊。你要上哪儿去？"

"我都无所谓。"

谢苗听了觉得奇怪。那人不像个泼皮，说话也挺温和，可自己的事却绝口不谈。谢苗想："天下什么怪事没有啊。"接着就对他说：

"好吧,您就到我家去吧,哪怕去暖和暖和身子也好。"

谢苗向家里走去,陌生人跟在他旁边。起风了,谢苗穿着衬衫感到冷,他已酒意全消,身体都快冻僵了。他走着,吸着鼻子,掩紧身上的女短袄,想:"哼,买皮袄,买皮袄,回来连长袍都没有了,还带回一个光身男子。玛特廖娜准会不高兴的!"一想到玛特廖娜,谢苗就很担忧。他望望陌生人,记起那人在教堂旁的目光,心里感到一阵温暖。

三

谢苗的妻子一早就料理好家务。她劈了柴,打了水,让孩子们吃饱,自己也吃了点儿东西,坐着想心事。她在考虑,面包今天做还是明天做?家里还剩有一大块面包。

她想:"谢苗要是在那里吃了中饭,晚饭就吃不了多少,面包够明天吃了。"

玛特廖娜反复掂着那块面包的重量,想:"今天不做面包吧。面粉只够烤一炉面包了,我们得熬到星期五。"

玛特廖娜收拾好面包,坐到桌子旁给丈夫补衬衫。她一面补,一边想着丈夫,不知他会买一块怎样的羊皮回来。

"他可别被卖皮的骗了。我男人实在是个老实人。他从来不骗人,可是连小孩子都会让他上当。八卢布不是个小数目。可以做一件好皮袄。就算不是熟皮,也总是一件皮袄。去年冬天没有皮袄可难过啦！去河边不行，去哪儿都不行。他出门把衣服都穿走，我就没有衣服穿了。他今天出门不算早，但也该回来了。我这个亲人总不会去喝酒吧？"

玛特廖娜刚想到这里，台阶上就响起吱吱嘎嘎的声音，有人走进来。她把针插好，看见进来的有两个人：谢苗和一个汉子，那汉子光着头，脚上却穿着毡靴。

玛特廖娜立刻闻到丈夫身上酒气熏天。她想："哼，真的喝过酒了。"她看见他身上没有穿长袍，只有一件女短袄，空着一双手，一声不吭，显出一副畏畏缩缩的样子，她的心都凉了。她想："他准是把钱都喝光了，同这种浪荡汉鬼混，还把他带回家来。"

玛特廖娜让他们走进屋，自己也跟着进去。她发现这个陌生人年纪很轻，瘦瘦的，身上穿着他们家的长袍。长袍里没有衬衫，头上没戴帽子。他一进来，就垂下眼睛，一动不动地站着。玛特廖娜想，看来不是个正经人，这么鬼鬼祟祟的。

玛特廖娜皱起眉头，走到灶边，冷眼看他们怎么样。

谢苗摘下帽子，规规矩矩地坐到长凳上。

"哎，玛特廖娜，"谢苗说，"给我们吃晚饭吧！"

玛特廖娜低声嘀咕着。她一动不动地站在灶旁，一会儿看看这个，一会儿望望那个，不住摇头。谢苗看到老婆不高兴，但他无可奈何。他装作没注意，拉起陌生人的手说："坐吧，兄弟，我们吃饭吧。"

陌生人在长凳上坐下。

"怎么，饭还没做吗？"

玛特廖娜火冒三丈。

"做了，可不是为你做的。我看你是喝糊涂了。你出去买皮袄，可回来连长袍也没有了，还带来一个光身子的无赖。我这儿没有你们酒鬼吃的饭！"

"够了，玛特廖娜，别胡说八道！你得先问问他是个什么人……"

"你说说，钱到哪儿去了？"

谢苗伸手到长袍口袋里，掏出钞票，把它摊开来。

"钱在这里，特里丰诺夫没给钱，他答应明天给。"

玛特廖娜特别生气的是，他皮袄没有买，把最后一件长袍给了一个光身子的人，还把他领回家来。

她一把抓住桌上的钞票，把它藏好，说："我没有晚饭。光身子的酒鬼太多了，喂不过来。"

"喂，玛特廖娜，别乱说。先听听人家……"

"酒鬼的傻话我可听够了。是的，我当初就不肯嫁给你这个酒鬼。妈妈给我的麻布被你喝掉了，这回买皮袄的钱又被你喝掉了。"

谢苗要向妻子解释他只喝掉二十戈比，他要说明他在哪儿找到这个人，但玛特廖娜不让他插嘴。她喋喋不休地说个没完，连十年前的旧账都翻了出来。

玛特廖娜说着说着，突然冲到谢苗跟前，抓住他的衣袖。

"还我的短袄。我只剩下这么一件衣服，你还要从我身上剥去，穿到自己身上。拿来，癞皮狗，叫你不得好死！"

谢苗从身上脱下短袄，把一个衣袖翻了过来，玛特廖娜一扯，把线脚都扯开了。玛特廖娜抓住短袄套到头上，走到门口。她想出去，但又站住。她怒气冲天，很想发作，但又想知道来的是个什么人。

四

玛特廖娜在门口站住说:"他要是个好人,也不会光着身子,可他连衬衫都不穿一件。他要是干的正经事,你也得说说从哪儿弄来这样一个花花公子。"

"对,我正要告诉你:我在路上看见这个人光着身子坐在教堂旁,完全冻僵了。又不是夏天,怎么能光着身子?上帝让我碰上他,要不他会冻死的。咳,叫我怎么办?天知道他会怎么样!我就把他拉起来,给他穿上衣服,带回家来。你别这样发火,玛特廖娜,罪过啊!我们都是凡人,有一天都要死的。"

玛特廖娜正要破口大骂,但看了陌生人一眼,就不作声了。陌生人坐在凳子边上,一动不动。他的双手放在膝盖上,头垂在胸前,眼睛闭着,眉头皱紧,仿佛喘不过气来。玛特廖娜没作声。谢苗说:"玛特廖娜,难道你心里没有上帝吗?!"

玛特廖娜听见这话,又瞧了陌生人一眼,她的心肠顿时软了下来。她从门边走到灶旁,端出晚饭。她把碗放在桌上,倒了一碗克瓦斯,拿出最后一块面包,又给了陌生人刀和匙子。

"您吃吧!"她说。

谢苗推了推陌生人说:"坐吧,年轻人!"

谢苗切了面包,把它撕碎,吃起来。玛特廖娜坐在桌子角上,一只手托着脑袋,望着陌生人。

玛特廖娜可怜陌生人，对他产生了好感。陌生人也突然高兴起来，不再皱眉头，抬眼望望玛特廖娜，微微一笑。

他们吃完晚饭，女主人收拾好餐桌，问陌生人："你是哪里人？"

"我不是本地人。"

"你怎么落到大路上的？"

"我不能说。"

"是不是有谁抢劫了你？"

"是上帝惩罚我。"

"你就这样光着身子躺在那儿吗？"

"就这样光着身子躺在那儿，我冻坏了。谢苗看见我，可怜我，把身上的长袍脱下来给我穿上，叫我到这儿来。到了这儿，你也可怜我，给我吃，给我喝。上帝保佑你们！"

玛特廖娜站起来，从窗上取下她刚补好的谢苗的旧衬衫递给陌生人，还找出一条裤子给他穿。

"拿去吧，我看你身上没有衬衣。你穿上，爱睡哪儿就睡哪儿，睡阁楼也行，睡炕也行。"

陌生人脱下长袍，穿上衬衫和裤子，躺到阁楼上。玛特廖娜熄了灯，拿起长袍，爬到丈夫身边。

玛特廖娜拿长袍一角盖在身上躺下来，但是睡不着，脑子里一直想着陌生人。

她想到，最后一块面包让他吃掉，他们明天就没有面包了。她想到，她给了他衬衫和裤子，心里闷闷不乐。可她想到他的微笑，心里便高兴了。

玛特廖娜好久都没有睡着，她听见谢苗也没有睡着，把长袍往他那边拉。

"谢苗！"

"嗯！"

"面包都吃光了，可我没发面。我不知道明天怎么过。是不是去向邻居玛拉尼雅借一点儿？"

"活一天是一天，不会挨饿的。"

老婆又躺了一会儿，不再作声。

"看样子他是个好人，只是干吗不肯讲他的来历？"

"大概不便说吧。"

"谢苗！"

"嗯！"

"我们给人家东西，可是怎么没有人给我们东西啊？"

谢苗不知道怎么回答，他只说："别啰唆了！"他转了个身，睡着了。

五

第二天早晨谢苗醒来，孩子们还睡着，妻子向邻居借面包去了。那个陌生人穿着旧裤旧衬衫独自坐在长凳上，眼睛向上望。他的气色比昨天好。

谢苗说："朋友，肚子饿了要面包，身子光着要衣服。人得养活自己。你会干什么活？"

"我什么也不会。"

谢苗感到奇怪,就说:"只要肯学,什么都学得会的。"

"人家都在干活,我也要干。"

"你叫什么名字?"

"米哈伊尔。"

"那么,米哈伊尔,你不愿谈自己,这随你的便,但你得养活自己。你要是能照我的话做,我就养你。"

"上帝保佑你,我愿意学。你教我怎么干都行。"

谢苗拿起纱,把它绕在手指上捻。

"你瞧,这事并不难……"

米哈伊尔瞧了一会儿,也把纱绕在手指上捻了起来。

谢苗教他给纱线上蜡。米哈伊尔立刻懂了。主人又教他把鬃毛捻到纱线上,怎样上靴子。米哈伊尔也立刻学会了。

不论谢苗教他做什么,他都一学就会。第三天他开始独自干活,仿佛做了一辈子的鞋。他干活不休息,吃得又少。工作间歇,他不说话,眼睛望着天空。他不上街,不闲聊,也不开玩笑。

只有第一天晚上,女主人给他吃晚饭,他才微微笑了笑。

六

日子过了一天又一天,过了一周又一周,不觉已过了一年。米哈伊尔仍在谢苗家干活。他的名声传开了:他做的靴子又挺括又结实,谁也比不上。附近一带的人都来找谢苗定做靴子，他的日子越过越富裕。

冬季的一天，谢苗和米哈伊尔正在干活，有一辆带铃铛的三驾雪橇向他家驶来。他们向窗外一望，看见雪橇在门口停下，一个汉子从驭座上下来，打开雪橇门。一位老爷身穿皮大衣，走下雪橇。他下了雪橇，走到谢苗家门口。玛特廖娜连忙起来打开门。老爷低下头走进小屋，又挺直身子，脑袋差点儿碰到天花板。他的高大身子把屋角都塞满了。

谢苗站起来鞠了一躬，看到老爷觉得很奇怪。他从没见过这样的人。谢苗自己筋脉毕露，米哈伊尔皮包骨头，玛特廖娜像一片木板，而这位老爷却像来自另一个世界：面色红润，体格魁梧，脖子粗得像公牛。他的整个身体就像用生铁铸成的。

老爷气喘吁吁，脱下皮大衣，坐在凳子上说："谁是鞋匠老板？"

谢苗走过去说："是我，老爷。"

老爷对他的跟班吆喝道："喂，费杰卡，拿皮子来。"

跟班跑进来，拿来一个包裹。老爷接过包裹，把它放在桌上。"解开来。"他说。跟班解开包裹。

老爷用一个手指戳戳皮子，对谢苗说："喂，听我说，鞋匠。你看见皮子吗？"

"看见了，"谢苗说，"老爷。"

"那你知道这是什么皮子吗？"

谢苗摸摸皮子，说："皮子挺好。"

"对，挺好！你这傻瓜还没见过这样的皮子吧。这是德国货，我花二十卢布买来的。"

谢苗吓了一跳，说："我们哪里见过？"

"对了，一点儿不错。你能用这块皮子给我做一双靴子吗？"

"能，老爷。"

"这就对了。你要明白，你这是给谁做靴子，用的是什么皮子。我要你替我做一双靴子，穿上一年不走样，不开线。你能，就拿去裁；你不能，就别动。我把话说在前头：要是不到一年靴子开线，走样，我叫你坐班房；要是穿上一年不走样，不开线，我给你十卢布工钱。"

谢苗害怕了，不知道怎样回答。他回头瞧瞧米哈伊尔，用臂肘推推他，低声问："接不接？"

米哈伊尔点点头，说："接。"

谢苗听米哈伊尔的话，同意做一双一年不走样、不开线的靴子。

老爷唤来跟班，脱下左脚的靴子，伸直腿。

"给我量尺寸！"

谢苗缝了一个十俄寸[①]长的纸样，把它抚平，又跪下来，在围裙上仔细擦了擦手，以免弄脏老爷的袜子，这才动手量尺寸。谢苗量了鞋底，量了脚背，再量小腿肚，可是纸不够大。他的小腿肚粗得像圆木。

"注意，靴筒不要做得太紧。"

谢苗又缝了一个纸样。老爷坐着，动动穿着袜子的脚趾，环顾屋里的人。他看见米哈伊尔。

"这人是谁啊？"他问。

"他是我这里的师傅，靴子由他给您做。"

---

① 1俄寸合4.4厘米。

"留神啊,"老爷对米哈伊尔说,"记住,要一年穿不坏。"

谢苗回头看了看米哈伊尔,看见米哈伊尔根本不瞧老爷,却盯着老爷后面的角落,仿佛盯着什么人。米哈伊尔望着,望着,突然微微一笑,容光焕发。

"傻瓜,你龇牙咧嘴干什么? 你还是留点儿神,到时候把靴子做好。"

米哈伊尔说:"到时候一定做好。"

"那就对了。"

老爷穿上靴子,掩上皮袄,向门口走去。他忘了弯弯腰,头在门楣上撞了一下。

老爷破口大骂,摸摸脑袋坐上雪橇走了。

老爷走后,谢苗说:"哼,这可是个人物。这样的汉子棍子也打不倒。门楣都快被他撞倒,可他却没有事。"

玛特廖娜说:"过这样的日子怎么会不胖! 这样的树墩连死神也搬不动。"

七

谢苗对米哈伊尔说:"活儿是接下来了,我们可别给自己惹麻烦。皮子很贵,老爷脾气又大,可不能出岔子。你来吧,你眼睛尖,手艺比我强。这是尺寸,你来裁,我来上靴头。"

米哈伊尔听从他的话,拿起老爷的皮子摊在桌上,折成两半,拿起剪刀动手裁剪。

玛特廖娜走过来,看米哈伊尔裁皮子,对他的裁法感到惊讶。玛特廖娜看惯鞋匠活儿,现在看见米哈伊尔不按鞋匠的规矩裁,而是剪成圆形。

玛特廖娜想说但没有说出来:"看来是我不懂怎样给老爷做靴子。米哈伊尔一定更懂行,我还是不要去干涉他。"

米哈伊尔裁好一双,拿起麻线缝,但不像一般做靴子那样用两根线,而是像做便鞋那样只用一根线。

玛特廖娜看见这情景感到奇怪,但还是没说什么。米哈伊尔则一直缝下去。到吃午饭的时候,谢苗站起来,看见米哈伊尔已用老爷的皮子做了一双便鞋。

谢苗大吃一惊。他想:"这是怎么搞的,米哈伊尔来了整整一年,还从未出过岔子,这回竟会闯下这样大的祸?老爷要做一双有缘条的皮靴,他却做了一双不打底的便鞋,把皮子都糟蹋了。如今叫我怎样向老爷交代?这样的皮子上哪儿去找啊?"

他对米哈伊尔说:"朋友,你这是怎么啦?你这是要我的命!老爷定的是一双靴子,可你做了什么?"

他刚在责备米哈伊尔,门环响了起来,有人敲门。他们往窗外一看,看见一个人骑马跑来,正在系马。他们开了门,进来的是老爷的跟班。

"你们好!"

"你好!你有什么事?"

"太太派我来取靴子。"

"什么靴子?"

"靴子嘛！我家老爷已用不着靴子了。他归天了。"

"你说什么？"

"他离开你们，还没到家就死在雪橇上。雪橇一到家，我们要扶他下雪橇，可他已像口袋那样倒在雪橇里。他已经死了，身子都硬了。我们好容易才把他抬下雪橇。太太就派我到这儿来。她说：'你对鞋匠说，老爷向你们定了一双靴子，还留下皮子，现在他不要靴子了，你赶快拿皮子给他做一双死人穿的便鞋。'她还叫我等着，等你们一做好就把鞋带回家。所以我来了。"

米哈伊尔捡起桌上裁剩的皮料卷起来，拿起两只做好的便鞋拍了一下，又用围裙擦了擦，交给跟班。

跟班接过便鞋说："再见，老板！祝你好运！"

八

又过了一年，两年，米哈伊尔住在谢苗家不觉已是第六个年头了。他还是那样过日子，哪儿也不去，多余的话一句也不说，脸上只出现过两次笑容：一次是女主人第一回请他吃晚饭，另一次是那个老爷来定靴子。谢苗对他这个工人真是再满意也没有了。他不再问他从哪儿来，只担心他离开他们。

有一天，他们都在家。女主人正把锅子放在灶上，孩子们在长凳上嬉戏，眼睛望着窗外。谢苗在一个窗口上钉靴子，米哈伊尔在另一个窗口钉鞋跟。

一个男孩从长凳上跑到米哈伊尔旁边,靠在他肩上,眼睛望着窗外。

"米哈伊尔叔叔,你瞧,老板娘带着几个姑娘到我们家来了。有一个姑娘是瘸子。"

男孩一说完这话,米哈伊尔就扔下活儿,转身往街上望。

谢苗感到奇怪。米哈伊尔一向不往街上望,现在却伏在窗口望着什么。谢苗也往窗外望了望,果然有一个女人向他家走来,衣服干干净净,手里拉着两个身穿皮袄、头包羊毛围巾的女孩。两个女孩长得一模一样,叫你没法分辨,只是一个女孩左腿有毛病,走路一瘸一拐的。

那女人上了台阶,走进门廊,摸到门,抓住把手,打开门。她让两个女孩走在前头,自己跟着走进屋里。

"你好,老板!"

"请进。有什么事啊?"

那女人在桌旁坐下。两个女孩伏在她的膝上,她们看到陌生人有点儿害怕。

"想给这两个姑娘做两双春天穿的皮鞋。"

"行,没问题。我们没有做过这样小的鞋,但我们能做。有缘条的,没缘条的,都行。我们这位米哈伊尔师傅手艺可好啦。"

谢苗回头望了望米哈伊尔,看见他放下活计坐在那里,眼睛盯住两个小姑娘。

谢苗觉得米哈伊尔很怪。他想,这两个姑娘确实长得不错:黑眼睛,红脸颊,胖鼓鼓的,她们身上的小大衣也挺漂亮。但谢苗不明白,米哈伊尔为什么这样盯着她们,仿佛认识她们似的。

谢苗感到困惑不解。他同那女人讲价钱，讲好价钱，动手量尺寸。女人把瘸腿的女孩抱到膝上，说："你替这姑娘量两个尺寸；给这只跛脚做一只鞋，给这只好脚做三只鞋。她们俩的脚一样大。她们是双胞胎。"

谢苗量了尺寸，指着瘸腿的姑娘说："她怎么会弄成这样？这么好看的姑娘。生下来就是这样的吗？"

"不，是她母亲把她压坏的。"

玛特廖娜想知道那女人是谁，姑娘们又是谁的孩子，就问："那你不是她们的母亲吗？"

"老板娘，我不是她们的母亲，也不是亲戚，我完全是外人，只是领养了她们。"

"她们不是你自己的孩子，你却这样疼她们。"

"我怎能不疼她们呢？是我用自己的奶把她们喂大的。我自己有过一个孩子，可是上帝把他召去了，我疼他还不如疼她们呢。"

"那她们到底是谁的孩子啊？"

九

那女人就把事情从头到尾讲了一遍：

"大概六七年前吧，她们的父母在一个星期里相继去世。星期二刚葬了父亲，星期五母亲也死了。父亲在这两个孤儿出世前三天就死了，母亲生下她们连一天也没有活满。当时我跟丈夫住在乡下种庄稼,跟他们是邻居,两家门挨着门。她们的父亲一个人在树林里干活。那一天一棵树倒下来,把他拦腰压住,内脏都压了出来。他被抬到家里,就把灵魂交给了上帝。他老婆就在那个星期生下双胞胎,就是这两个姑娘。贫穷,孤独,上无老,下无小。她孤独地生下孩子,孤独地死去。

"第二天早晨我去看望邻居,走进小屋,她这个可怜人已经僵了。她死的时候身子把这个姑娘压住。她就这样把她的一条腿压坏了。乡亲们走来,把她洗干净,换上衣服,装进棺材,把她埋了。都是好人帮的忙。只留下两个没爹没娘的娃娃。怎么办? 当时村里只我一人有奶娃娃,我正在喂养我那才八个星期的头生儿。我就把她们暂时带回家。庄稼人聚在一起,反复商量拿她们怎么办。他们对我说:'玛丽雅,你先把这两个娃娃带回家去,我们再想想办法。'我用奶先喂没病的那个娃娃,却不喂腿被压坏的娃娃,我想她恐怕活不了。但后来又想,怎么能亏待那个小东西呢? 我也可怜她,我就一人喂三个——自己的一个再加上这两个! 我当时年轻力壮,吃得又好。上帝开恩,奶汁多得直往外流。我常常同时喂两个,让第三个等着。等一个喂饱了,再喂第三个。上帝保佑,我把这两个喂大了,可自己那一个不满两岁就死了。上帝从此没再给我孩子,不过我们的日子越过越宽裕。现在,我丈夫在磨坊干活,工钱多,日子过得挺好,可我们没有自己的孩子。要是没有这两个姑娘,我真不知道日子怎么过! 叫我怎能不疼她们呢? 她们是我的心头肉!"

女人一手搂住瘸腿的姑娘,一手擦着脸上的眼泪。

玛特廖娜叹了口气,说:"常言说得好:没有爹娘还能过,没有

人靠什么生活 | 053

上帝无法活。"

她们这样谈了一会儿，那女人站起来走了。主人两口子送她走，又回头望望米哈伊尔，只见米哈伊尔双手放在膝盖上，仰天微笑着。

十

谢苗走到他跟前说："米哈伊尔，你怎么啦？"

米哈伊尔从长凳上站起来，放下活计，解下围裙，向主人两口子鞠躬说："当家的，请你们饶恕我。上帝已经饶恕了我，你们也饶恕我吧。"

主人两口子看见米哈伊尔身上发出一道光。谢苗站起来，向米哈伊尔鞠了一躬说："米哈伊尔，我知道你不是一个凡人，我不能留你，我也不能盘问你。只是请你告诉我：为什么当我发现你，把你领回家时，你神情忧郁，等我老婆给你端来了晚饭，你对她一笑，从此你就变得高兴了？为什么后来老爷来定做靴子，你又笑了一次，而且从此变得更开心？现在，那女人带了两个姑娘来，你第三次笑了，而且容光焕发，精神振奋。告诉我，米哈伊尔，为什么你身上会发光，而且笑了三次？"

米哈伊尔回答说："我身上发光，那是因为上帝惩罚我，如今上帝饶恕我了。我笑了三次，因为我必须懂得上帝的三个道理，现在都懂了。那天你妻子可怜我，我懂得了第一个道理，因此第一次笑了。后来富人来定做靴子，我懂得了第二个道理，因此第二次笑了。

现在我看见两个姑娘,我懂得了第三个道理,也就是最后一个道理,因此第三次笑了。"

谢苗又问:"告诉我,米哈伊尔,上帝为什么要惩罚你,上帝的那三个道理是什么?"

米哈伊尔说:"上帝惩罚我,因为我不听他的话。我原是天上的天使,但我不听上帝的旨意。

"我本是天上的天使,上帝派我去勾一个女人的魂。我降到地上,看见一个女人生病躺在床上,她一胎生了两个女孩。两个娃娃在母亲身旁蠕动,但她没有力气把她们抱过来喂奶。那女人看见我,知道是上帝派来取她的魂的,就哭诉道:'天使啊!我的丈夫刚刚落葬,是被一棵树压死的。我没有姐妹,没有姨妈,没有婆婆,没人帮我养孩子。你先别取我的魂,让我先把两个孩子喂养长大!孩子没爹没娘活不成!'我听了她的话,把一个娃娃放在她怀里吃奶,另一个让她搂着,自己回到天上。我飞到上帝面前说:'我不能取走产妇的灵魂。她男人被树压死了,她自己生了双胞胎,恳求我不要取走她的灵魂,说让她把孩子喂养长大,孩子没爹没娘活不成。我就没有取走产妇的灵魂。'上帝就说:'你再去取那产妇的灵魂,并且弄懂三个道理:第一,人心里存在着什么;第二,人天生缺少什么;第三,人靠什么生活。等你弄懂了这三个道理,你就回天上来。'我又降到地上,取走了产妇的灵魂。

"两个娃娃就离开奶头。死人横在床上,压住了一个娃娃,把她的一条腿压坏了。我升到村庄上空,想把产妇的灵魂带给上帝,可是一阵风吹来把我的翅膀吹落,她的灵魂就单独去见上帝,而我就落到大路旁的地上。"

十一

谢苗和玛特廖娜这时才明白,他们收留的人是谁,跟他住在一起的人是谁,他们又惊又喜,不禁哭了起来。

天使说:"我就独自光着身子落在田野里。以前我不知道人们的贫困,不知道饥寒,这下我可成为人了。我肚子饿,身上冷,但不知道怎么办。我看见田野里有一座为上帝盖的教堂,就走到那儿,想在那里安身。教堂锁着,进不去。我坐在教堂后面避风。到了晚上,我又饿又冷,全身疼痛。忽然听见有人沿大路走来,手里拿着靴子,自言自语。我这是变人以后第一次看见一张凡人的脸,这脸使我害怕,我就转过身去。我听见这人在自言自语,盘算冬天用什么御寒,怎样养活老婆孩子。我想:'我又饿又冷,现在来了一个人,可他只考虑怎样搞到皮袄给自己和妻子御寒,怎样弄到粮食充饥,他是不会帮助我的。'这人看见我皱起眉头,样子更加可怕,他从我身旁走过去。我绝望了。忽然我听见这人走回来。我朝他一看,简直认不出了:他的脸原来死气沉沉,如今变得生气勃勃,我从他脸上认识了上帝。他走到我跟前,给我衣服穿,把我领回家。我走进他家,一个女人朝我们走过来,嘴里说着什么。这女人比男人更可怕,嘴里吐出一股死气,憋得我喘不过气来。她想把我赶到冰天雪地里,我知道,她要是把我赶出去,她准会死掉。她丈夫突然向她提到上帝,她的态度顿时变了。她给我们端来晚饭,眼睛瞧着我,我也看了她一眼,她身上的死气已没有了,变得生气勃勃,我又从她身上认识了上帝。

"我记起上帝的第一句话:'人心里存在着什么。'我知道人心里存在着爱。上帝向我启示他交代的事,我感到高兴,第一次笑了。但我还没懂得另外两个道理。我不懂得人天生缺少什么,以及人靠什么生活。

"我在你们家里住了一年。有人来定做靴子,要能穿上一年不走样,不开线。我瞧了他一眼,忽然看见他背后有我的同伴死亡天使的影子。这个天使,除了我,谁也看不见,可我认识他,并且知道不等太阳落山这个富人的灵魂就会被取走。我想:'这人要做一双可以穿上一年的靴子,却不知道自己已活不到晚上。'于是我想起了上帝说的另一句话:'人天生缺少什么。'

"人心里存在着什么,我已知道了。现在我又知道人缺少什么。人们不知道他们为了自己的肉体需要什么。我又一次笑了。我高兴的是因为看见了我的同伴死亡天使,上帝又向我启示了第二个道理。

"但我还不懂得第三个道理。我还不懂得,人靠什么生活。于是我继续等待上帝向我启示最后一个道理。第六年出现了双胞胎姑娘和那个女人。我认出这两个姑娘,知道她们是怎样活下来的。我当时想:'母亲为了孩子求我不要取走她的灵魂,她说没有爹妈孩子们活不成,我相信了她的话,可是另一个女人把她们喂养长大了。'当这个女人爱惜别人的孩子并且痛哭流涕时,我从她身上看到了活生生的上帝,我懂得了人靠什么生活。我懂得上帝向我启示了最后一个道理并且饶恕了我,我就第三次笑了。"

十二

  天使光着身子，全身发光，肉眼无法逼视。他说话的声音越来越响，仿佛这声音不是出自他的嘴，而是自天而降。天使说："我知道，一切人活着不是靠自私，而是依靠爱。

  "做母亲的不知道她的孩子要活下去需要的是什么。那富人不知道他究竟需要什么。谁也不知道，到傍晚他需要活人穿的靴子，还是死人穿的便鞋。

  "我变成了人，我活着不是依靠自己的打算，而是依靠一个过路人和他妻子的爱心，他们怜悯我，爱我。两个孤女能活下来，不是依靠母亲的照顾，而是依靠一个陌生女人心中的爱，她怜悯她们，爱她们。一切人活着不是依靠自己的打算，而是依靠人们心中的爱。

  "以前我知道上帝赐给人们生命，要他们活在世上。现在我知道的事更多了。

  "我懂得了，上帝不愿人们分开来生活，因此不向他们启示每个人单独需要什么；他要人们一起生活，因此向他们启示，为了自己和为了大伙需要什么。

  "现在我懂得了，人们以为他们活着靠自己的盘算，其实他们活着全靠爱。谁生活在爱之中，谁就生活在上帝之中，上帝就在他心里，因为上帝就是爱。"

  天使对上帝唱起了赞美诗，他的歌声震动了小屋。这时房顶开了,一根火柱从地面直冲天上。谢苗夫妻和孩子们拜倒在地。天使张开背上的一对翅膀,升上天去。

等谢苗清醒过来,他的小屋又回复了原状,屋里只有他们一家,没有一个外人。

一八八一年

疯 人 日 记

一八八三年十月二十日

今天我被带到省公署去作鉴定。意见分歧。他们争论了一番，断定我不是疯子。不过，他们之所以作出这个结论，只因为我竭力在检查过程中始终一言不发。我之所以一言不发，是因为害怕进疯人院，我怕到了那里不让我做疯人的事。他们认为我犯了感情倒错症，还有别的什么，但思维正常；他们这样认为，但我可知道我是个疯子。医生为我拟订了治疗方案，坚决要我相信，如果我能严格按照他的方案治疗，病就会痊愈，凡是使我焦虑的一切都会消失。哦，只要能消失，我什么代价都舍得。太痛苦了。让我从头到尾告诉你们，为什么要对我进行体格检查，我怎样发疯，怎样暴露自己的疯病。三十五岁以前，我的生活同别人一样，身上没有任何病。小时候，十岁以前，我有过这样的情况，但只是偶尔发生，不像现在这样经常发作。我小时候的情况稍微有点儿不同，我记述如下：

记得有一次躺下睡觉，当时我只有五六岁。叶甫普拉克西雅保姆是个瘦高的女人，她身穿咖啡色连衣裙，头戴睡帽，下巴底下皮肉松弛。她替我脱去衣服，把我放到床上。

"我自己来，我自己来。"我说着，跨过床栏杆。

"喂，躺下，躺下，菲金卡！你看，米嘉是个乖孩子，他已经躺下了。"她说，脑袋向哥哥那边摆了摆。

我一下子钻到被窝里，但仍拉住保姆的手。后来我放开她的手，两脚在被子里蹬了一阵，把身子盖好。这样我觉得很开心。我安静下来想："我爱保姆，保姆爱我和米嘉。我也爱米嘉，米嘉也爱我和保姆。塔拉斯爱保姆，我也爱塔拉斯，米嘉也爱塔拉斯。塔拉斯爱我，爱保姆。妈妈爱我，爱保姆。保姆爱妈妈，爱我，爱爸爸。大家都爱，大家都很开心。"我忽然听见女管家跑进来，怒气冲冲地问糖缸在哪里，保姆则怒气冲冲地回答说她没有拿过。我觉得难受，感到害怕，弄不懂是怎么一回事。我感到恐惧，身上掠过一阵冷战。我把头钻到被子底下，但在被子底下的黑暗中我并不感到好过些。我回想到有一次他们当着我的面鞭打一名小厮，小厮大声叫嚷，当福卡鞭打那个小厮的时候，他的脸色多么难看。

"你不敢了，你不敢了。"他不停地打着，说。小厮说："我再也不敢了。"福卡不断地说着"你再也不敢了"，却一直打着。这时我就精神失常了。我开始号啕大哭，号啕大哭。好久好久谁也安慰不了我。瞧，这种号啕大哭，这种悲观失望，就是我现在这种疯病的最初发作。记得另一次发作是在姨妈给我讲基督的故事时。她讲完了要走，但我们对她说："再讲些耶稣基督的故事吧。"

"不行，现在我没有空。"

"不，你讲吧。"米嘉也要求她讲。姨妈就又讲以前给我们讲过的故事。她讲到，他们把他钉在十字架上，打他，折磨他，可他一直祈祷，并不谴责他们。

"姨妈，他们为什么折磨他？"

"因为有坏人。"

"可他是个好人哪！"

"够了，已经八点多了。听见了吗？"

"他们为什么打他啊？他已经讨饶了，他们为什么还要打他？挺痛的。姨妈，他痛不痛啊？"

"够了，我要喝茶去了。"

"也许没有这回事，他们并没有打他。"

"哼，够了。"

"不，不，你别走。"

我的病又发作了。我又号啕大哭，号啕大哭，然后又用头撞墙。

我小时候就是这样发过病。但从十四岁起我的性欲觉醒了，我沉湎于恶习，原来的一切就过去了。我是个男孩子，像所有的男孩子一样。我们这些孩子都是吃着脂肪过多的食物，娇生惯养，缺乏体力劳动，又受到种种情欲的诱惑。在这样一批惯坏的孩子中间，有些跟我同龄的男孩子教会了我恶习，我就沉湎于此。后来这种恶习又被别的恶习所取代。我尝到了女人的滋味。在这种寻欢作乐中一直生活到三十五岁。我身体完全健康，没有任何疯病的症状。这二十年身强力壮的生活就这样白白浪费了，以致现在我几乎什么也不记得了，现在回忆起来非常困难，而且极其厌恶。

像我们圈子里所有智力健全的人一样，我进了中学，然后进了大学，在法律系毕业。后来我工作了一阵，后来遇到了我的妻子，我们结了婚，住到乡下，所谓生儿育女，经营家业，我还当上民事法官。在婚后的第十年里我又发了病，那是童年之后的第一次发病。

我和妻子积蓄了一些钱，那是她继承的遗产和我解放农奴所得的赎金。我们决定买一座庄园。我当然十分关心增加我们的财富，并且希望用比别人更精明的办法。我到处打听哪里有庄园出售,并阅读报上所有的广告。我想买这样一座庄园,它的收益或出卖上面的木材就足以支付全部买价。这样我就可以白白得到一座庄园。我在寻找一个不懂行情的傻瓜。有一次我觉得已找到了这样的一个卖主。在奔萨省有一座带大树林的庄园出售。我从各方面了解到,卖主就是这样一个傻瓜,上面的树林就值整座庄园的卖价。我收拾行装出发。我带着一个男仆,先乘火车,然后改乘驿车。这次旅行在我是很愉快的。我的男仆是个好心肠的年轻人,像我一样快活。我们看到新的地方和新的人。我们的旅行很愉快。到目的地我们有两百多俄里[①]的路程要走。我们决定一路上不停留,只在中途换马。天黑了,我们仍继续前进。我们睡意蒙眬。我打起盹来,但突然醒了。我感到有点儿恐惧。就像常有的情况那样,我突然惊醒过来,睡意全消。"我去做什么?我上哪儿去?"我的头脑里突然产生这样的疑问。倒不是后悔想以廉价买进庄园,而是我突然觉得根本不必这样长途跋涉,我会死在异乡的。我感到心惊胆战。男仆谢尔盖醒了,我想乘机跟他聊聊。我说到这个地区,他搭腔,戏谑,但我觉得无聊。我和他又谈到家人,还谈到我们将要买庄园的事。他高高兴兴地搭着腔,这使我感到惊讶。他觉得一切都很好、很开心,我却觉得一切都很可厌。不过,同他聊聊,我还是觉得轻松些。但除了无聊、厌恶之外,我感到疲劳,想停下来。我觉得,走进房子里,看到人,喝点儿茶,主要是睡一觉,将会舒服些。我们乘车来到阿尔扎马斯城郊。

"我们在这儿等一下怎么样?歇一会儿好吗?"

[①] 1俄里合1.06公里。

"太好了。"

"这儿离城还远吗?"

"还有七俄里。"

车夫是个老成持重、沉默寡言的人。他不慌不忙地赶着车,情绪忧郁。我们继续赶路。我没有作声,但觉得轻松些,因为我期待着前面的休息,希望到了那里一切都会过去。马车在黑暗中行进着,行进着,我觉得路途极其漫长。终于看到了城市。人们都已入睡。黑暗中隐隐约约看见一座座小房子,响起了铃铛声和马蹄声,房子周围的回声特别响亮。有几座白色的大房子。这一切都令人不快。我期待着驿站、茶炊和躺下来休息。最后我们来到一所带柱子的小房子前。房子是白色的,但它给我的印象十分凄凉。我甚至觉得有点儿害怕。我悄悄跳下车。谢尔盖利索地拿下需要的东西,跑进房子,踩得台阶咯咯直响,他的脚步声使我忧郁。我走进房子,来到一条小走廊。一个睡意惺忪、颊上有个红斑的人(我觉得这个红斑十分可怕)给我们指点了房间。房间阴森森的。我走了进去。心里越发害怕。

"有没有房间让我们歇一会儿?"

"有一个房间。就是这个。"

这是一个粉刷得很白的正方形房间。我记得,我感到不舒服,因为这房间是正方形的。只有一扇窗,挂着红窗帘。桌子是卡累利阿桦木做的,长沙发的扶手和后背是弯曲的。我们走了进去。谢尔盖生好茶炊,沏了茶。我拿了一个枕头,在沙发上躺下。我没有睡着,听见谢尔盖在喝茶并呼唤我。我害怕起身,驱散睡意,胆战心惊地坐在房间里。我没有起身,开始打盹。我一定打了个盹,因为当我醒来时,房间里已一片漆黑,一个人也没有。我又像在马车上那样突然醒了过来。我睡意全消,再也无法入睡。我到这儿来干什么?我要往哪儿去? 我要逃避什么,往哪儿逃? 我在逃避什么可怕的东西,可是逃避不了。我永远逃避不了我自己,我在折磨自己。我就是我,我整个儿就在这儿。奔萨省的庄园也好,任何其他地方的庄园也好,都不会使我增加什么,也不会使我减少什么。可我呢,我厌恶自己,觉得无法忍受,自己在折磨自己。我想睡觉,可是我无法入睡。我无法摆脱自己。我来到走廊上。谢尔盖垂下一只手,睡在狭窄的长凳上,但睡得很熟。那个颊上有红斑的看门人也睡着了。我来到走廊上,想摆脱那折磨我的思想。但它跟着我出来,使一切都变得阴郁不快。我越发感到恐怖了。"我多蠢啊?"我对自己说,"我愁什么? 我害怕什么?"死神悄悄地回答说:"你害怕我,我就在这儿。"一阵寒战从我身上掠过。是的,我害怕死。它来了,它就在这儿,可它是不该来的呀! 要是真的死神临头,我就不会有这种感觉了,那时我才应该害怕。但现在我并不害怕,我看到、感觉到死神正在降临,同时我又觉得它不该降临。我整个身心都在渴望,渴望生的权利,同时又觉得死神正在逼近。这种肝胆俱裂的感觉十分可怕。我试图摆脱这种恐惧。我找到一个铜烛台,上面插着一支点过的蜡烛,我把蜡烛点着。红色的烛火和比烛台稍微小些的火焰也在向我显示这一切。生活中一无所有,只有一个死,而死是不该存在的。我试着想想我所关心的事:购买庄园,妻子的事,这一切不仅没有什么可以令人开心,而且都微不足道。由于生命逐渐消亡,一切都被恐惧笼罩着。我该睡觉了。我正要躺下。但刚一躺下,就恐惧得跳起来。苦闷,心灵的苦闷,那种只有在呕吐之前才有的难受感觉。惊心动魄,毛骨悚然,看来死亡是可怕的,而回首往事,想

068 | 苏拉特的咖啡馆

到生活，就觉得垂死的生命是可怕的。生和死不知怎的竟合二为一，有什么东西在撕裂我的灵魂，但撕裂不开来。我再次走过去看看睡觉的人，再次试图入睡，可是，那红色的，白色的，正方形的恐惧又出现了。有什么东西在挣扎，但是挣不脱。痛苦，痛苦得无可奈何，令人憎恶，我觉得自己心里没有一丝善良，只有持续不断的暗暗对自己的憎恶，对创造我者的憎恶。谁是我的创造者？上帝，据说是上帝。我记起来，应该祈祷。我已有二十年没有祈祷了，什么也不信，尽管出于礼节还是年年都斋戒。我开始祈祷。"上帝保佑！我们的父亲！圣母娘娘！"我编造祈祷词。我动手画十字，在地上叩头，同时向四周环顾，唯恐被人看见。仿佛这使我分心，我真的唯恐被人看见。接着我躺下来。但刚一躺下，闭上眼睛，那种毛骨悚然的感觉又使我战栗了一下，把我惊起。我再也无法忍受，就叫醒看门人，叫醒谢尔盖，吩咐他套车。我们又上路了。在新鲜空气和旅途中我觉得好过些。但我觉得有一种新的东西压在我的心头，毒害了我原来的全部生活。

入夜前，我们来到目的地。整天我都同自己的忧郁症作着斗争，并把它战胜。但内心仍感到可怕的压抑，仿佛遇到了什么祸事。我只能暂时把它忘记，但它潜藏在我的心底，我无法摆脱它。

我们在傍晚到达目的地。管家小老头儿虽然不太乐意（他舍不得出卖庄园），但还是好好接待我。干净的房间，里面摆着沙发。一个闪闪发亮的新茶炊。一套很大的茶具，还有冲茶的蜂蜜。一切都很周到。但我不太愿意问他庄园的事，仿佛这是一门被遗忘的旧功课。一切都是不愉快的。不过那天夜里我睡得还算平静，我把这归功于临睡前又做过祈祷。后来我又恢复了原来的生活；但这种忧郁症从此一直附在我身上。我应该不再停留。主要是在习惯了的环境里生活，好像一个学生习惯成自然地不假思索就背出记熟的功课那样，我不能再犯第一次在阿尔扎马斯出现的可怕的忧郁症。我平安回家，庄园没有买，钱不够。我开始按原样生活，唯一的区别是我又开始做祈祷，上教堂。我认为是照原样，但现在回忆起来，已经不是照原样了。我按照原来的方式生活，继续用原来的力量沿着原来铺好的轨道前进，但不再增加任何新的活动。对以前开始的活动我已不太感兴趣。我觉得一切都很乏味。我开始变得虔诚了。妻子注意到这一点，因此责怪我，对我唠叨个没完。我在家里没有再犯过忧郁症。不过，有一次我突然去莫斯科。白天收拾行装，晚上出发。这是为了一桩官司。我高高兴兴地到莫斯科去。一路上同一位哈尔科夫的地主交谈，谈到庄园，谈到银行，谈到该在哪里过夜，谈到戏剧。我们决定一起到肉店街的莫斯科旅馆投宿，当晚就去看歌剧《浮士德》。我们到了旅馆，被领到一个小房间。走廊里有一股冲鼻的霉味。旅馆仆役把我的手提箱拿进房间。旅馆侍女点着了蜡烛。蜡烛燃烧起来，后来烛火照例逐渐缩小。隔壁房间里有人咳嗽了一声，听声音大概是个老人。侍女走了，仆役站着问，要不要卸下行李。蜡烛又旺起来，照亮了带黄条纹的蓝色墙纸、隔板、油漆剥落的桌子、长沙发、镜子、窗户和整个狭小的房间。突然，在阿尔扎马斯发过的恐惧症又在我身上露了头。"天哪！叫我怎么在这儿过夜啊！"我想。

"好的，朋友，把行李卸下来。"我对仆役说，想把他留住。我心里想，"我得赶快换好衣服，到剧院去。"

仆役卸下行李。

"朋友，请你到八号房间跟我同来的老爷那儿去一下，告诉他我马上就到他屋里去。"

仆役走了，我慌忙动手穿衣服，不敢对墙壁瞧一眼。"真荒唐，"我想，"我害怕什么呀，简直像个孩子。我并不害怕幽灵。是的，幽灵……宁可害怕幽灵，也不要害怕我所害怕的东西——害怕什么呀？——没什么……害怕自己……哼，真荒唐。"但我还是穿上浆得笔挺的冰凉的衬衫，插上硬领，穿上大礼服和新皮鞋，到哈尔科夫地主的房间里去。他已收拾好了。我们乘车去听歌剧《浮士德》。路过理发店，他又进去卷发。我请法国人剪头发，还买了一双手套。一切都很顺利。我完全忘记了我那长方形单间和隔板。在剧院里也很愉快。听完歌剧，哈尔科夫地主建议一起去吃晚饭。我没有这样的习惯，但当我们走出剧院、他向我提出去吃晚饭时，我又想起了房间里的隔板，就同意了。

我们在夜间一点多钟回到旅馆。我不会喝酒，今天却喝了两大杯酒，而且心里很愉快。不过，我们一走进灯光微弱的走廊，旅馆的那股味道又包围了我，我的背上掠过一阵寒战。但是无可奈何。我握了握同伴的手，走进自己的房间。

我度过一个恐怖的夜晚，比阿尔扎马斯那一夜更恐怖，直到早晨门外响起一个老人的咳嗽声时我才睡着。我没有睡在我躺下过几次的床上，而是睡在长沙发上。我通宵感到难以忍受的痛苦，灵魂和肉体又痛苦地分裂开来。"我活着，我活过，我应该活，可是突然死神降临，一切都灭亡了。为什么要活着？不如死吧？立刻就自杀？我害怕。等待死亡的到来吗？我更害怕了。那么只好活着？为了什么？为了死。"我无法从这个圈子里逃出来。我拿起一本书来看。我暂时迷迷糊糊。接着又是那个疑问,又是那种恐怖。我躺到床上,闭上眼睛。更糟糕。这是上帝的旨意。为了什么呀?人家说:不要问,只要祈祷。好吧,我祈祷。现在我也在祈祷,又像那次在阿尔扎马斯时一样;从此以后我就一直像孩子那样祈祷。不过现在我的祈祷是有意义的。"倘若你是存在的,你就向我启示:为什么要这样?我是什么?"我不断鞠躬,念着我所知道的各种祈祷文,并自己编祷词,又补充说:"你就向我启示吧。"我不作声,等待着回答。可是没有回答,仿佛没有一个人能回答。我独自一人,形单影只。既然他不愿回答,只好由我自己来回答。"为了今后要活下去。"我自己回答。"那为什么要这样朦胧,这样折磨人?我不能相信未来的生活。当我不是全心全意发问的时候,我是相信的,但现在无法相信,无法相信。倘若你确实是存在的,你就应该告诉我,告诉人们。倘若你是不存在的,那就只有让人完全绝望。我不要,我不要!"我十分愤慨。我要求他向我启示真理,向我显现。我做了一切,就像所有的人那样,但他没有向我显现。"你祈求,你就能得到。"我想起这句话,就祈求。在这样的祈求中我得到的不是安慰,而是休息。也许我并没有祈求,我放弃了他。所谓"你退后一寸,他离你一丈"。我不信仰他,却去祈求,他就什么也不向我启示。我同他算账,谴责他,干脆不信仰他。

第二天,我竭力把所有的事都在一天里办完,免得在旅馆里再过一夜。我没有办完所有的事,夜间回到家里。我不觉得忧郁。莫斯科的这一夜进一步改变了我从阿尔扎马斯开始改变的生活。我更不关心事务,对一切都漠不关心。我的健康恶化。妻子要我去治疗。

她说我对信仰、对上帝的解释是由于我有病。我却知道，我的衰弱和病是由于我内心的问题没有得到解决。我竭力摆脱这个问题，竭力在习惯的环境里充实生活。我每逢星期日和节日上教堂，斋戒，甚至禁食，就像我从奔萨省旅行归来后所做的那样。我祈祷，但比平时祈祷得更多。我对此并不抱什么希望，就像保存一张到期拒付的期票，尽管知道期票是不可能兑现的。我这样做只是想碰碰运气。我不用事务来充实生活，事务使我厌恶（我没有精力），我主要是阅读杂志、报纸、小说，赌小注的纸牌。我唯一能显示精力的是打猎，而打猎是我的嗜好。我一辈子都喜欢打猎。有一次冬天，邻居的猎人带着猎狗来找我。我同他一起出发。到了目的地，我们穿上滑雪板，去可能有狼出没的地方。那次打猎并不顺利，狼群冲破了围猎圈。老远我就听出这情况，于是到树林里去找寻新鲜的兔子脚印。兔子脚印把我带到远远的田野里。我在田野里找到了兔子，但它一溜烟跑了。我往回走。穿过稠密的树林。地上积雪很深，滑雪板陷了进去，树枝绊着脚。树林越来越密。我问自己，我来到了什么地方？大雪把全部景色都改变了。我突然觉得我迷路了。离开家，离开猎人们所在的地方都很远，而且听不见一点儿声音。我累了，浑身冒汗。要是停下来，就会冻僵。走呢，越来越没有力气。我大声叫喊，周围一片寂静，没有人应声。我往回走，路又不对。我环顾了一下。周围都是树林，分不出哪里是东，哪里是西。我又往回走。两腿疲软无力。我心里害怕，就停下来。这时，阿尔扎马斯的恐惧和莫斯科的恐惧又发作了，而且比以前厉害一百倍。我的心怦怦直跳，手脚发抖。死神来临了吗？我不想死。为什么要死？死是什么？我要像以前那样质问和责备上帝，但我忽然感到我不敢和不应这样做，人不能跟上帝算账，他说过必须这么办，只有我一人有罪。我祈求他的饶恕，自己讨厌自己。恐惧持续了不久。我站了一会儿，清醒过来，朝一个方向走去，很快就出了树林。我离开树林边缘不远。我走出树林，来到大路上。我的手脚仍那么发抖，心仍怦怦直跳。但我感到高兴。我走到猎人那里，我们一起回家。我心里快乐，而且知道我有什么快乐的事，等我一人独处的时候，我将进行分析。我果然这样做了。我独自待在书房里，开始祈祷，请求饶恕，并且检讨自己的罪孽。我觉得我的罪孽不大，但一想到，就十分反感。

从此我开始阅读圣经。我觉得《旧约全书》深奥难懂，但很吸引我，不过《福音书》使我感动。我读得最多的是《使徒行传》。这种阅读使我得到安慰，看到了范例，这些范例似乎越来越可以模仿。从此我对庄园和家务越来越不关心。它们甚至使我厌恶。我觉得一切都不对头。至于什么对头，我不知道，而原先构成我生活内容的东西已不复存在。当我打算购买另一处庄园时，我懂得了这一点。在离我家不远的地方有一座庄园卖得很便宜。我乘车去看，一切都很完美，很合算。特别有利的是农民自己没有耕地，只有些菜园子。我明白，他们为了使用牧场得免费给地主种地。情况就是这样。这一切我都估计到了，照例我也都喜欢。不过，在回家的路上我遇见一个老太婆，我向她问路，同她交谈了一下。她讲了她的贫困。我回到家里，向妻子讲述庄园如何合算时，突然感到害臊，觉得自己卑鄙。我说，我不能买这座庄园，因为我们的利益是建立在别人的贫困和悲哀之上的。我说了这些话，立刻领悟到我所说的话就是真理。主要真理就是，农民同我们一样想过好日子，他们同我们一样是人，是我们的兄弟，是上帝的儿子，就像《福音书》里所说的那样。突然，一样长期使我痛苦的东西离我而去，仿佛从腹中出世一样。妻子生气了，她骂我。我却觉得快乐。这是我发疯的开始。不过完全发疯要晚一点儿，在这以后一个月。有一天我去教堂做礼拜，认真祈祷和听人祈祷，深受感动，而完全的疯病就是从那时开始的。有人突然给我送来圣饼，然后他们走近十字架，开始拥挤，然后有一群乞丐守在出口处。我心中豁然开朗，这一切都是不该有的。不仅不该有，而且确实是没有的。如果没有这一切，那就没有死亡和恐惧，我心里也就不会有那种肝胆俱裂的感觉，我就什么也不怕。这时有一道光把我照个透亮，我就变成现在的样子。如果这一切都是不存在的，那么我原来心里的一切也就不存在了。在教堂门口的台阶上，我把身上带着的三十六卢布都分赠给了乞丐，又跟农人们谈着话，步行回家去。

一八八四年

傻子伊凡的故事

一

从前某国有个富裕的农民。这个富裕的农民有三个儿子：军人谢苗、大肚子塔拉斯和傻子伊凡，还有一个哑女老姑娘玛拉尼雅。军人谢苗出去打仗，为沙皇效劳；大肚子塔拉斯进城跟商人做买卖；傻子伊凡和姑娘在家里劳动过活。

军人谢苗打仗有功，当上大官，得到封地，娶了个贵族姑娘为妻。他俸禄优厚，领地很大，但总是入不敷出：不论他收入多少，贵族出身的妻子都花个精光，弄得家里总是缺钱用。军人谢苗到领地收租，总管对他说："收不到。我们没有牲口，没有农具，没有马，没有牛，没有犁，没有耙。先要置办这一切，才会有收入。"

军人谢苗去找父亲，说："爸爸，你很有钱，可是什么也没给我。你分三分之一家产给我，让我并入我的领地。"

老头儿说："你什么也没给我带回家来，我为什么要给你三分之一家产？再说伊凡和姑娘会不高兴的。"

谢苗说："伊凡是个傻子，姑娘又是个哑巴，他们需要什么？"

老头儿说："看伊凡怎么说。"

伊凡却说："行，给他吧。"

军人谢苗从家里拿走一份，并到他的领地，自己又给沙皇效劳去了。

大肚子塔拉斯挣了不少钱,娶了个商人的女儿为妻,但他还是嫌钱少,走来对父亲说:"把我的一份分给我吧。"

老头儿也不愿给塔拉斯一份,他说:"你什么也没给过我们,家里的一切都是伊凡挣来的,可不能委屈他和姑娘。"

塔拉斯说:"给他有什么用?他是傻子,讨不到老婆,没有人会嫁给他。姑娘是个哑巴,她什么也不需要。伊凡,你分一半粮食给我,挽具我不要,牲口我只要那匹灰毛公马,耕地它也用不上。"

伊凡笑道:"好吧,我去给你套马。"

塔拉斯也分到了一份家产。他把粮食运到城里,牵走了灰毛公马。这样伊凡只剩一匹老母马,但他照样干农活赡养父母。

二

三弟兄分财产没有吵架,却友好地分手,这使老魔鬼大为生气。他把三个小鬼叫来,对他们说:"你们看,现在有三弟兄:军人谢苗、大肚子塔拉斯和傻子伊凡。我要他们吵翻天,他们却和睦相处,十分友爱。傻子把我的事全搞糟了。你们三个去,一个对付一个,要挑动他们打个你死我活。你们办得到吗?"

"办得到。"三个小鬼说。

"那么,你们打算怎么办?"

三个小鬼说:"我们先叫他们破产,穷得没饭吃,再把他们弄到一起,他们就会大打出手。"

"嗯,很好,"老魔鬼说,"我看你们都很在行。去吧,不把他们搞得天翻地覆别来见我,要是办不到,我就剥你们三个的皮。"

三个小鬼到沼泽地去商量,这事怎样进行。他们争吵不休,个个都想弄份轻松活干。最后决定抽签,谁抽到什么就干什么。他们还讲定,谁先干完,谁就得帮另外两个干。小鬼们抽了签,定了在沼泽地再次碰头的日子,以便知道谁先干完,该帮谁干。

到了规定的日子,三个小鬼如约来到沼泽地。他们谈了各自的情况。从军人谢苗那儿来的小鬼第一个讲:"我的事干得挺顺利。我那个谢苗明天就要回父亲家去了。"

另外两个小鬼问他:"你是怎么干的?"

"我吗?"他说,"第一件事是使谢苗胆大包天,他竟向皇帝保证要征服天下。皇帝就任命谢苗为司令去打印度皇帝。交战前夜,我把谢苗军队里的火药全部弄湿,又到印度皇帝那里用麦秸变了无数士兵。谢苗的兵看见麦秸兵从四面八方包围过来,都胆战心惊。谢苗下令开火,但枪炮都打不响。谢苗的兵害怕了,都像绵羊一般落荒而逃。印度皇帝把他们打得落花流水。军人谢苗名誉扫地,封地被收回,明天要上断头台。我只剩下一天的活要干,那就是放他出狱,让他逃回家。明天我就能腾出手来。你们说,我该帮谁的忙。"

第二个小鬼从塔拉斯那儿来,讲了他的事:

"我不需要帮助。我的事也挺顺利,塔拉斯活不满一个星期了。我先使他的肚子变得更大,人变得更贪心。他对财物贪得无厌,不管见了什么都要买。他用自己的钱买了无数东西,但还是想买,结果就只好借钱来买。他欠了一身的债,怎么也还不清。再过一个星

傻子伊凡的故事 | 081

期就到还债的日子,我要把他的东西统统变成粪土,他还不起债,就会去找父亲。"

两个小鬼又问从伊凡那儿来的小鬼。

"你的事情怎么样?"

"唉,"那个小鬼说,"我的事情可不顺利。我先往他那罐克瓦斯里唾上几口,叫他肚子疼;再到他的地里,把土地夯得像石头一样硬,使他耕不动。我以为他刨不动,没想到这傻子把犁拉来耕。他肚子疼得直哼哼,可他还是一个劲儿地耕。我把他的犁折断,不想傻子回家又拉来一把犁,又耕起来。我钻到地底下拉住他的犁铧,却怎么也拉不住。犁铧很锋利,他使劲一推,把我的两只手都割伤了。他的地差不多都耕好了,现在只剩下一条。弟兄们,你们快来帮帮忙,要是我们治不了他一个,我们就白辛苦一场了。要是傻子继续干农活,他们就不会挨饿,傻子会养活他两个哥哥的。"

从军人谢苗那儿来的小鬼答应明天去帮忙,三个小鬼就走散了。

三

伊凡把全部休耕地都翻耕好了,只剩下一条还没有耕。他跑过来想把它耕完。他肚子疼,可是地还得耕。他赶牲口下地,扶住犁向前走。他刚掉头往回走,就觉得犁仿佛被树根绊住,拉不动。原来是小鬼两脚盘在木犁叉梁上,把它顶住。伊凡想:"真是怪事!这儿根本没有树,哪儿来的树根?"伊凡伸手到犁沟里一摸,摸到一样软绵绵的东西。他抓住这东西,拉出来一看,黑黑的有点儿像树根,但上面有什么东西在动。仔细一看,原来是个活生生的小鬼。

"瞧你,"伊凡说,"真叫人恶心!"

伊凡一挥手,想把小鬼在犁上砸死,小鬼吱吱地叫起来。

"别砸我,"小鬼说,"你要我做什么都行。"

"你能为我做什么?"

"你尽管吩咐好了。"

伊凡搔搔头皮,说:"我肚子疼,你能治吗?"

"我能。"小鬼说。

"那么,你替我治一治吧。"

小鬼俯身在犁沟里摸呀摸的,摸出一个三叉草根递给伊凡,说:"瞧,只要吞下一个草根,什么病都能治好。"

伊凡拿过草根,扯下一根吞下去,肚子立刻不疼了。

小鬼又请求道:"现在你放了我吧,我钻到地底下,再也不来了。"

"好吧,"伊凡说,"上帝保佑你!"

伊凡一提到上帝,小鬼立刻钻到地下,好像石头沉入大海,只留下一个窟窿。伊凡把剩下的两棵草根塞到帽子里,继续耕地。他耕完这条地,把犁转过来,回家去。他回到家里,卸了马,走进屋,看见大哥谢苗夫妻俩坐在那里吃饭。他们的封地被收回,好容易出狱来到父亲家栖身。

军人谢苗看见伊凡说:"我到你这儿来住。我没找到工作前,你就养着我们两口子吧。"

"那好,"伊凡说,"你们住下吧。"

伊凡刚在长凳上坐下,这位贵夫人不喜欢他身上的味儿,就对

傻子伊凡的故事 | 083

丈夫说:"我不能跟臭庄稼佬一起吃饭。"

军人谢苗就说:"我太太说你身上的味儿很难闻,你最好到门廊去吃。"

"那好,"伊凡说,"我正要把马牵出去吃夜草呢。"

伊凡拿了面包、长袍,出去放马。

四

这天晚上,军人谢苗的小鬼干完了活,如约到伊凡的小鬼那里帮忙,折磨伊凡。他走到地里找了好半天,怎么也不见朋友的影子,只发现一个窟窿。他想:"看来朋友出事了,我得来顶替他。地已经耕完,等傻子来割草我再跟他捣蛋。"

小鬼来到草地上,给伊凡的草地灌了水,弄得那里一片泥泞。清早,伊凡放夜马回来,磨快镰刀,到草地去割草。伊凡来到草地。他挥动镰刀,挥了一两下,镰刀就钝得割不动,得再磨。伊凡使劲割了一阵。

"不行,"他说,"得回家去拿打刀器,再带一个大面包来。哪怕花上一个星期我也不走,非把它割完不可。"

小鬼听见这话,想:"这傻子真是个死顽固。治不了他,得另想办法。"

伊凡走来,打直了刀刃,动手割草。小鬼钻到草丛里,抓住镰刀,让刀尖扎进土里。伊凡干得筋疲力尽,但还是把一条草割完,只剩下沼泽地里的一小块。小鬼钻到沼泽地里想:"哪怕砍断我的爪子,我也不让你割。"

伊凡来到沼泽地,草看上去并不密,可是镰刀挥不开。伊凡火了,使出全身力气拼命挥刀。小鬼招架不住,眼看事情不妙,就躲到树丛里。伊凡使劲一刀,砍到树丛里,把小鬼的尾巴砍掉半截。伊凡割完草,叫妹妹来耙,自己又去割黑麦。

伊凡带了钩形镰刀来到黑麦地,断尾巴小鬼已先到那里,他把黑麦弄得乱七八糟,镰刀怎么也没法割。伊凡回家拿了一把月牙小镰刀,终于把黑麦地都割好了。

"嗯,现在该割燕麦了。"伊凡说。

断尾巴小鬼听见这话,想:"黑麦地搞不成,我就去燕麦地捣蛋,不过到明天早上再去。"第二天早上,小鬼来到燕麦地,只见燕麦已全部割好。原来伊凡连夜把燕麦割光,这样可以少掉麦粒。小鬼大为恼火,说:"傻子把我砍伤了,让我吃足苦头。这样倒霉的事就是打仗也没有碰到过! 这该死的家伙连觉也不睡,叫我怎么赶得上!现在我钻到麦垛里去,让他的麦子统统烂掉。"

小鬼钻到麦垛里,让麦捆发热腐烂,他在里面觉得暖烘烘的,便打起瞌睡来。

伊凡套好马,同妹妹一起去运麦子。他把大车赶到麦垛那里,动手把麦捆叉到车上。他只扔了两捆麦,一叉就戳住小鬼的屁股,举起来一看,是个活生生的小鬼,而且是断尾巴的。小鬼在叉上拼命挣扎,想溜掉。

伊凡说:"瞧你,真叫人恶心! 你又来啦?"

小鬼说:"我是另外一个,那一个是我兄弟。我原来在你哥哥谢苗那儿。"

伊凡说："哼，不管你是哪一个，你的下场都一样！"他要把小鬼在大车横木上砸死，小鬼就哀求道："饶命吧，我再也不敢了，你要我做什么都行。"

"你能做什么呀？"伊凡问。

"不论什么东西，我都能把它变成士兵。"小鬼回答。

"我要士兵做什么？"

"你要他们干什么，他们就能干什么。"

"他们会奏乐吗？"

"会。"

"那好，你就变吧。"

小鬼说："你拿一捆黑麦往地上一扔，嘴里说：'我的奴仆命令，麦秸变成兵，有几根麦秸变几个兵。'"

伊凡拿起一捆麦往地上一扔，照小鬼的话说了一遍。麦捆立刻解开，麦秸变成士兵，还有一名号手和一名鼓手在前面吹打。伊凡笑道："真有你的，好灵巧！姑娘们这下子可乐了。"

"现在请你放了我吧。"小鬼说。

"不，我要先脱粒再变，要不就会糟蹋粮食。你教教我怎样把士兵再变成麦秸。我要先脱粒。"伊凡说。

小鬼说："你只要说：'有多少名士兵，就变多少根麦秸。我的奴仆命令，士兵再变成麦秸！'"

伊凡照说了一遍，士兵就又变成麦秸。

小鬼又请求道："现在你放我走吧。"

"好！"

伊凡把小鬼挂在大车横木上，一手把他按住从草叉上扯下来，说："上帝保佑！"伊凡一提到上帝，小鬼立刻钻到地底下，好像石头沉入大海，只留下一个窟窿。

伊凡走回家，只见二哥塔拉斯夫妻俩坐在那里吃晚饭。原来大肚子塔拉斯还不清账，就跑到老家躲债。他看见伊凡进来，就说："喂，伊凡，我现在还没发财，你就先养养我们两口子吧！"

"那好，"伊凡说，"住下吧！"

伊凡脱下长袍，在桌边坐下。

二嫂说："我不能跟傻子一起吃饭，他一身汗臭。"

大肚子塔拉斯就说："伊凡，你身上的味儿不好闻，你到门廊去吃吧。"

"那好。"伊凡说。

他拿起面包到院子里去，嘴里说："我正好要牵母马去吃夜草了。"

五

这天晚上，塔拉斯的小鬼也脱身出来，如约去帮朋友跟傻子伊凡捣蛋。他到耕地上找朋友，找了好半天，连一个也没有找到，只发现一个窟窿。他走到草地上，结果在沼泽上找到一截尾巴，接着又在黑麦地里发现一个窟窿。他想："看来朋友们遭殃了，我得替他们去对付傻子。"

小鬼去找伊凡，伊凡已离开田野，到树林里伐木去了。

原来两个哥哥住在一起觉得太挤，吩咐傻子去伐木盖新房。

小鬼跑进树林，爬到树上，和伊凡捣蛋。伊凡砍断一棵树，照规矩要让它倒在空地上，可是树随便倒下，结果夹在树丫中间。伊凡砍了一个大杈，好容易才把树放倒在空地上。伊凡又砍一棵树，情况也是这样。他费尽力气才把树拉出来。他砍第三棵树，还是这样。伊凡本想砍五十棵树，结果还没砍满十棵天就黑了。伊凡累坏了。他大汗淋漓，浑身冒热气，树林里仿佛升起雾气，但他还是不肯罢休。他又砍断一棵树，感到脊背疼痛难当，一点儿力气也没有了，就把斧头扎在树上，坐下来休息。小鬼听见伊凡停工，很高兴，心里想："哦，他没有力气了，让我也休息一下吧。"他骑在树枝上，得意扬扬，不想伊凡站起来，拔出斧头使劲从另一边砍去，树立刻断裂，轰隆一声倒在地上。小鬼没料到这一招，来不及把腿抽出来，树枝就断了，把他的爪子夹住。伊凡动手收拾树枝，发现一个活生生的小鬼，大为惊讶。

"瞧你，"伊凡说，"真叫人恶心！你又来啦？"

"我是另外一个，"小鬼说，"我原来在你哥哥塔拉斯那儿。"

"哼，不管你是哪一个，下场都一样！"

伊凡抡起斧头，想用斧背把小鬼砸死。

小鬼哀求道："别砸我，你要我做什么都行。"

"你能做什么呀？"

"你要多少钱，我就能给你变出多少钱来。"

"那好，你就变吧！"

于是小鬼教他变钱的方法。

"你从这棵栎树上扯下几片叶子放在手里搓，金币就会不断落到地上。"

伊凡扯下几片叶子放在手里搓,金币纷纷落到地上。

"太妙了!"伊凡说,"下次做游戏可以逗逗乡亲们了。"

"你放我走吧!"小鬼说。

"那好!"伊凡拿起大叉把小鬼叉出来,说,"上帝保佑你!"他一提到上帝,小鬼立刻钻到地底下,好像石头沉入大海,只留下一个窟窿。

六

两个哥哥盖了新房,分开来住。伊凡收好地里的庄稼,酿了啤酒,请两个哥哥来喝酒。两个哥哥都不来伊凡家做客。

"我们不喝庄稼人的酒。"两个哥哥说。

伊凡就请了村里男女来吃酒。他自己也喝得醉醺醺的,跑到街上跳舞。伊凡走到跳轮舞的人前面,要婆娘们给他唱赞歌,说:"我要给你们看一样东西,你们这辈子从没见过。"

婆娘们笑了,给他唱起赞歌来。她们唱完赞歌说:"好了,把东西拿出来吧。"

"马上拿来。"伊凡说。他拿起笆斗往树林里跑去。婆娘们都笑了:"真是个傻子!"接着就把他给忘了。不多一会儿,伊凡跑回来,带来满满一斗东西。

"要分给你们吗?"

"分吧！"

伊凡抓起一把金币向婆娘们扔去。天哪！婆娘们都扑过去捡，男人们也跳出来你抢我夺。一个老太婆险些被人踩死。伊凡笑了。

"哼，你们这些傻子，"他说，"怎么踩起老大娘来！别急，我再给你们一些。"他又给她们扔金币，大家跑过来，伊凡把一斗金币都倒出来。大家要求他再给，他说："没有了。下次再给你们。现在让我们唱歌跳舞吧。"

婆娘们就唱起歌来。

"你们的歌不好听。"伊凡说。

"什么歌才好听啊！"她们问。

"等着，我这就给你们看。"伊凡说。

伊凡来到打谷场，抽出一捆麦秸，打下麦粒，往地上一戳说："喂，我的奴仆，把麦秸变成兵，一根麦秸变一个兵。"

一捆麦秸散开来，变成一个个士兵，有的打鼓，有的吹号。伊凡命令他们演奏歌曲，同他们一起来到街上。老百姓都啧啧称奇。士兵演奏了一阵，伊凡又把他们领回打谷场，但不许任何人跟着去。他又把士兵变回麦捆，扔到垛上。他回到家里，在屋角躺下睡觉。

七

第二天早上，大哥军人谢苗知道这件事，来找伊凡。

"告诉我，"谢苗说，"你从哪儿弄来士兵，后来又把他们带到哪儿去了？"

"你问这干吗？"伊凡说。

"怎么干吗？有了兵什么事都好办。你可以征服一个王国。"

伊凡大为惊讶，说："是吗？你怎么不早说？你要多少我可以给你变多少。好在我和妹妹还存了许多麦秸。"

伊凡把哥哥领到打谷场上，说："听好，我把他们变出来，你就得把他们带去，要是你想养活他们，他们一天就会把村子里的粮食吃光。"

谢苗答应把士兵带走，伊凡就给他变。他拿起一捆麦往打谷场上一戳，就变出了一连兵，再拿起一捆，又是一连兵。他变出许多兵来，把整块田都占满了。

"怎么样，够了吗？"

谢苗高兴地说："够了。谢谢你，伊凡。"

"那好，"伊凡说，"要是你还要，再来，我再变。今年麦秸多的是。"

军人谢苗立刻指挥军队，率领他们去作战。

军人谢苗一走，大肚子塔拉斯来了。他也知道了昨天的事，就要求弟弟说："告诉我，你从哪儿弄来金币？我要是有这么一笔本钱，就能把天下的钱都赚到手。"

伊凡大为惊讶，说："哦，你怎么不早说？你要多少，我可以给你搓多少。"

二哥高兴地说："你就给我三笸斗。"

"那好，"伊凡说，"我们到树林里去，最好套一辆车，不然你拿不回来。"

傻子伊凡的故事 | 091

他们来到树林里,伊凡采下许多栎树叶子,搓出一大堆金币。

"够了吧?"伊凡问。

塔拉斯高兴地说:"暂时够了,谢谢你,伊凡。"

"那好,"伊凡说,"要是你还要,再来,我再搓,叶子多得很。"

大肚子塔拉斯装了整整一车金币,出去做买卖。

两个哥哥都走了。谢苗去打仗,塔拉斯去做买卖。军人谢苗征服了一个王国,大肚子塔拉斯赚了一大堆钱。

两个哥哥碰在一起,谢苗讲了他的兵是从哪里来的,塔拉斯讲了他的钱是从哪里来的。

军人谢苗对弟弟说:"我征服了一个王国,日子过得很好,可就是缺钱,我得养活这些兵。"

大肚子塔拉斯说:"我啊,攒下的钱堆成山,愁的是没有人给我看守这些钱。"

军人谢苗就说:"我们去找伊凡弟弟,我叫他再变些兵来给你看钱,你叫他再搓些钱来养活我的兵。"

他们就去找伊凡。到了伊凡家里,谢苗说:"弟弟,我的兵不够,你再给我变一些,哪怕再变两捆麦秸也好。"

伊凡摇摇头说:"不,我再也不给你变了。"

"怎么,"谢苗说,"你不是答应过吗?"

"我答应过,"伊凡说,"可我再也不干了。"

"傻子,你究竟为什么不干啊?"

"因为你的兵打死了人。前几天我在路边耕地,看见一个婆娘运一口棺材过来,哭得好伤心。我问她:'谁死啦?'她说:'谢苗的兵打仗把我丈夫打死了。'我原来以为士兵只唱唱歌,可他们竟会杀人。

我再也不给你了。"

他打定主意，再也不肯变出兵来。

大肚子塔拉斯也要求傻子伊凡再给他变些金币。

伊凡摇摇头，说："不，我再也不变了。"

"怎么，"塔拉斯说，"你不是答应过吗？"

"我答应过，"伊凡说，"可我再也不干了。"

"傻子，你究竟为什么不干了？"

"因为你的金币把米哈伊洛夫娜的奶牛夺走了。"

"怎么夺走了？"

"是这么夺走的。米哈伊洛夫娜原来有一头奶牛，孩子们都有牛奶喝，前几天她的孩子们来向我要牛奶。我就问他们：'你们家的奶牛呢？'他们说：'大肚子塔拉斯的总管走来，给了妈妈三个金币，妈妈把奶牛给了他，现在我们就没有牛奶喝了。'我原来以为你拿金币去玩玩，你却把孩子们的奶牛夺走。我再也不给你了！"

傻子坚持不给，两个哥哥只得走了。

两个哥哥边走边商量，怎样解决他们的难题。谢苗说："这么办吧。你给我钱养兵，我给你半个王国，再派一些兵去看守你的钱。"

塔拉斯同意了。两个哥哥互通有无，他们都当上国王，都很富裕。

八

伊凡仍在家赡养父母，跟哑妹妹一起下地干活。

有一次，伊凡家的一条看门老狗病了。它一身疥癣，奄奄一息。伊凡很可怜它，问哑妹妹要了一点儿面包，放在帽子里，带出去扔给它吃。帽子破了，一个草根连同面包掉在地上。老狗把草根和面包一起吞了下去。它一吞下草根，立刻活蹦乱跳，摇动尾巴，汪汪直叫，病完全好了。

父母亲看见了，大为惊讶，问他："你拿什么把狗治好了？"

伊凡回答说："我有两棵草根，能治百病，它吞了一个。"

当时正好公主生病，皇帝向全国城乡悬赏：谁能治好公主的病，谁可获重赏，如果未婚，可娶公主为妻。悬赏告示也送到了伊凡的村子。

父母把伊凡叫到跟前，对他说："你知道皇上的悬赏吗？你说你有一棵草根，快去替公主治病。你这辈子就享福不尽了。"

"好吧。"伊凡说。

伊凡收拾好行装。家人把他打扮好了，他走到门口，看见一个女叫花子，她的手残废了。

"我听说你能治病，"那女叫花子说，"你替我治治这只手，我现在连鞋都不能穿。"

伊凡说："好吧！"

他拿出草根给了女叫花子，叫她吞下去。女叫花子吞下草根，病就好了，那只手立刻能自由活动。父母亲出来送伊凡去见皇帝，听说伊凡把最后一棵草根给了人，再没有东西好治公主的病，就骂他说："你可怜一个要饭的，就不可怜公主啦？"

伊凡也可怜起公主来。他套了一辆车，把麦秸扔到车上，坐上车要走。

"傻子，你上哪儿去啊？"

"去给公主治病。"

"你还能拿什么替她治啊？"

"不要紧。"他说着赶车走了。

他来到皇宫门口，刚踏上台阶，公主的病就好了。

皇帝非常高兴，把伊凡叫去，给他华丽的衣服，把他打扮得漂漂亮亮。

"你做我的驸马吧。"皇帝说。

"那好。"伊凡回答。

伊凡娶了公主。不久皇帝死了。伊凡当上皇帝，弟兄三个都成了皇帝。

九

三弟兄各过各的日子，各人统治各人的王国。

大哥军人谢苗日子过得很好。除了麦秸变的士兵外，他又征集了许多真正的兵。他下令全国每十户抽一名壮丁，壮丁都要体格魁梧，皮肤白净，五官端正。他征集了许多这种相貌堂堂的兵，加以训练。只要有人违抗他的旨意，他就立刻派兵去执行他的命令。大家都怕他。

他的日子过得很好。他想要什么，他看中什么，全都归他所有。他派兵去掠夺他要的一切东西。

大肚子塔拉斯的日子也过得很好。他不仅不动用伊凡送给他的钱，还大大发了财。他在他的王国里建立了良好的秩序。他把钱存在箱子里，再向老百姓抽捐收税。他收人头税、烧酒税、啤酒税、婚嫁税、丧葬税、通行税、车马税、草鞋税、包脚布税、鞋带税。他想要什么，就有什么。他有钱什么都能买到，也能雇人干活，因为人人都需要钱。

傻子伊凡过得也不错。他把岳父安葬好，就脱下皇袍，交给妻子藏在箱子里，仍旧穿上麻布衫裤和草鞋去干活。

"我闷得慌，"他说，"肚子越来越大，吃不下东西，睡不好觉。"

他把父母和哑妹接来，自己又干活去了。

人家对他说："你是皇帝啊！"

"那有什么，皇帝也得吃饭啊。"他回答。

一个大臣走来禀报说："我们没有钱发俸禄了。"

"那有什么，没有钱就不发。"他说。

"没有俸禄他们不肯供职。"大臣说。

"那有什么，"伊凡说，"他们不供职可以腾出手来干活，让他们去运厩肥，厩肥积得太多了。"

有人来向伊凡告状。

一个说："他偷了我的钱。"

伊凡却说："那有什么！这说明他需要钱用。"

大家知道伊凡是个傻子。妻子就对他说："大家都说你是个傻子。"

"那有什么。"他说。

伊凡的妻子想啊想，想个不停，但她也是个傻子。

"我怎么能违抗丈夫呢？嫁鸡随鸡，嫁狗随狗嘛。"

她脱下皇后服，藏到箱子里，去向哑姑娘学干活。她学会干活，就帮助丈夫。

聪明人纷纷离开伊凡的王国，只剩下一些傻子。大家都没有钱，靠劳动养活自己，也养活别的好人。

十

老魔鬼一直等着小鬼们的消息，想知道他们怎样使三弟兄破产，可是音信全无。他就亲自去了解。他找啊找的，哪儿也没有找着，只发现三个窟窿。他想："显然他们都对付不了，我得亲自出马。"

他出去找寻，可是三弟兄已不在原地。他在三个王国里找到了他们。三人都当上皇帝，过得挺好。老魔鬼大为恼怒。

"哼，"他说，"我自己来办。"

他先到谢苗皇帝那里。他改变本来面目，变成一个将军去见谢苗。

"谢苗皇帝，听说你是一位大将，我对军事也很精通，愿意为你效劳。"

谢苗皇帝考问了他一番，看他为人聪明，就把他收下了。

新来的将军教谢苗皇帝怎样建立一支强大的军队。

"第一件事，"他说，"就是多招些兵，不然你国家里游手好闲的人太多。你得把所有的壮丁都抓来当兵，这样你的军队就会变成原来的五倍。第二件事,就是多造新的枪炮,我来给你造一种枪,一次能打一百发子弹,噼噼啪啪像爆豆子一样。我再给你造一种大炮,能够喷火。不论是人,是马,是城墙,统统烧个精光。"

谢苗皇帝听从新来将军的话,把壮丁全都抓来当兵,又开办兵工厂,造出新的枪炮,然后去攻打邻国。对方军队一出来迎敌,谢苗皇帝就命令他的军队开枪打炮,使对方立刻伤亡一半人马。邻国皇帝吓得向他投降,把国土都让给他。谢苗皇帝大喜。

"现在我要去打印度皇帝了。"他说。

印度皇帝听到谢苗皇帝的事,照搬他的一套,自己又想出种种新花样来。印度皇帝不仅抓壮丁,而且把单身妇女也抓去当兵。这样,他的军队就比谢苗皇帝更多。他还仿造谢苗皇帝的枪炮,又发明了能在天上飞的东西,从上面扔下炸弹来。

谢苗皇帝去攻打印度皇帝,以为又能像上次那样旗开得胜,不料却玩火自焚。印度皇帝不等谢苗军队开火,就派婆娘们从空中向谢苗的军队扔炸弹。婆娘们向谢苗军队扔炸弹,就像用硼砂打蟑螂一样,炸得他们四散逃跑,剩下谢苗皇帝孤家寡人。印度皇帝占领了谢苗的王国,谢苗逃之夭夭。

老魔鬼收拾了谢苗,就去找塔拉斯皇帝。他变成一个商人,定居塔拉斯王国,开了一座工厂,铸造钱币。商人出高价收买各种东西,大家都拥到他那里挣钱。老百姓的钱越来越多,他们付清了税款,从此按时纳税。

塔拉斯皇帝大喜。他想:"真要谢谢那个商人,今后我将有更多的钱,日子会过得更好。"塔拉斯皇帝想出了许多新花样,要造一座新的皇宫。他晓谕百姓,给他运木料、石头来盖皇宫,答应出高价。

塔拉斯皇帝以为老百姓一定会像以前那样拥来干活。他一看，木料和石头都往商人那里运，工人都往他那里跑。塔拉斯皇帝提高价钱，商人就提得更高。塔拉斯皇帝很有钱，但商人更有钱，出的钱比皇帝更多。皇宫只得停建。塔拉斯皇帝又想修建花园。到了秋天。塔拉斯皇帝晓谕百姓，要大家来为他修建花园。结果没有人来，大家都给商人挖池塘去了。到了冬天。塔拉斯皇帝要买貂皮做新皮袄。他派大臣去买，大臣回来说："貂皮没有了，给商人买光了，他出高价把貂皮买去做地毯。"

塔拉斯皇帝要买马。他派大臣去买，大臣回来说，好马都被商人买去了，他用马运水灌池塘。皇帝一件事也办不成，谁也不给皇帝效劳，大家都去为商人干活，拿商人付的钱向皇帝缴税。

皇帝积聚的钱越来越多，多得没地方收藏，但他的日子却越过越差。皇帝不再出什么新主意，只求勉强过日子，但连这一点也办不到。他的处境每况愈下。厨子、车夫和仆人都离开他去给商人干活。他连饭都吃不上。他派人到市场买东西，那里什么也没有，都被商人收购了。大家只向皇帝缴纳税款。

塔拉斯皇帝大怒，把商人驱逐出境。商人居留在边界，继续那样干。大家为了钱还是把什么都卖给商人。皇帝山穷水尽，不进饮食，还传说，商人吹嘘要把皇后也买过去。塔拉斯皇帝心惊胆战，不知如何是好。

军人谢苗来找他，对他说："帮帮我忙，印度皇帝把我打败了。"

但塔拉斯皇帝自顾不暇。

"我有两天没吃饭了。"他回答说。

十一

老魔鬼收拾了两个哥哥,就去找伊凡。他变成一个将军,来劝伊凡建立一支军队。他说:"皇帝没有军队不能过日子。你只要下个命令,我就从你的百姓中募集军人,建立一支军队。"

伊凡听了他的话,说:"那好,你去建立一支军队,教他们好好唱歌奏乐,我喜欢听歌。"

老魔鬼走遍伊凡的王国,招募士兵。他宣布,当兵的每人可得一升烧酒、一顶红帽。

傻子们都笑道:"酒我们自己会酿造,可以任意喝,帽子婆娘会给我们做,什么式样都会,花帽子也行,毛边的也行。"

结果没有人愿意当兵。老魔鬼又来找伊凡,说:"你那些傻子都不愿当兵,只好抓壮丁。"

"那好,你去把他们抓来。"伊凡说。

老魔鬼就发出通告,要傻子个个都来服兵役,谁不服从,谁将被伊凡皇帝处死。

傻子们走来对将军说:"你向我们宣布,不当兵,将被皇上处死,但你没说当兵将会怎么样。听说,当兵会被人打死。"

"是的,免不了会被打死。"

傻子们听了这话,越发不肯当兵,说:"我们不去,宁可在家里等死。反正人免不了一死。"

"傻子，你们真是傻子！"老魔鬼说，"当兵不一定会被打死，可是不当兵肯定会被伊凡皇帝处死。"

傻子们不知如何是好，就去问伊凡傻子皇帝："有位将军命令我们去当兵。他说：'当兵不一定会被打死，可是不当兵肯定会被伊凡皇帝处死。'这话是真的吗？"

伊凡笑道："什么，我一个人怎能把你们都处死？我要不是傻子，一定会向你们说个明白，可是这事我自己也弄不明白。"

"那么我们就不去当兵了。"他们说。

"那好，你们就别当了。"伊凡说。

傻子们又去见将军，个个拒绝当兵。

老魔鬼看到他的阴谋没有得逞，就去巴结蟑螂王，说："让我们一起去征服伊凡皇帝。他没有钱，但有许多粮食、牲口和财宝。"

蟑螂王准备出征。他集合大军，备好枪炮，来到边界，侵入伊凡王国。

有人来向伊凡禀报："蟑螂王来攻打我们了。"

"没关系，"伊凡说，"让他来好了。"

蟑螂王带领大军越过边界，派先遣部队去侦察伊凡的军队。他们找啊找啊，没有找到军队。他们等啊等啊，心想伊凡的军队会不会突然从什么地方冒出来。但哪儿也没听说有伊凡的军队，跟谁打仗啊？蟑螂王派兵占领村庄。好多士兵来到一个村庄，村里的傻子都出来看，感到很惊讶。士兵掠夺傻子们的粮食和牲口，傻子们让他们拿走，谁也不自卫。士兵来到另一个村庄，情况也是这样。士兵掠夺了一天又一天，情况都一样。傻子们什么都给，谁也不自卫，还叫士兵住下来。

"可怜的人,"他们说,"要是你们那里日子不好过,那就到我们这里来过吧。"

士兵走啊走啊,哪儿也没有看到军队,到处都只有老百姓,他们自给自足,还养活别人,不但不自卫,还请人住下。

士兵们感到无聊,对蟑螂王说:"我们没法打仗,把我们调到别处去吧。打仗就要像打仗的样子,可是这里就像在切果子冻,我们没法在这里打仗。"

蟑螂王大怒,命令军队踏遍王国,糟蹋村庄,破坏房屋,焚烧粮食,杀光牲口。他说:"谁不服从我的命令,格杀勿论。"

士兵害怕,就执行命令。他们烧毁房屋、粮食,宰杀牲口。傻子们还是不自卫,只是痛哭流涕。老头子哭,老婆子哭,小孩子也哭。

"你们干吗欺负我们?"他们说,"你们干吗糟蹋东西?你们如果要,拿去好了。"

士兵们感到不是滋味。他们不愿再干,军队就瓦解了。

十二

老魔鬼用兵打不垮伊凡,只得走开。

老魔鬼又变成一位衣冠楚楚的老爷,到伊凡王国定居。他想像对付大肚子塔拉斯那样用金钱来打垮伊凡。他说:"我是要你们好,教你们变得聪明智慧。我要在你们这儿盖房子,办企业。"

"那好,"伊凡说,"你住下吧。"

衣冠楚楚的老爷住了一夜,第二天一早就来到广场上,拿出一大袋金币和一张纸,说:"你们过得像猪一样,我来教你们怎样生活。你们照这张图纸给我盖一座房子。你们干活,我指挥,以后我会付给你们金币的。"

他拿出金币给傻子们看。傻子们看了很惊讶,他们从来不用金币,他们物物交换,或者以工支付。他们看到金币大为惊奇,说:"这玩意儿真不错。"

傻子们就拿物品和劳动去换取老爷的金币。老魔鬼就像在塔拉斯那里一样铸造金币。人们为了换取金币,把什么东西都拿出来,干什么活都愿意。老魔鬼大喜,心里想:"这下子我的事成了!现在我要叫傻子像塔拉斯那样破产。我要把他的肉体和灵魂统统买下来。"傻子们一弄到金币,就分给婆娘们去做项链,姑娘们拿去编在发辫里,孩子们拿到街上去玩。人人都有许多金币,他们就不再挣了。但衣冠楚楚的老爷还没有盖好一半房子,粮食和牲口也不够吃一年。老爷就通知傻子们去替他干活,供给他粮食和牲口,不论送去什么东西,不论干什么活,都可以得到许多金币。

可是没有人去干活,也没有人送东西去。只偶尔有一个男孩或一个女孩拿一个鸡蛋来换金币。老爷没有东西吃了。他肚子饿了,想到村里去买点儿东西吃。他闯进一户人家,想拿一枚金币买一只母鸡,可是女主人不肯。

"我已有许多金币了。"她说。

他又到一个寡妇家,拿出一枚金币买鲱鱼。

"我不需要金币,"她说,"老爷,我没有孩子,没有人玩金币,我自己已经有三枚可以玩玩了。"

他又到一个农民家去买面包。农民也不要钱，说："我用不着钱。你要是奉基督的名要饭，那就等着，我叫老婆切一块面包给你。"

老魔鬼甚至吐了口唾沫跑了。别说奉基督的名要饭，就连这句话他都不要听，觉得比刀割还难受。

老魔鬼终究弄不到面包。人人都有了金币。不论老魔鬼走到哪里，谁也不愿拿出东西来换钱，都说："你拿别的东西来，或者来给我们干活，或者奉基督的名要饭。"

可是老魔鬼除了金钱什么也没有，他又不愿干活，更不肯奉基督的名要饭。他十分恼怒地说："我给你们钱都不行，你们还要什么？有了钱，你们什么东西都可以买，什么人都可以雇。"

傻子们不听他的话，说："不，我们不需要钱，我们没有账要付，没有税要纳，要钱做什么？"

老魔鬼只得饿着肚子躺下睡觉。

这事传到傻子伊凡耳朵里。大家走来问他："教我们怎么办？我们那儿来了一个衣冠楚楚的老爷，他爱吃好喝好，衣服要干干净净，不愿干活，不肯奉基督的名要饭，只拿金币给人。大伙没有金币时还给他些东西，可现在谁也不给了。我们拿他怎么办？可不能让他饿死啊！"

伊凡听了他们的话，说："那好，得养活他。让他像牧人那样一家家吃派饭吧。"

老魔鬼没有办法，只得挨家吃派饭。

轮到伊凡家了。老魔鬼来吃饭，伊凡的哑妹正在做饭。那些懒汉常欺骗她。他们没干完活，就提早来吃饭，把饭都吃光。哑姑娘想出一个办法，看手掌来识别懒汉，谁手上有老茧，让谁坐下吃饭；

谁手上没有老茧，就让谁吃剩饭。老魔鬼钻到桌旁，哑姑娘就抓起他的手看了看，发现他的手干净光滑，还留着长指甲，但没有老茧。哑姑娘就咿咿呜呜地把老魔鬼从桌旁拉开。

伊凡的妻子对他说："老爷，别见怪，我家小姑不让手上没有老茧的人上桌。等大家吃饱了，你再吃剩下的吧。"

老魔鬼看到伊凡王国的人要拿猪食喂他，大为生气。

"你这王国里的法律真荒唐，"他说，"竟要大家用手干活。你们出的主意真傻。难道人家光靠一双手干活吗？你可知道聪明人是怎么干活的？"

伊凡回答说："我们傻子能知道什么呢？我们总是用双手和脊背干活。"

"这是因为他们都很傻，"老魔鬼说，"让我来教你们怎样用脑袋干活，到那时你们就会知道，用脑袋比用双手干活方便得多。"

伊凡感到很惊讶，说："哦，难怪人家都叫我们傻子！"

老魔鬼就说："不过用脑袋干活可不容易。你们不给我饭吃，因为我手上没有老茧，可你们不知道，用脑袋干活要困难一百倍。有时脑袋都会裂开来。"

伊凡沉思了一会儿，说："可怜的人，你干吗这样折磨自己？脑袋裂开来好受吗？你还不如干点儿轻松活儿，用双手和脊背干。"

老魔鬼说："我折磨自己是因为我可怜你们这些傻子。我要是不折磨自己，你们就永远做傻子。我一向用脑袋干活，现在我可以教教你们了。"

伊凡感到很奇怪，说："教教我们吧，有时候手做得太累了，可以用脑袋替换一下。"

魔鬼答应教他们。

伊凡晓谕全国，有一位衣冠楚楚的老爷来教大家用脑袋干活，脑袋比手更会干活，大家都来学习。

伊凡王国里筑了一座高高的瞭望台，有一道梯子直达台顶。伊凡把老爷带到台上，好让大家都能看见。

老爷站在台上，向大家讲话。傻子们都聚拢来看，以为老爷将在那里示范，怎样用脑袋代替手干活。没想到老魔鬼只是讲讲不干活怎样可以活命。

傻子们一点儿也不懂。他们望了好一阵就散开了，各人仍去干各人的活。

老魔鬼在高台上站了一天又一天，一直讲个不停。他肚子饿了，可是傻子们没想到要把面包给他送到高台上。他们想，既然他用脑袋干活比用手更灵活，他用脑袋挣点儿面包一定毫不费力。老魔鬼在高台上站了两天，一直讲个不停。人们走来望望他，又走开了。伊凡就问他们："怎么样，那位老爷是不是在用脑袋干活了？"

"还没有，"他们回答，"他还在唠叨。"

老魔鬼在高台上又站了一天，身体渐渐虚弱，脚下一晃，一头撞在柱子上。有个傻子看见了，就去告诉伊凡的妻子，伊凡的妻子又跑去告诉正在地里干活的丈夫。

"我们去看看，"她说，"听说那位老爷在用脑袋干活。"

伊凡感到惊讶。

"是吗？"他说。

他掉转马头，向高台跑去。他来到高台，老魔鬼已饿得有气无力，身子摇摇晃晃，脑袋不断撞在柱子上。伊凡刚走到台前，老魔鬼脚下一绊,倒了下来,头朝下从台阶上咚咚咚地一级级滚下来。

"哦,"伊凡说,"这位老爷说的倒是实话,有时脑袋是要裂开来的。这可不比老茧,这样干活脑袋上会起疙瘩的。"

老魔鬼滚到扶梯下,一头撞在地上。伊凡刚要走过去看看,他是不是干了很多活,地突然裂开,老魔鬼掉了进去,只剩下一个窟窿。伊凡搔搔后脑勺说:"瞧你,真叫人恶心!这又是他!大概是那几个小鬼的爹,好厉害!"

伊凡一直活到现在,百姓全都来到他的王国,两个哥哥也来了,伊凡也养活他们。只要有人来说:"养着我们吧!"

"那好,"他回答,"住下吧,我们这儿地大物博。"

不过,他的王国里有一个规矩:谁手上有老茧,就可以上桌吃饭;谁手上没有老茧,只能吃点儿剩菜剩饭。

一八八五年

雇工叶密良和空大鼓

叶密良在一户人家当雇工。有一天，他走草地去上工，看见一只青蛙在前面跳，差一点儿被他踩死。他跨过青蛙，听见后面有人叫他。叶密良回头一看，后面站着一个美丽的姑娘。姑娘对他说："叶密良，你怎么不娶个媳妇？"

"好姑娘，我怎么能娶媳妇呢？我是个穷光蛋，一无所有，谁肯嫁给我？"

姑娘说："你就娶我吧！"

叶密良喜欢这姑娘，说："太好了，可是我们住到哪儿去呢？"

"这有什么好愁的！"姑娘说，"只要你多干活少睡觉，到哪儿都有吃有穿。"

"好吧，"叶密良说，"那我们就成亲。可是我们上哪儿去呢？"

"我们进城去。"

叶密良带着姑娘进城。姑娘把他带到城郊的一间小屋，两人成了亲，就住下来。

有一天，皇帝出城，经过叶密良家，叶密良的妻子走到门外看皇帝。皇帝看见她，惊奇地问："哪来这样的美人儿？"皇帝下令停车，把叶密良的妻子叫到跟前。

"你是什么人？"皇帝问。

"我是庄稼汉叶密良的妻子。"她回答。

"像你这样的美人怎么嫁给了庄稼汉？你应该做皇后才是。"

"谢谢皇上的好意，"她说，"我嫁个庄稼汉也挺好。"

皇帝同她谈了一会儿继续上路。他回到宫里，总是忘不了叶密良的妻子。他通宵失眠，动足脑筋想把叶密良的妻子夺过来，但想不出一个办法。他召集臣仆，命令他们想办法。臣仆们对皇上说："陛下把叶密良召进宫来做工。我们拿重活儿把他累死，他的妻子就成了寡妇，到那时就可以把她弄进宫来。"

皇帝听从他们的话，召叶密良进宫做工，命他带妻子住到宫里。

钦差去对叶密良说了。叶密良的妻子就对丈夫说："好，你去吧！白天干活儿，晚上回家来。"

叶密良走了。他到了宫里，宫廷总管问他："你怎么一个人来，没带妻子？"

"我带她来干吗？她有家。"叶密良回答。

皇宫里派给叶密良双份重活儿。叶密良动手干，没指望能干完这活儿。但不到天黑，活儿已干完了。宫廷总管看见活儿都干完了，第二天派给他的活儿又加了一倍。

叶密良回到家里。家里一切都收拾得干干净净，炉子烧得很旺，饭菜也做好了。妻子坐在织布机前织布，等丈夫回来。丈夫一来，她就起来迎接，端出饭菜给他吃，问他活儿干得怎么样。

"唉，糟透了，"他说，"他们给我的活儿太重，存心要把我累死。"

"你啊，别想着活儿，"妻子说，"别瞻前顾后，看干了多少，还剩下多少。你只要干就是了。总归来得及的。"

叶密良躺下睡觉。第二天一早又去了。他干了起来，一次也没回头看。到傍晚活儿已干完了，不到天黑就回家休息。

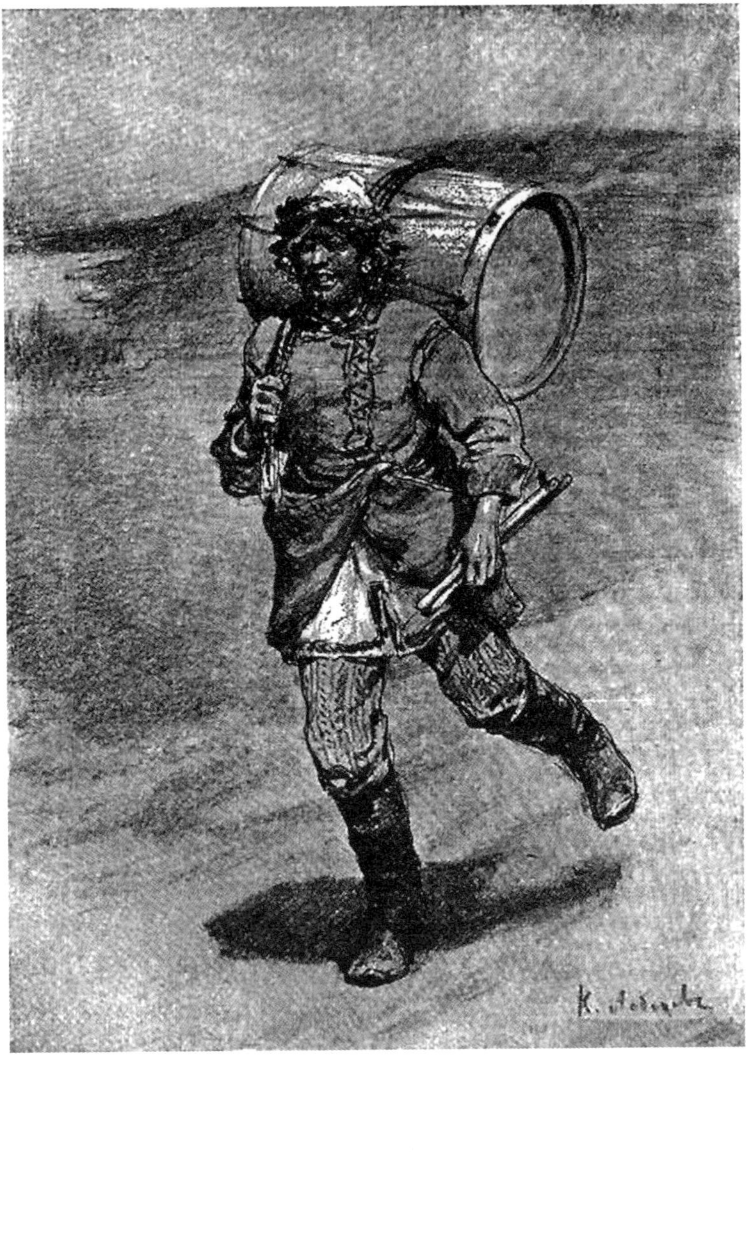

臣仆们不断给叶密良的活儿加码，但叶密良总是到时完工回家。这样过了一星期。他们看到重活儿难不倒叶密良，就让他干细活儿。但这也难不倒他。不论让他干木匠活儿，泥瓦匠活儿，还是盖房顶，他都按时完工，回家睡觉。又过了一星期。皇帝把臣仆们召来，说："难道我是白白养着你们的吗？两个星期过去了，可没见你们干出什么名堂来。你们想拿重活儿把叶密良累死，可我天天看见他唱着歌儿回家。你们是不是想捉弄我？"

臣仆们竭力辩解说："我们先是拼命拿重活儿折磨他，但对他毫无作用。他干什么活儿都像扫地一样轻松，一点儿也不累。后来我们就叫他干细活儿，以为他干不了，结果也难不倒他。真不知道怎么搞的！他样样都会，样样都行。看来不是他有魔法，就是他老婆有妖术。他弄得我们大伤脑筋。现在我们想出一件他干不了的活儿。我们要他在一天里盖一座大教堂。陛下把叶密良召来，命令他一天里在皇宫对面盖一座大教堂。如果他盖不成，就可以说他违抗圣旨，砍他的脑袋。"

皇帝派人召来叶密良，对他说："听好我的命令：你替我在皇宫对面广场上盖一座大教堂，明天傍晚前要完工。你盖好了，我奖赏你；盖不好，要你的脑袋。"

叶密良听完皇帝的话回家。他想："唉，这下子我可完了。"回到家里对妻子说："喂，内当家的，快收拾收拾东西逃走，总不能白白等死。"

"怎么啦？"妻子说，"你怕什么？干吗要逃命？"

"唉，我怎么能不害怕呢？"叶密良说，"皇上命令我明天一天里要盖起一座大教堂。要是盖不成，就要我的脑袋。现在只有一条路，赶快逃走。"

妻子不同意他的话。

"皇帝的兵那么多,到哪儿都会被他们抓住的,你跑不了。趁现在还有力气,就得听从他。"

"这事我干不了,怎么听从呢?"

"唉……当家的!你别发愁,吃了饭躺下睡觉,明天早点儿起来,来得及的。"

叶密良躺下睡觉。第二天早上妻子把他唤醒。

"去吧,快去把教堂盖完。给你钉子和锤子,那儿给你留着一天的活儿。"

叶密良来到城里。一看,一座新教堂真的已矗立在广场中央。剩下的活儿不多,叶密良干未完的活儿,到傍晚就全部完工了。

皇帝一觉醒来,向窗外一望,看见对面矗立着一座大教堂。叶密良正走来走去,东敲一个钉子,西敲一个钉子。皇帝看见教堂很不高兴,因为没有理由处死叶密良,不能夺取他的妻子。

皇帝又召集臣仆,对他们说:"这差事叶密良也完成了,没有理由处死他。这差事对他还是太容易。得想出一件更难办的事来。要是想不出,我先把你们处死。"

臣仆们想出一个难题,要皇帝命令叶密良环绕皇宫开一条河,河上要有船行驶。皇帝召来叶密良,命令他完成这个新差事。

"既然你在一夜之间盖起了一座大教堂,你就能办成这件事。明天一定要按照我的命令办成这件事。完不成,我就砍你的脑袋。"

叶密良更加忧虑了,愁眉不展地走到妻子跟前。

"你为什么事发愁啊,是不是皇上又给了你新的活儿?"妻子问。

叶密良把事情告诉了妻子,说:"得逃走才行。"

妻子却说:"到处都有兵,你逃不了的。只好服从命令。"

"怎么服从命令呢?"

"这样吧……"妻子说,"当家的,别发愁。你先把饭吃了,再去睡觉。明天早点儿起来,一切都会办好的。"

叶密良躺下睡觉。第二天一早妻子把他唤醒。

"你到皇宫那边去吧,"妻子说,"全弄好了。只是皇宫对面的码头上还剩下一个小土堆,你带把铁锹去把它铲平就是了。"

叶密良走到城里,看见皇宫周围有一条河,河上有几条轮船。他走到皇宫对面的码头上,看见有一处地方不平,就拿铁锹去铲。

皇帝一觉醒来,看见原来没有河的地方有了一条河,河上还有几条轮船,叶密良正在铲土堆。皇帝大吃一惊,心里很不高兴。他垂头丧气,因为不能处死叶密良。他想:"没有一种活儿能难倒他,叫我怎么办?"

皇帝召集臣仆,同他们一起商量。

"你们给我想一个难题,让叶密良做不到。要不,我们想一个他完成一个,我就无法把他的妻子弄到手。"

臣仆们想啊想啊,终于想出一个办法来。他们就去向皇帝禀报:"陛下把叶密良召来,对他说:'到你不知道往哪儿去的地方去,拿来你不知道是什么东西的东西。'这样,他就走投无路了。不论他往哪儿走,您都说他走的地方不对;不论他拿来什么东西,您都说他拿来的东西不对。这样,您就可以把他处死,把他的妻子夺过来。"

皇帝大喜,说:"这回你们出了个好主意。"

皇帝派人把叶密良召来,对他说:"到你不知道往哪儿去的地方去，拿来你不知道是什么东西的东西。要是不拿来，就砍你的脑袋。"

叶密良回家去把皇帝的话告诉妻子。妻子思考起来。

"这回他们教皇帝的办法可厉害了，"妻子说，"得用心对付。"

妻子坐在那里左思右想，然后对丈夫说："你得到很远很远的地方去，去找我们很老很老的乡下老奶奶，也就是大兵的母亲，求她帮你的忙。拿到她给你的东西，直接到皇宫里来，我将在那里等待。这回我逃不出他们的手心了。他们会把我抢去，不过时间不会长。只要你什么都按老奶奶的吩咐办，很快就能把我救出来。"

妻子为丈夫收拾好行装，给他一个袋子和一个纺锤。

"你把这个交给老奶奶，她就知道你是我的丈夫了。"

妻子给他指明道路。叶密良走了，他出了城，看见士兵都在操练。他站在那里看了一会儿。士兵们操练完毕，坐下来休息。叶密良走过去问道："弟兄们，你们可知道，怎样去到你不知道往哪儿去的地方，拿来你不知道是什么东西的东西？"

士兵们听了都感到很纳闷，问道："是谁派给你这差事的？"

"是皇帝。"叶密良说。

"自从当兵以来我们一直是往不知道往哪儿去的地方走，当然也就走不到，找寻不知道是什么东西的东西，当然也是找不到。我们没法帮你的忙。"

叶密良同士兵们一起坐了一会儿，继续上路。他走啊走啊，走进一座树林。树林里有一座小屋，小屋里坐着一个乡下老太婆，就是大兵的母亲。她坐在那里纺麻线，一边纺，一边流泪，她不用口水而用泪水蘸湿指头捻线。老太婆一看见叶密良，就大声问道："你来干什么？"

叶密良拿出纺锤给她,说是妻子叫他送来的。老太婆态度立刻温和下来,向他问长问短。叶密良把他的经历从头到尾讲了讲,讲到他怎样娶亲,怎样搬到城里居住,怎样当上宫廷仆役,怎样造教堂,怎样开河道,河上还有轮船,现在皇上又命令他到不知道往哪儿去的地方去,拿来不知道是什么东西的东西。

老太婆听了他的话不再流泪,嘴里喃喃地说:"看来时间到了。好吧,孩子,你坐下来吃点儿东西。"

叶密良吃完了,老太婆又对他说:"给你这个线团,让它在前面滚,你跟着它走。你得走很远很远的路,一直走到海边。你走到海边,就会看见一座大城市。你进城去,到最靠边的一户人家过夜。在那儿找你需要的东西。"

"老奶奶,我怎么知道什么是我要的东西?"

"你只要看见一样东西,人家听从它超过听从爹妈的话,这就是你要找的东西。你拿着它去见皇上,皇上会说这不是他所要的东西。你就说:'既然不对,那就把它砸碎吧!'然后你就敲打那东西,再把它拿到河边,你把它敲碎了扔到河里。到那时就可以把妻子接回家,我也就不再流泪。"

叶密良告别了老奶奶,让线团向前滚,自己跟在后面。线团滚啊滚啊,一直把他领到大海边。海边有一座大城市。城市边上有一座高房子。叶密良要求主人让他住一夜。主人让他进去。他躺下睡觉。第二天一早醒来,他听见做父亲的已经起床,在叫醒儿子,要他去劈柴。儿子不听。

"还早呢,"儿子说,"来得及的。"

叶密良又听见做母亲的在炕上说:"去吧,儿子,你爹骨头疼。

总不能叫他去劈吧？该起来了。"

儿子哑哑嘴又睡着了。他刚睡着，街上忽然传来一阵响声，好像有什么东西爆炸了。儿子一跃而起，穿上衣服，跑到街上。叶密良也一跃而起，跟着他跑出去，看是什么东西在响，什么东西使儿子听从它超过听从爹妈的话。

叶密良跑到外面，看见一个人在街上走，肚子上挂着一个圆圆的东西，正用棒在上面敲打。这东西敲得咚咚直响，儿子听到的就是这声音。叶密良跑近去仔细观看，原来是个圆圆的木桶，两边绷着牛皮。他向人打听这东西叫什么。

"鼓。"人家回答说。

"它是空的吗？"

"空的。"人家回答。

叶密良感到奇怪，就向那人讨这东西。那人不给他。叶密良不再讨，只跟在鼓手后面走，走了整整一天。等鼓手躺下睡觉，叶密良拿起鼓就跑。他跑啊跑啊，一直跑回自己的家里。他想见妻子，可是妻子不在家，就在他出门的第二天，妻子就被带进皇宫了。

叶密良来到皇宫，要人去向皇帝禀报，那个去到不知道往哪儿去的地方、拿来不知道是什么东西的东西的人来了。他们禀报了皇帝。皇帝命令叶密良明天再来。叶密良要求再次禀报，说："我今天带来了皇上要我去取的东西，请皇上出来接见，要不然我自己进去见他。"

皇帝出来，问："你去哪儿了？"

他说了一通。

皇帝说："不是那个地方，那么你带来什么了？"

叶密良想拿给皇帝看,可是皇帝不看。"不是那个东西。"皇帝说。

"既然不是那个东西,"叶密良说,"就该把它敲碎,叫它见鬼去吧。"

叶密良带着鼓走出皇宫,敲起鼓来。他一敲鼓,皇帝的军队都集合到叶密良跟前来。他们向他敬礼,等候他下命令。皇帝从窗口对着他的军队吆喝,叫他们不要跟着叶密良走。但军队不听皇帝的话,却跟着叶密良走。皇帝看见这情景,只得下令把叶密良的妻子交还给他,并要求叶密良把鼓交出来。

"不行,"叶密良说,"我得遵命把它敲碎,把碎片扔进河里。"

叶密良背着鼓走到河边,全体士兵跟着他。到了河边,他把鼓砸碎,把碎片扔到河里,士兵纷纷逃散。叶密良就带着妻子回家了。

从此皇帝再也不找他麻烦,他同妻子一直平安过日子,逢凶化吉,幸福无边。

一八八六年

苏拉特的咖啡馆[*]

---

[*] 根据法国作家圣·皮埃尔(1737—1814)的同名小说改写,改写于一八八七年一月中旬。全文内容没有什么改变,托尔斯泰只删去一些细节,并把文字通俗化。

印度苏拉特城有一家咖啡馆。各地游客和外国人常聚集在这儿聊天。

有一天，一位波斯神学家来到这儿。他一生都在研究神的本质，阅读这方面的书籍，自己也著书立说。他在神的问题上进行了长期思考、阅读和写作，以致丧失理智，头脑糊涂，最后不再信神。

国王知道了这件事，把他驱逐出波斯国境。

就这样终生思考神的问题，这位可怜的神学家迷失了方向，不知道他已丧失理智，还以为统治世界的最高理性不再存在。

这位神学家有个非洲奴隶，伴随他游历各地。神学家走进咖啡馆，非洲人就待在门外，坐在骄阳直射的石头上。他坐在那里，驱赶着身上的苍蝇。神学家则躺在咖啡馆的卧榻上，吩咐给他一杯鸦片。他喝了鸦片，精神兴奋，思路敏捷，对门外的奴隶说："喂，该死的奴隶，"神学家说，"告诉我，你说有没有神？"

"当然有！"非洲奴隶说，立刻从腰间掏出一个小木偶来，"瞧，"他说，"这就是我有生以来一直庇护我的神。这位神是由我国人人崇拜的圣树的树枝做的。"

咖啡馆里的人听了神学家和奴隶之间的对话，都感到惊讶。

他们觉得主人的问题很古怪，而奴隶的回答则更加古怪。

一个婆罗门听了奴隶的话，对他说："可怜的狂人！难道可以认为神就在人的腰间？神只有一个，就是梵天。这位梵天比全世界都

苏拉特的咖啡馆 | 123

大，因为全世界都是他创造的。梵天是唯一的大神；人们为这位大神在恒河岸上盖了神殿，只有一些婆罗门祭司向他顶礼膜拜。只有这些祭司认识真神。两万年过去了，不论世上发生多少变化，这些祭司的地位始终不变，因为唯一的真神梵天庇护着他们。"

婆罗门这样说是想说服所有的人，可是在场的一个犹太钱商反驳说："不，真神的神殿不在印度！神庇护的也不是婆罗门种姓！真神不是婆罗门的神，而是亚伯拉罕、以撒和雅各的神。真神只庇护自己的以色列人。神从开天辟地起就只爱我们犹太人。我们犹太人现在分散在世界各地，这只是一种考验，神将如预言所说的那样把自己的人集合到耶路撒冷，以恢复古代的奇迹，耶路撒冷神殿，使以色列成为万民之王。"

犹太人说着哭起来。他想继续说下去，但在场的意大利人把他的话打断了。

"您说得不对，"意大利人对犹太人说，"您胡说神不公正。神不可能爱一个民族超过爱其他民族。相反，即使他以前庇护过以色列，那也是一千八百年前的事，当时神大为生气，不让以色列存在，把这个民族分散到世界各地，使这种信仰不仅不能传播，而且停留在某个地方。神不偏爱任何民族，而号召想得到拯救的人都投入罗马天主教的怀抱，舍此无法得到拯救。"

意大利人这么说。但在场的一位基督教新教牧师气得脸色发白，回答这位天主教传教士说："您怎么能说只有信你们的教才能得救？要知道，只有按照《福音书》的教诲遵守耶稣教规侍奉神的人才能得救。"

于是在场的一个土耳其人——他在苏拉特海关工作，这时抽着烟斗——神色庄重地对两个基督徒说："你们那么笃信你们的罗马教是徒劳的，你们的教近六百年前就被伊斯兰教所取代。你们也看到，

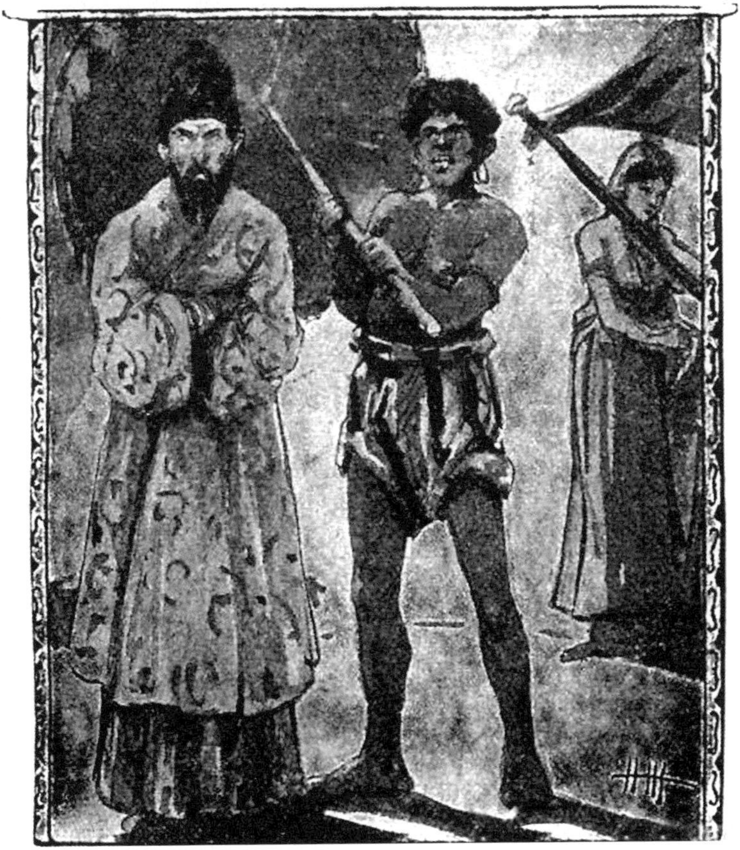

真正的伊斯兰教在欧洲、亚洲,甚至文明的中国传播得越来越广。你们也承认,犹太人被神所排斥,证据就是犹太人受屈辱,他们的信仰没有得到传播。要承认伊斯兰教是真理,因为它博大精深,传播广泛。只有信仰神的最后一位代言人穆罕默德才能得救。但也只限于欧麦尔[①]的信徒,而不包括阿里[②]的信徒,因为阿里的信徒是异教徒。"

听了这话,阿里派波斯神学家正要进行反驳,这时咖啡馆里信仰不同宗教的外国人之间激烈地争论起来。在场的有阿比西尼亚基督徒、印度喇嘛、伊斯玛仪派教徒和拜火教徒。

大家争论神的本质和应该怎样敬奉神。每个人都断定只有他的国家里的人认识真神,并知道应该怎样敬奉神。

大家争论,叫嚷。在场的只有一个中国人,孔子的弟子,安静地坐在咖啡馆一角,没有参加争论。他喝着茶,听着人家的话,默不作声。

土耳其人在争论时发现了他,就对他说:"善良的中国人,你支持我吧。你保持沉默,但你可以说些对我有利的话。我知道你们中国现在引进各种信仰。你们的商人多次对我说,你们中国人认为在所有的信仰中伊斯兰教是最好的,他们最愿意接受它。请你支持我的话,再说说你对真主和他的先知的想法。"

"对,对,说说你的想法。"其他的人也都要求他。

中国人,孔子的弟子,闭上眼睛,想了想,然后又睁开眼睛,从宽大的衣袖里伸出手来,双手交叉在胸前,用微弱而平静的声音说:

诸位,我认为,人们的自尊心最妨碍他们接受信仰。

[①] 欧麦尔(592—644)——伊斯兰教史上第二位哈里发。在位期间(634—644)征服叙利亚、伊拉克、巴勒斯坦、波斯和埃及等地,使伊斯兰教得以广泛传播。
[②] 阿里(600—661)——伊斯兰教史上第四任哈里发,后被什叶派尊奉为第一代伊玛目。

诸位倘若愿意垂听，我可以举一个实例向你们说明。

我乘一艘环游世界的英国邮船从中国来到苏拉特。中途我们在苏门答腊岛东岸靠岸取水。我们中午登陆，坐在海滨椰子树下，离岛上居民村不远。我们几个来自世界各地，一起坐在那里。

我们坐在那里，一个瞎子向我们走来。

这个人之所以变成瞎子，我们后来知道，是由于瞪着太阳时间太久。他之所以这样久久瞪着太阳，是因为想知道太阳是什么。他之所以想知道，是要掌握太阳光。

他努力运用各种科学方法，想捉住几缕太阳光装入瓶子。

他努力了很久，眼睛一直瞪着太阳，但毫无结果，只出了一件事：他的眼睛被太阳光炙伤，他变成了瞎子。

于是他对自己说：

"太阳光不是液体，如果它是液体，就可以被装进瓶里，遇到风，它就会像水一样波动。太阳光也不是火，如果是火，它在水里就会熄灭。光不是精灵，因为它看得见；光不是物体，因为它不能移动。既然太阳光不是液体，不是固体，不是精灵，不是物体，那么，它就什么也不是。"

他这样左思右想，同时由于一直瞪着太阳，一直苦苦思索，他丧失了视力和理智。

当他完全成了瞎子，他就彻底相信太阳是不存在的。

一个奴隶随着瞎子走来。他让主人坐在椰子树的树阴荫下，从地上捡起一个椰子，拿它做成一盏小灯。他拿椰子纤维做成灯芯，从椰子里榨出油，把灯芯浸在油里。

在奴隶做灯的时候，瞎子叹了口气说："喂，奴隶，我对你说太阳是没有的，这是真的吗？你瞧，天下不是一片漆黑吗？人家说太阳——太阳究竟是什么？"

"我不知道太阳是什么，"奴隶说，"这不关我的事。我只知道光。我现在在做灯，有了灯就亮，我就可以侍候你，棚子里什么都能找到。"

奴隶拿起椰子壳，说："这就是我的太阳。"

当时那里还坐着一个拄拐杖的跛子。他听了这话笑起来。

"看来你天生就是个瞎子，"他对瞎子说，"你不知道太阳是什么。让我来告诉你：太阳是一个火球，这个球每天从海上升起，晚上落到我们岛的山里。这是我们大家都看见的。你要是眼睛好，也能看见。"

在场的一个渔夫听见这些话，对跛子说："看来你从未离开过你的岛。你如果不是个跛子，而乘船到过各地，你就会知道，太阳并不落到你们岛的山里，它从海上升起，傍晚又落到海里。我说这话是可靠的，因为天天目睹这种现象。"

印度人听到这些话，说："我真奇怪一个聪明人怎么会说出这种蠢话来。火球落到水里不会熄灭吗？太阳根本不是火球，太阳是神。这个神叫作室女。神乘着马车在空中绕着斯彼鲁维亚金山走。有时毒蛇拉古和凯图攻击天神，把他吞下，那时就一片黑暗。但我们的祭司作祈祷，要把天神救出来，于是天神就得救了。只有像你这样从未离开过岛的无知无识的人，才认为太阳只照到你们的岛。"

这时在场的一艘埃及船的船主开口了。

"不,"他说,"你这话不对,太阳不是神,他不仅绕着印度和印度的金山转。我乘船到过黑海,到过阿拉伯沿岸,到过马达加斯加,到过菲律宾群岛,看见太阳照到一切地方,而不只照到印度一地,它不是绕着一座山转,它是从日本岛升起的,因此这几个岛就叫'日本',意思就是太阳诞生的地方。而太阳则远远地落到西方,落到英伦三岛之后。这事我知道得很清楚,因为亲眼见过许多事,又从祖父那儿听到过许多事。我祖父曾航行到天涯海角。"

他还想说些什么,但我们所乘那条船的英国水手打断他的话。

"天下没有一个地方比英国更知道太阳是怎样运行的,"他说,"在我们英国大家都知道,太阳不在哪儿升起,也不在哪儿落下。它不停地绕着地球转。这一点我们知道得很清楚,因为我们刚刚做了环球航行,哪儿也没有碰到过太阳。它到处都像这儿一样,早晨出现,晚上消失。"

英国人拿起一根棒,在沙地上画了一个圆圈,解释太阳怎样在空中绕着地球运行。但他不能解释得很清楚,就指指舵手说:"他可比我有学问,他会向你们更好地解释这个问题。"

舵手是个聪明人,在没问他以前,他一直默默地听着大家谈话。现在大家要他谈谈这问题,他就开口了:

"你们都在相互欺骗,还自己欺骗自己。不是太阳绕着地球转,而是地球绕着太阳转,同时还自转,在二十四小时里让太阳照到日本、菲律宾群岛、我们现在所在的苏门答腊、

苏拉特的咖啡馆 | 129

非洲、欧洲、亚洲和地球上其他许多地方。太阳不仅照射一座山、一个岛、一个海,甚至不仅照射一个地球,它还照射像地球那样的许多行星。这个道理你们人人可以懂得,如果你们仰望天空,而不是俯视自己的脚下,也不认为太阳只照到你一个人,只照到你的家乡。"

这位经常在世界各地航行、经常观察天象的聪明舵手这样说:"是的,人们在信仰上的迷惘和分歧都是出于自尊心。"孔子的弟子中国人继续说:

> 神的情况同太阳的情况一样。人人都希望有一个自己的特殊的神,至少有一个他家乡的神。人人都想把一个不可能为全世界所信仰的神供奉在自己的庙堂里。
>
> 有哪个庙堂能跟神亲自建造并把所有人都归到一个宗教和一个信仰的庙堂相比呢?
>
> 人类所有的庙堂都是仿照神的世界这一庙堂建造的。所有的神庙都有圣水盘,都有拱顶、长明灯、神像、铭文、律书、供品、祭坛和祭司。但哪个神庙有海洋那样大的圣水盘,有天空那样高的拱顶,有太阳、月亮、星星那样亮的长明灯,有像互爱互助的活人那样的神像? 哪里有关于神的仁慈的铭文像神为人类的幸福到处撒播的恩惠那样明白易懂? 哪里有像写在每个人心里,他自己是那么清楚的那样一种律书? 哪里有像相爱的人为亲人作出的自我牺牲那样的牺牲? 哪里有神亲自接受牺牲、像一颗善人的心那样的祭坛?

人越是深入地理解神，他就越深刻地认识神。他越认识神，就越接近神，模仿神的仁慈、善良和对人们的爱。

因此让那看见普照世界的全部阳光的人不要责备和蔑视那个在自己的偶像中只看见一线阳光的迷信的人，也不要蔑视那个瞎眼的、根本看不见阳光的不信神的人。

孔子的弟子中国人这么说。于是咖啡馆里所有的人都不作声，不再争论谁的信仰更好。

一八八七年

三个儿子：寓言

父亲给了儿子财产、粮食和牲口,并对他说:"像我一样过日子,你会永远快乐。"

儿子拿了父亲的全部馈赠,离开父亲,过起了无忧无虑的日子。他想:"父亲说过,要我像他那样过日子。他日子过得快快活活,我也要那样过日子。"

他这样过了一年,两年,十年,二十年,把父亲赠予的财产都花光了,什么也没剩。他就要求父亲再给他一些,但父亲没有理他。于是他就去巴结父亲,把自己最好的东西送给父亲,再向父亲要求。但父亲完全不理他。于是儿子就请求父亲原谅,以为他什么事得罪了父亲,接着又要求父亲给他点儿什么;可是父亲一言不发。

于是儿子就诅咒父亲。他说:"你要是现在不给,为什么以前给,还把我分出去,并预言我会永远过得很好?我花光了财产,以前的快乐都没有了,如今只剩下痛苦。我看到我在灭亡,却没有救星。是谁错了? 是你。你明明知道我没有财产,却又不肯再给我。你只对我说:'像我一样过日子,你会过得快活。'我就这样像你一样过日子。你过得快快活活,我也过得无忧无虑。你把大部分财产留给自己。你现在还有财产,可我已没有了。你不是父亲,你是骗子,你是坏蛋。我过的日子该诅咒,你也是,你是坏蛋,你折磨人。我不愿认你,我恨你。"

父亲给了次子财产,只对他说:"像我一样过日子,你会永远快乐。"次子领到财产不像长子那样开心。他想他得到财产是应该的。

但他知道大哥的遭遇，因此开始考虑，怎么能不像大哥那样把财产花光。他懂得一点，他认为大哥不明白"像我这样过日子"这句话的意思，他不应一味无忧无虑地过日子。于是他开始思索"像我一样过日子"这句话的意思。他想明白了，应该像父亲那样经营送给他的财产。于是他着手经营产业，使它像父亲送给他的那份产业那样。

他开始考虑，怎样经营父亲送给他的那份产业。他问父亲应该怎么办，可是父亲没理他。儿子以为父亲害怕告诉他，就动手拆开父亲送给他的各种东西，看它们是怎样构成的，可是他把父亲送给他的东西都糟蹋了，毁坏了，而他自己新做的一切却毫无用处；但他不肯承认他把一切都破坏了。他就这样过日子，苦恼着。他对所有的人说，父亲什么也没有给他，一切都是他自己做的。"我们自己什么都能做，做得越来越好，过不了多久，一切都会十分完美。"当次子还剩下父亲的一些财产时，他这么说，但当他把最后一些东西都糟蹋光了，他无法过活，就自杀了。

父亲给了三儿子同样的财产，同样说："像我一样过日子，你会永远快乐。"三儿子也像他的两个哥哥那样高高兴兴地领了财产，离开父亲；但他知道两个哥哥的遭遇，就开始考虑"像我一样过日子，你会永远快乐"这话是什么意思。

大哥以为，像父亲那样过日子，就是过得快快活活，因此把全部财产挥霍光了。二哥以为，像父亲那样过日子，就是像父亲那样一切都自己动手，结果也绝望了。那么，像父亲那样过日子究竟是什么意思呢？

他开始回忆他所知道的有关父亲的一切。不论他怎样冥思苦想，关于父亲他不知道别的，只知道他以前一无所有，连他这个人也没有，他只知道，父亲生了他，抚养了他，教育了他，给了他财产，并对他说："像我一样过日子，你会永远快乐。"父亲对两个哥哥也是

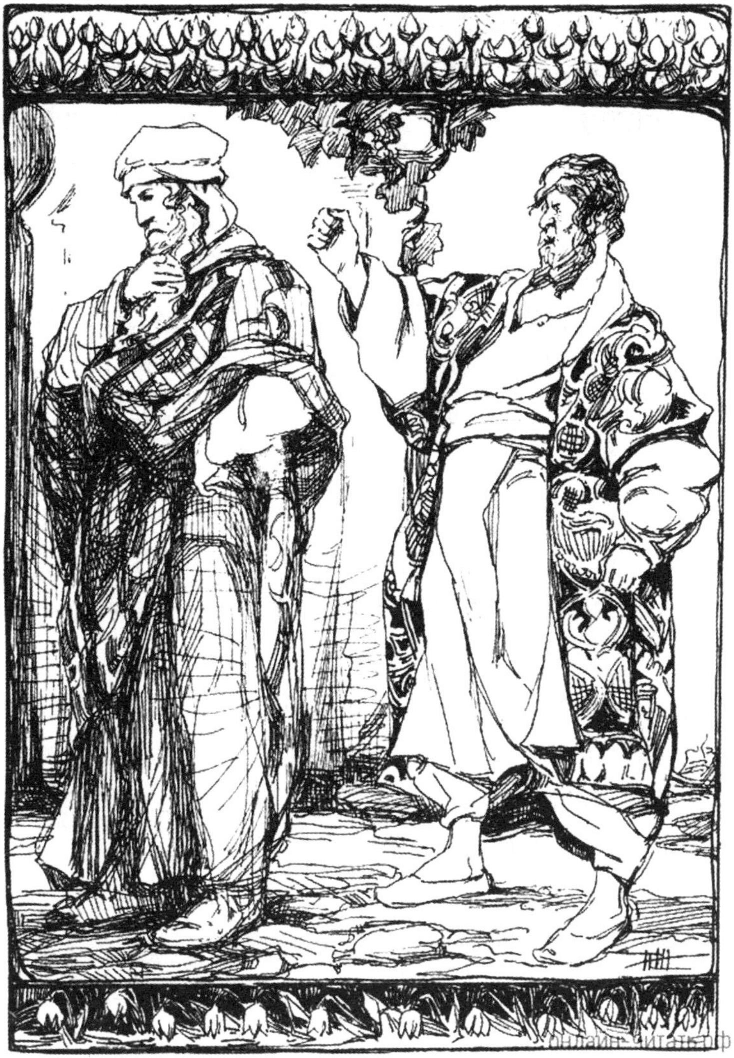

这么办的。不论他怎样冥思苦想。关于父亲他不知道别的。他所知道的关于父亲的一切只是，父亲对他和他的两个哥哥做了好事。

于是他明白了，"像我一样过日子"这句话是什么意思。他明白了，像父亲那样过日子，就是要像父亲那样做人，要行善。

当他想到这里时，父亲已在他旁边，并对他说："现在我们又在一起了，你会永远快乐。到你哥哥那儿去，到我所有的孩子们那儿去，告诉他们'像我一样过日子'是什么意思。凡是像我一样过日子的人会永远快乐，这是一个真理。"

三儿子就到他的哥哥那儿去，把这些话告诉他们。从此以后所有的孩子从父亲那儿得到财产时，他们感到高兴，并非因为他们有许多财产，而是因为他们可以像父亲一样过日子，他们会永远快乐。

父亲就是上帝；儿子就是世人；财产就是生命。人们以为他们不要上帝，自己可以过日子。有一种人认为，给他们生命是让他们享受人生。他们寻欢作乐，挥霍生命，而当死亡来到的时候，他们不明白，既然生命的欢乐以痛苦和死亡告终，那为什么要给他们这样的生命。这些人死的时候，诅咒上帝，说他凶恶，他们离开了上帝。长子就是这样。

另一种人认为，给他们生命，是要他们懂得生命是怎样构成的，要他们让它变得比上帝赋予他时更好。但他们在改进生命时把它给毁了，并因此使自己丧失了生命。

第三种人说："我们从上帝那儿知道的就是，他向人们行了善，嘱咐人们也像他那样做，因此我们应该像他那样做——向人们行善。"

当他们动手这样做的时候，上帝向他们走来，说："这就是我所希望的。你们跟我一起像我这样做吧，你们也就将像我一样过日子。"

一八八九年

弗朗索瓦丝*

---

* 根据莫泊桑小说《港口》改写。

一

一八八二年五月三日，三桅帆船"风中圣母"号从勒阿弗尔[①]驶往中国海。船在中国卸了货，又在那里装上新货，运到布宜诺斯艾利斯，再从那里把货物运到巴西。

从一地到一地的航行、船只的受损、修理、几个月的停航、把船吹得远离航线的大风、海上的事故和灾难，种种原因使船在陌生的海洋上漂泊了整整四年，直到一八八六年五月八日才装着一箱箱美国水果罐头到达马赛。

当帆船驶离勒阿弗尔的时候，船上有一名船长、一名大副和十四名水手。旅途中死了一名水手，四名水手在各种事故中失踪，只有九名回到法国。为了补充水手，帆船又雇了两个美国人、一个黑人和一个瑞典人，这个瑞典人是在新加坡一家酒店里招来的。

船上的帆都收起来，缆索被捆在桅杆上。一条拖轮开来，噗噗地喷着气，把帆船拖到停泊处。海面很平静，微波拍击着海岸。帆船被拖到沿岸排列着一排船的停泊处，这些船来自世界各地，有大有小，规格不一，式样和装备各异。"风中圣母"号被拖到一艘意大

[①] 勒阿弗尔——法国北部城市。

利方帆双桅船和一艘英国纵帆船之间,这两艘船挪动了一下,给新来的伙伴让出一个泊位。

船长跟海关官员和港口官员打好交道后,放一半水手上岸过夜。

这是一个温暖的夏夜。马赛全市灯火辉煌,街上洋溢着从厨房里散发出来的食物香味,从四面八方传来说话声、车轮的隆隆声和快乐的叫嚷声。

"风中圣母"号船上的水手已有四个月没有上过岸,现在一上岸,就像外地人一样两人一组怯生生地在城里走着。他们在靠近码头的街上漫步,东嗅嗅,西闻闻,仿佛在找寻什么。他们四个月没有见到女人,忍受着欲念的煎熬。走在他们前面的是塞勒斯坦·杜克洛。他是一个强壮而机灵的小伙子。水手上岸,总是由他带领。他有本领找到好地方,必要时也能摆脱人家。水手上岸,常常打架,他却有本事避开;但一旦打起架来,他不会丢下同伴而且有本事自卫。

水手们在一条条像沟渠一般通向海洋的黑暗街道上久久地闲逛,那里弥漫着从地窖和阁楼里散发出来的恶臭。最后,塞勒斯坦选了一条小巷,巷里的房子门口点着一盏盏突出的门灯。他走进巷里。水手们咧开嘴笑着,哼着小调,跟着他走去。门灯的毛玻璃上漆着巨大的门牌号码。低矮的门廊里,一些系围裙的女人坐在柳条椅上。她们一见水手就冲到街上,拦住他们的去路,把他们引诱到各自的窝里。

有时门廊深处的门无意中敞开来,从门里可以看到身穿不体面的衬裤、短裙和黑丝绒滚金边胸罩的半裸女人。"喂,美男子,进来!"她从老远就招呼道,有时还跑出来,抓住一个水手,使劲把他拉进门去。她紧紧抓住他不放,就像蜘蛛抓住一只比它强壮的苍蝇那样。小伙子性欲冲动,浑身瘫软,有气无力地抵抗着,其余的人则站在旁边看热闹。这时塞勒斯坦·杜克洛就大声嚷道:"不是这里,别进去,继续走!"小伙子听从他的话,用力挣脱姑娘。水手们在被激怒的姑娘的臭骂声中继续往前走。整条巷子里的其他女人都应声跑出来,向他们扑去,用沙哑的声音吹嘘着自己的商品。水手们一直向前走去。他们偶尔遇见马靴叮叮响的士兵,有时遇见单身小市民或职员上他们熟悉的地方去。在别的巷子里亮着同样的灯,但水手们继续走他们的路,跨过从充满女人肉体的房子里流出来的发臭的污水。最后,杜克洛在一座较好的房子前停下来,把同伴们带了进去。

二

水手们坐在酒店大厅里。每人挑一个姑娘,整个晚上就跟她待在一起。这是酒店的规矩。三张桌子拼在一起,水手们先跟姑娘一起喝酒,然后同她们一起上楼。他们的十双厚皮靴在木楼梯上响了好一阵,直到他们都走进一扇扇小门,分散到各个卧室里。然后他们又从卧室里出来,下楼去喝酒,接着再上楼。

寻欢作乐毫无节制。半年工钱在四小时的放荡中花个精光。到十一点,他们个个喝得烂醉,眼睛充血,放声狂叫,昏头昏脑。每人膝盖上都坐着一个姑娘。有人唱歌,有人叫嚷,有人用拳头敲桌子,有人往喉咙里灌酒。塞勒斯坦·杜克洛坐在伙伴们中间,他的膝盖上坐着一个身体肥胖、双颊绯红的姑娘。他喝得不比别人少,但还没有烂醉;他脑子里还在转着什么念头。他懒洋洋地正在找话同姑娘谈。但头脑里刚浮起一个念头,立刻又消失了。他怎么也捉不住这些念头,也无法回忆和讲出来。

弗朗索瓦丝

他笑着说:"是吗……是吗……是吗……你来这儿好久啦?"

"六个月了。"姑娘回答。

他点点头,仿佛赞许她的话。

"你在这里过得好吗?"

她想了想。

"习惯了,"她说,"总得过日子啊。到底比做用人或洗衣妇好。"

他点点头,仿佛赞同她的行为。

"你不是本地人吗?"

她摇摇头,表示她不是本地人。

"是从远方来的吗?"

她点点头。

"你从哪儿来啊?"

她若有所思,仿佛在回忆什么。

"我是从佩皮尼扬①来的。"她说。

"噢,噢。"他说完便不再问什么。

"那么你是水手吗?"现在轮到她问了。

"是的,我们都是水手。"

"那么,到很远的地方去过了?"

"是的,路不近。见过世面了。"

"大概环游过世界了吧?"

"不止一遍,怕有两遍了。"

她仿佛在思索,在回忆什么。

"我想,你们遇到的船一定很多吧?"她问。

---

① 佩皮尼扬——法国城市,东比利牛斯省首府,近地中海。

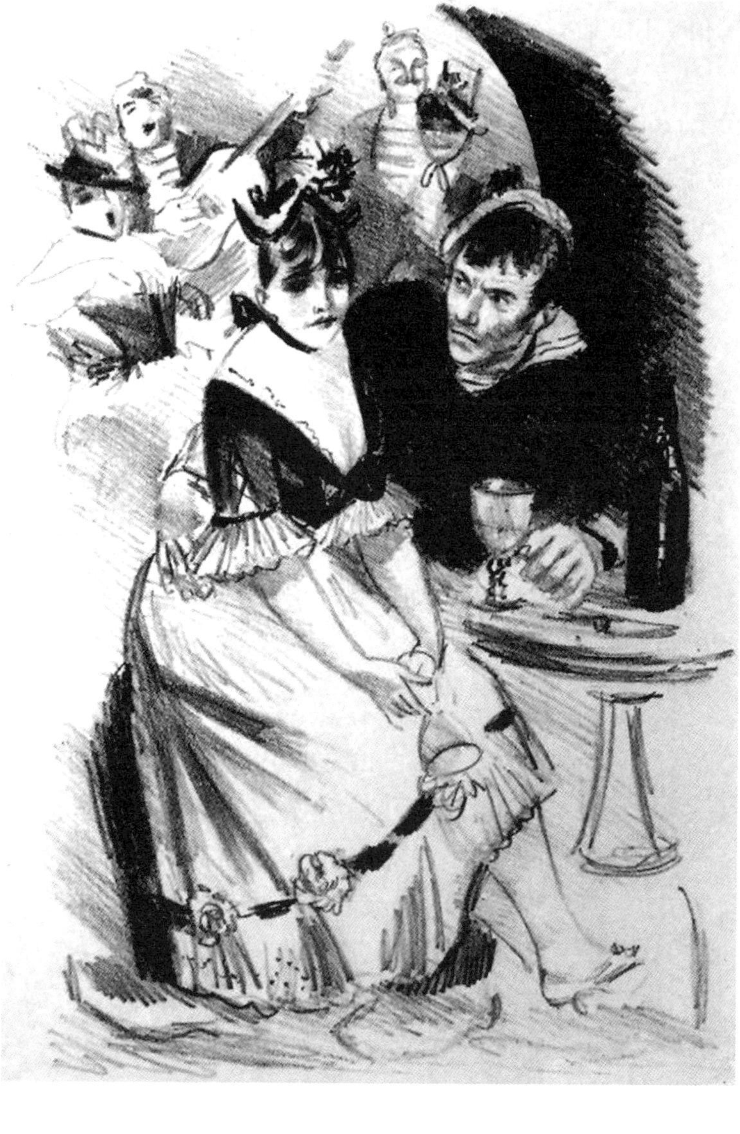

"可不是。"

"你们有没有遇见过'风中圣母'号？有这样一条船的。"

他弄不懂她怎么会知道他的船的名字。他想开开玩笑。

"当然，是上星期遇见的。"

"真的吗？"她问，脸色发白。

"真的。"

"你不撒谎？"

"上帝在上。"他起誓说。

"那么，你没在那里看见塞勒斯坦·杜克洛吗？"她问。

"塞勒斯坦·杜克洛吗？"他反问，感到惊讶，甚至吓了一跳。她怎么会知道他的名字呢？

"难道你认识他吗？"他问。

看来她也有点儿吃惊。

"不，不是我，这儿有个女人认识他。"

"什么样的女人？在这个屋里吗？"

"不，在这里附近。"

"附近什么地方？"

"离这里不远。"

"她是个什么样的女人？"

"普通女人，就像我一样。"

"她有什么事要找他？"

"这我怎么知道。也许是他的同乡。"

他们用探询的目光相互瞪着对方的眼睛。

"我倒很想见见这个女人。"他说。

"为什么？有话要对她说吗？"

"有话……"

"有什么话要说?"

"说我看见过塞勒斯坦·杜克洛了。"

"你看见过塞勒斯坦·杜克洛吗? 他还活着? 身体好吗?"

"身体很好。什么事?"

她不作声,又在想心事,然后悄悄地说:"那么,'风中圣母'号在往哪儿开啊?"

"往哪儿开? 往马赛开。"

"真的吗?!"她惊叫起来。

"真的。"

"那你认识杜克洛?"

"我不是说过我认识他吗?"

她想了想。

"噢,噢。这很好。"她悄悄地说。

"你找他有什么事?"

"你要是看见他,你告诉他…… 不,不用了。"

"有什么事?"

"不,没什么。"

他望着她,越来越感到不安。

"那你认识他吗?"他问。

"不,我不认识。"

"那你找他究竟有什么事?"

她没有回答,突然跳起来,跑到酒台旁边,酒台后面坐着老板娘。她拿了一个柠檬,切开,把汁挤到玻璃杯里,然后冲了水,递给塞勒斯坦。

"喂,喝吧。"她说,照旧坐在他的膝盖上。

"你这是为什么呀?"他从她手里接过玻璃杯,问。

"让你醒醒酒。然后我再说。喝吧。"

他喝了柠檬水,用衣袖擦擦嘴唇。

"那么,你说吧,我听着。"

"那你别对他说你见过我,别对他说我告诉你的事是从谁那儿听来的。"

"好的,我不说。"

"你起誓!"

他起了誓。

"上帝在上?"

"上帝在上。"

"那你就告诉他,他父亲死了,母亲死了,兄弟也死了。得了热病,三个人在一个月里先后都死了。"

杜克洛觉得全身的血都涌到心脏里。他默默地坐了几分钟,不知道说什么才好。过了好一阵,他问:"你知道的情况可靠吗?"

"可靠。"

"究竟是谁告诉你的?"

她把双手放在他的膝盖上,对直望了望他的眼睛。

"你起誓,不随便说出去。"

"好,我起誓。上帝在上。"

"我是他的妹妹。"

"弗朗索瓦丝!"他大叫一声。

她目不转睛地对他望了一会儿,嘴唇轻轻翕动,几乎无声地说:"原来是你,塞勒斯坦!!"

他们一动不动,身体僵硬,但仍旧望着对方的眼睛。

其余的人在他们周围发出酒意十足的狂叫。玻璃杯的叮当声、拍手声、鞋跟的敲击声、女人的尖叫声,这一切都和歌声混成一片。

"怎么会有这样的事?"他说,声音低得连她都听不清。

她的泪水顿时夺眶而出。

"是的,都死了。三个人在一个月里,"她继续说,"叫我怎么办呢? 只剩下我一个人。我跑药房,找医生,埋葬了三个人……什么东西都变卖掉,还清了债,就身无分文了。我到卡肖老爷——那个瘸子,你记得吗?——家去当用人。我当时刚满十五岁,你走的时候我还不满十四岁呢。我同他造了孽……我们这些乡下女人都不懂事。后来我去给公证人当保姆,他也是这样。起初他养我,我有一套房子。但时间不长。他抛弃了我,我三天没吃东西,谁也不要我。我就到这儿来了,像别的姑娘一样。"

她说着,眼泪鼻涕像溪水一样从眼睛里、鼻子里流出来,湿透了面颊,又流到嘴里。

"我们这是造的什么孽啊!"他说。

"我以为你也死了。"她边哭边说,"难道这能怪我吗?"她喃喃地说。

"你怎么会不认得我了?"他也用耳语说。

"我不知道,我没有罪。"她继续说,哭得更厉害了。

"我怎么能认出你呢? 难道我走的时候你是这样的吗? 你怎么会不认得我呢?"

她绝望地摆摆手。

"唉! 我见过多少男人,他们对我都是一个嘴脸。"

他的心抽紧了,抽得那么疼,他简直要号啕大哭,就像小孩子挨了打一样。

他站起来,把她推开一点儿,又用他那双水手的大手抱住她的

弗朗索瓦丝 | 149

头，仔细察看她的脸。

他终于渐渐认出了那个瘦小快乐的小姑娘。他出门时就是留下她和三个由她合上眼睛的亲人的。

"是的，你就是弗朗索瓦丝！妹妹！"他说。突然，他的喉咙里冲出一阵猛烈的痛哭声，就像喝醉酒的人打嗝儿一样。他放开她的头，在桌上猛击一拳，把玻璃杯震倒，砸得粉碎。他粗野地狂叫起来。

同伴们都向他转过身来，眼睛盯住他。

"瞧他喝成什么样子了！"一个同伴说。

"别嚷嚷了！"另一个说。

"喂，杜克洛！你叫什么呀？我们再上楼去。"第三个说，他一手拉拉塞勒斯坦的衣袖，另一只手搂住一个姑娘。这姑娘身穿一件敞胸的粉红色绸衫，满脸绯红，眼睛乌黑发亮，咯咯地笑着。

杜克洛突然不作声，他屏住呼吸，眼睛瞪着同伴们。然后，露出像打架前那样古怪而果断的神气，脚步蹒跚，走到那个搂着姑娘的水手跟前，一挥手把他从姑娘那里推开。

"走开！难道没看见她是你的妹妹吗！她们都是谁的妹妹。瞧她，弗朗索瓦丝妹妹。哈，哈，哈……"他放声痛哭，哭声就像笑声一样。他身子摇晃，举起双手，脸向下扑通一声倒在地上。他在地上打滚，用手脚敲打着地板，上气不接下气，好像一个垂死的人。

"得把他放到床上，"一个同伴说，"要不他会倒在街上的。"

于是他们抬起塞勒斯坦，把他抬到弗朗索瓦丝的屋里，把他放在她的床上。

一八九〇年

因 果 报 应[*]

---

[*] 因果报应是一种佛教观念,它认为,不仅每个人的性格,而且今生的整个命运,都是他前世行为的结果,而来世的福与祸也完全取决于我们今生避祸求福的努力。——列夫·托尔斯泰注

寄上我从美国《公审》杂志上翻译过来的一个佛教故事，题目叫《因果报应》。我很喜欢这个故事的朴实和深刻。其中特别精彩的是阐明近来常从各方面被淡化的真理：避祸得福只能靠自己努力，没有也不可能有一种办法，能不依靠个人努力而获得自己的和众人的福。这个阐释特别精彩，因为它还表明，个人的福只有和众人的福一致才是真正的福。一个强盗一出地狱，就只求个人的福，结果他的福就不再是福，他落空了。这个故事从新的角度说明基督教所揭示的两个基本真理：只有摒弃个人才有生命——谁消灭本性，谁就得到生命；人只有同上帝合而为一，并通过上帝彼此合而为一，才有幸福："正如你父在我里面，我在你里面，使他们也在我们里面……"（《约翰福音》第十七章第二十一节）

我把这个故事念给孩子们听，他们都很喜欢。自从我念了这个故事之后，大孩子们常常谈论最重大的生命问题。我觉得介绍这个故事是很好的。

又及：此信可发表。

列·托尔斯泰

富有的婆罗门珠宝商班都带着他的奴仆乘车去贝拿勒斯。中途赶上一个模样可敬的和尚，那和尚跟他顺路。他暗自想："这个和尚看上去很高尚、神圣。同好人交往会带来幸福；要是他也去贝拿勒斯，我就请他上我的车一起前往。"他鞠了一躬，问和尚到哪儿去。他一知道这个叫拿拉达的和尚也去贝拿勒斯，就请他上车。

"感谢您的慈悲，"和尚对婆罗门说，"长途跋涉可把我累坏了。我没有财产，不能用钱财报答您，但也许我能用知识这种精神财富偿还您，那是我遵循人类导师、慈悲的大佛释迦牟尼的教义而获得的。"

他们一起乘车上路。一路上班都津津有味地听着拿拉达富有教益的谈话。他们走了一小时，来到一个地方，那里的道路两边都被雨水冲坏，有一辆地主的大车轮子断了，横在路上。

大车主人德瓦拉要到贝拿勒斯去卖米，他要赶在第二天天亮以前到达。他要是去晚了，买主可能已采购到他们所需数量的米，离城走了。

珠宝商看到，要是不把地主的大车推开，他就不能继续赶路。他气冲冲地吩咐他的奴仆马加杜塔把大车推到一边，好让马车过去。地主不同意这样做，因为他的大车靠近悬崖，一推就可能摔个粉碎，但婆罗门不听地主的话，还是吩咐他的奴仆把装米的大车推开。马加杜塔是个力大无穷的人，觉得欺负人很有趣。他听从主人吩咐，没等和尚出来劝阻，就把大车扔在一边。当班都乘车要继续赶路时，和尚跳下马车，说："先生，我在这儿离开您，请您原谅。感谢您大发慈悲让我搭您的车走了一小时。刚才您让我上车的时候，我实在累坏了,但多蒙您照应,我现在休息好了。我认出这地主就是您一位祖先的化身,我没有其他更好的办法来报答您的善心,只能在他的不幸遭遇中给他一点儿帮助。"

婆罗门惊讶地瞧了和尚一眼。

"您说这个地主是我一位祖先的化身,这是不可能的。"

"我知道,"和尚回答,"您不知道您同这位地主复杂而重要的关系。但要一个瞎子能看见,这是不可能的,所以我感到惋惜,您在自己伤害自己。我将尽力保护您,使您不致自己伤害自己。"

富商不惯于受人指摘;他觉得和尚说这些话虽出于善心,但不无讽刺的意味,他就吩咐奴仆立刻继续上路。

和尚同德瓦拉地主打了个招呼,帮助他修理大车,并收拾撒在地上的大米。事情进行得很顺利。德瓦拉想:"这个和尚准是个圣人,仿佛有看不见的神灵在帮助他。我要问问他,为什么我要受那个傲慢的婆罗门的侮辱。"

于是他说:"尊敬的师父!您能不能告诉我,为什么我要受那个人的不公正对待?我可从没对他做过什么坏事啊。"

和尚说:"亲爱的朋友!您受不了不公正的对待,但您在今生所受的就是您在前世对那个婆罗门所做的。我可以肯定说,您要是处在那个婆罗门的地位,并且有这样一个身强力壮的奴仆,您也会这样对待他的。"

地主承认说,如果他有权力,他对挡住他去路的人也会像婆罗门那样对待他,并且不会感到后悔。

大米被收拾到大车上,和尚同地主已快到贝拿勒斯,这时马突然向路边奔去。

"蛇！蛇！"地主叫道。

和尚定睛瞧了瞧使马受惊的东西，跳下大车，看出这是一满袋金子。

"除了有钱的珠宝商，谁也不可能丢失这样一袋金子。"他想了想，捡起钱袋，交给地主，说："拿好这个钱袋，等您抵达贝拿勒斯，就去我给您指定的旅馆，打听到婆罗门班都，把钱袋交还给他。他会为自己的粗暴行为向您道歉的，但您要对他说您原谅了他，并祝他万事如意。因为，您可以相信我，他的成就越大，对您也越有利。您的命运在许多方面都决定于他的命运。如果班都要您解释，那就让他到庙里来，他在那里总能找到我。如果他需要，我会给他劝告的。"

这时，班都已来到贝拿勒斯，遇到了他做生意的朋友马尔梅卡。马尔梅卡是个有钱的银行家。

"我完了，"马尔梅卡说，"我毫无办法，如果今天我不能为御厨房买到一车最好的大米。在贝拿勒斯有一个跟我作对的银行家，他知道我同宫廷约定今天早晨要提供一车大米。他要毁了我，就把贝拿勒斯所有的大米都收购去了。宫廷不会让我毁约的，要是黑间[①]不派天使下凡，我明天就完了。"

当马尔梅卡诉说自己的不幸时，班都正在寻找他的钱袋。他搜遍马车没有找到，就怀疑他的奴仆马加杜塔。他叫来警察，指控是马加杜塔所偷，吩咐警察把他捆起来，严刑逼他招供。奴仆忍受着痛苦，嚷道："我没有罪，你们放开我！我受不了这样的折磨！我在

---

① 黑间——印度教毗湿奴神的第八个化身。

这方面完全没有罪,我是在代人受过!哦,我真想向那个地主赔礼道歉,我是为了主人才虐待他的!我受到这样的惩罚准是因为我的残酷。"

当地主乘车来到旅馆,把钱袋交还班都时,警察还在鞭打那个奴仆,这使众人大吃一惊。于是奴仆立刻从折磨他的人手里获得了解放,但他对自己的主人不满,就离开他逃走,加入了山上的一伙强盗。马尔梅卡听说地主有适于做御膳的大米出售,就以三倍的价钱买了整整一车大米,而班都因金子失而复得心里高兴,立刻赶到庙里,想听取和尚答应的对他的解释。

拿拉达说:"我本来可以向您解释,但知道您不能领悟教义,我宁愿保持沉默。不过我对您有一个总的劝告:您对待您遇到的每一个人,要像对待自己那样;您要为他服务,就像您希望人家为您服务那样。这样,您播下善行的种子,就不会得不到丰收。"

"和尚啊!请您先给我解释解释,"班都说,"好让我更好地遵循您的劝告。"

和尚就说:"听好,我给您打开秘密的钥匙。您要是还不明白这秘密,那就请您相信我的话:把自己看成一个个人,这是一种谬误。谁把自己的智慧用来执行这个个人的意志,谁就会追随错误而被引到罪孽的深渊。如果我们认为自己是个个人,那都是因为玛亚[①]的盖布蒙住我们的眼睛,使我们看不见跟我们亲人的关系,妨碍我们跟其他人心灵的联结。很少人知道这个真理。让下面的话成为您的护身符吧:

---

① 玛亚——印度教中的女神,万物之母。

"害人就是害己。

"助人就是对自己行善。

"不把自己看作个人就是走上真理之路。

"对于眼睛被玛亚盖布蒙住的人,整个世界似乎被分割成无数个个人。这样的人就不能理解对一切生命的博爱。"

班都回答说:"尊敬的师父,您的话具有深刻的意义,我会记住的。我去贝拿勒斯的时候,为可怜的和尚做了一件微不足道的善事,后果竟会这样好。我非常感激您,因为,要是没有您,我不仅会失去我的钱包,而且不可能在贝拿勒斯做成那几笔使我大大发财的生意。除此以外,您的关怀和运到的一车大米帮了我的朋友马尔梅卡的大忙。要是人人都知道您的道理,我们的世界就会好得多,灾祸也会少得多,公共福利就会大大提高! 我希望佛的道理能为人人所理解,因此我想在我的家乡科尔桑比修一座庙,请您光临,使我能把这个地方献给佛门子弟。"

过了几年,班都所修建的科尔桑比庙成为高僧云集的地方,也是著名的人民教育中心。

这时候,邻国皇帝听说班都加工的宝石非常美丽,就派他的司库去定制一顶镶满印度最珍贵宝石的纯金皇冠。

班都结束这一工作后就到京城去,想去那里做买卖,随身带了大量金子。运送他的金银财宝的车队由武装保镖押送,但当他到达山上时,以马加杜塔为首的匪帮袭击他,打死保镖,把所有的宝石和金子都抢走了。班都本人好容易逃脱。这次劫难使班都的财产受到极大损失,他的财富大大减少。

班都很伤心,但他对自己的灾难没有怨言。他想:"我蒙受这损失是由于我前世作了孽。我年轻时虐待平民,现在尝到自己恶行的苦果,我可不能抱怨。"

他待一切人都比以前善良得多,因此遭受的不幸只使他的心地更加纯洁。

又过了几年,出了一件事:青年和尚潘塔卡,也是拿拉达的弟子,行经科尔桑比山,落在匪帮手里。他没有任何财物,因此匪帮头子就狠狠打了他一顿,把他放了。

第二天早晨,他穿过树林,听见搏斗的声音,就向这声音走去。他看见许多强盗正在疯狂地攻击他们的头子马加杜塔。

马加杜塔好像一头被群狗包围的狮子,自卫反击,打死了许多攻击他的强盗。但终于寡不敌众,遍体鳞伤,倒在地上不省人事。

等匪帮一走,年轻的和尚走近负伤倒在地上的人,想帮助他们。但负伤的强盗都已死了,只有他们的头子还有一口气。和尚立刻走到附近泉水旁,用水罐打了点儿清洁的泉水给垂死的人喝。

马加杜塔睁开眼睛,咬牙切齿地说:"那些忘恩负义的家伙都到哪儿去了? 多少次我带领他们取得胜利和成功。没有我,他们很快就会灭亡,就像被猎人捕获的豺狼那样。"

"别再想您的伙伴和跟您一起犯罪的人了,"潘塔卡说,"得想想您的灵魂,利用最后机会来救您自己。喂,给您水喝,我来替您裹伤。也许我能救您一命。"

"没有用,"马加杜塔回答,"我已没有救了,那些无赖把我往死里打。那些忘恩负义的小人! 他们用我教给他们的方法打我。"

因果报应 | 159

"您这是自作自受，"和尚继续说，"您要是教您的伙伴行善，您也会从他们那里得到善报。但您教他们杀人，所以您就是用他们的手要了自己的命。"

"您说得对，"强盗头子回答说，"我是罪有应得，但我的命真苦，来世我还将吞食自己罪孽的苦果。法师，请您教教我，怎样才能减轻我这深重的罪孽，这些罪孽像岩石一般压住我的胸口。"

潘塔卡说："彻底根除您的罪恶欲望，消灭邪恶的激情，使您的心灵充满对万物的善。"

强盗头子说："我作了许多恶，没有行过善。我怎样才能挣脱我用邪恶的欲望织成的悲伤的罗网？我的因果报应把我引向地狱，我永远不能走上得救的道路。"

和尚说："是的，因果报应将使您在来世自食其果。对于作恶的人，恶行的后果是无法避免的。但您不要失望：人人都可以得救，但有一个条件：他必须根除心中的疑惑。作为例子，我可以给您讲讲大强盗康达塔的故事。这个强盗死不悔改，后来转世成为地狱里的恶鬼，他在那里为自己的罪行受尽磨难。他在地狱里待了许多年，一直不能摆脱困境。后来，佛降临地面，佛光普照。在这值得纪念的时刻，一道光照进地狱，唤醒众恶鬼，给了他们生命和希望。强盗康达塔大声叫道：'哦，至尊的佛，可怜可怜我吧！我痛苦极了。尽管我作过恶，但现在我要改邪归正。可是我不能挣脱悲伤的罗网；佛啊，救救我，可怜可怜我吧！'因果报应的规律是，恶有恶报。

"佛听了地狱里受苦的恶鬼的请求，派蜘蛛到他那里去。蜘蛛对恶鬼说：'抓住我的蛛网，顺着它从地狱里爬出来。'等蜘蛛一消失，康达塔就抓住蛛网，循着它爬出来。蛛网很结实，没有断，他循着它越爬越高。他忽然感到蛛丝摇晃起来，因为其他受苦的鬼魂也都跟他循着蛛网往上爬。康达塔害怕了，他看到蛛丝很细，由于重量不断增加而拉长。但蛛网还是能承受。这以前康达塔眼睛一直往上望，现在他一往下望，看见地狱里无数居住者都跟在他后面循着蛛丝爬。'这么细的蛛丝怎么能承受这么多人的重量？'他想着感到害怕，就大声叫道：'放开蛛网，它是我的！'蛛网突然断了，康达塔又跌回地狱。康达塔仍旧心存疑惑。他不知道真诚走正道的志向具有奇妙的力量。这个志向很细，像蛛丝一样，但它能拯救千百万人，而且爬的人越多，每个人的重量也就越轻。但只要人心里产生一个念头，认为蛛网是我的，公正的幸福只属我一个人，谁也不要想来同我分享，那么，蛛丝就会断裂，你就会落回到原来孤独的境地；个人该受诅咒，团结应受祝福。什么是地狱？地狱不是别的，它是自尊心，而涅槃就是共生……"

"让我抓住蛛网，"当和尚结束他的故事时，垂死的强盗头子马加杜塔说，"我就能爬出地狱的深渊。"

马加杜塔沉默了几分钟，静心思索，然后继续说："听我说，我向您坦白。我原是科尔桑比珠宝商班都的奴仆。但他不公正地虐待我，我就从他那里逃出来，做了强盗头子。前不久我听我的探子说，他正穿过山岭走来，我就抢劫他，夺下了他的大部分财产。请您现在去对他说，我真心原谅他以前对我的虐待，对我的侮辱，请他也原谅我抢劫了他。当我住在他那里时，他的心像石头一样残酷，我还从他那儿学来了自尊心。我听说他如今变得和善了，人家还把他当作善良和公正的榜样，我不愿欠他的债；因此请您对他说，我保

因果报应 | 161

存着他替皇帝制作的金皇冠,我还把他的全部金银财宝藏在地窖里。只有两个强盗知道那个地方,如今他们两个都已死了;让班都带几个武装人员到那里,去取回我抢走的财富。"

然后马加杜塔讲了地窖在什么地方,讲完就死在潘塔卡的怀里。

青年和尚潘塔卡一回到科尔桑比,就到珠宝商那里去,告诉他树林里发生的事情。

班都就带着武装人员去到那个地窖,取出强盗头子藏在那里的全部金银财宝。他们厚葬了强盗头子和他那些被打死的伙伴。潘塔卡在坟墓上宣讲了佛法,说了下面的话:

恶有恶报。

人不作恶,人就纯洁。

纯洁和不纯洁都是本人的事,因为谁也不能使别人纯洁。

人应该自己努力;佛只是说教者。

我们的因果报应不是湿婆或者梵王或者印特喇或者其他的神造成的,

潘塔卡和尚又说:

我们的因果报应是我们行为的结果。

我的行为是孕育我的母体,是我得到的遗产,是对我罪行的诅咒和对我公正的祝福。我的行为是我得救的唯一手段。

班都带了自己的全部金银财宝回到科尔桑比，适当地享用意外收回的财富，幸福地安度余年。他临死的时候（当时他已高龄），他的子孙都聚集在他身边。他对他们说："我的孩子们，在遭到挫折的时候不要责怪别人，要从自己身上找寻灾祸的原因。如果你们没有被虚荣心弄瞎眼睛，你们准能找到它，而一旦找到它，你们就能避免罪恶。治疗你们不幸的药就在你们身上。永远别让玛亚的盖布蒙住你们智慧的目光……请记住成为我一生护身符的话：

　　害人必害己。
　　助人即助己。
　　一旦消灭欺诈，您就走上公正之路。

一八九四年

年轻沙皇的梦

年轻的沙皇刚登上皇位,一连五个星期像历代沙皇那样努力工作:听禀报,批公文,会见外国使节,接待求见的官员,检阅军队。他十分疲劳,就像一个旅行者在酷暑中渴望饮水和休息那样,他渴望哪怕有一天时间能不上朝,不讲话,不检阅,哪怕只享受几小时自由,过过普通人的生活,单独同结婚才一个月的年轻、美丽、聪明的妻子待在一起也好。

圣诞节前夜,年轻的沙皇做了安排,准备这天晚上完全休息。他在前一天批阅大臣们送上来的奏章直到深夜,早晨参加祈祷和检阅,上午接见求见者,然后又听取大臣们的禀报,批准许多要事。他同财政大臣调整舶来品关税,使国家增加几百万收入,批准在国内某几个地方出售官酒,批准在设有大集市的乡镇出售酒类的规定,这样也可以增加国家的主要收入——酒税,还批准了为偿还公债而发行新的金公债。他同司法大臣批准了向他呈报的有关沙登·施尼德男爵遗产的复杂案件,核准了《刑法》第一八三六条的实施细则,惩罚流浪汉。他同内政大臣批准了追偿欠款的通令,签署了取缔教派活动法和在实行警戒的省继续实行警戒的命令。他同陆军大臣一起任命新军长,征集新兵,处分破坏纪律者。直到吃午饭他才摆脱了公务。不过吃饭也不是完全自由的,因为他宴请几个达官显要,和他们谈的事也不是他想谈的,而是不能不谈的。

乏味的宴会终于结束，大家纷纷散去。年轻的皇后走进内宫，脱去参加宴会时的礼服，想立刻到沙皇那里去。

年轻的沙皇从侍列两旁的侍从队伍中走进内宫，脱下沉重的朝服，穿上便服，他不仅感到摆脱事务的喜悦，而且体会到一种特殊的快感，意识到他正在享受自由，以及幸福、健康、充满青春活力的生活和爱情。他跳上土耳其式卧榻，一手支头，望着朦胧的灯盏，忽然觉得一种从未体验过的瞌睡的快感和难以克服的睡意。"妻子马上就要来了，可我却睡着了。不能睡觉。"他这么想，用手掌托住面颊，让头落到温暖的手里。他改变了一下姿势，躺得更舒服些。他觉得舒服极了，心里只有一个愿望：但愿没有什么事来破坏他目前的心境。他遇到了我们人人每天都遇到的事：他睡着了，自己也不知道怎样和什么时候睡着的，也就是说并非出于他的意志，他从一种状态进入另一种状态，他并不想进入这种状态，也不为走出这种状态而感到惋惜。他酣然入梦了。

他睡了多久，他不记得了。突然有一只手搭在他的肩膀上，轻轻地摇他，把他摇醒了。"她真可爱，"他想，"真不好意思，我竟睡着了。"

但这不是她。他睁开眼睛，但因亮光而眯缝着，他看见面前站着的不是她，不是他希望见到的可爱的美人，而是他。他是什么人，他不知道，但这个从未见过的人的出现，一点儿也没有使他惊讶。他觉得早就认识他，不仅认识他，而且爱他，像信任自己那样信任他。他等着心爱的妻子，结果妻子没有来，却来了这个从未见过面的人。年轻的沙皇不仅不感到恐惧，不觉得伤心，而且认为这是一件十分自然的事。

"我们走吧。"来人几乎无声地轻轻说。

"走,走,我们走。"年轻的沙皇说,不知道往哪儿去,但知道他应该去,他不能不服从来人的要求。

"我们怎么走啊?"年轻的沙皇问。

"就这样走。"

来人把一只手放在沙皇头上,沙皇觉得他立刻失去了知觉。

这种状态究竟持续了多久,沙皇无法知道,但当他一清醒,他看见自己身处广阔边境的田野上。田野的右边是一片土豆田,上面一堆堆被霜打得发黑的土豆枝叶同青青的冬小麦错杂在一起,远处有一个盖有瓦屋的小村庄;左边是一片冬作物的田野和割去庄稼的留茬地。一片空旷,只隐隐约约看见远处有个人背着枪,脚边有一条狗。年轻的沙皇还看见他自己也在那里,脚边坐着一个年轻的俄国兵,头戴饰有绿色帽圈的制帽,也背着一杆枪,他正在折纸漏斗卷烟卷。那个兵显然没有看见沙皇,也没有看见他的同伴,也没有听见他们说话。沙皇站在那个兵身旁问:"我们这是在哪儿啊?"同伴回答说:"在普鲁士边界。"就连这时,那个兵也没有回头望一眼。

突然前方远处传来一声枪响,那个兵霍地跳起来,他看见有两个人弯着腰跑来,慌忙把烟塞到衣袋里,向那两个人跑去。"站住,我要开枪了!"那个兵喝道。奔跑的人边跑边回头张望,嘴里嚷着什么,显然是在咒骂或嘲笑。"哼,该死的!"那兵骂道,他站住,伸出一条腿,摆出开枪的姿势,举起右手,迅速地动动瞄准器瞄准了一下,显然向一个奔跑的人开了枪,虽然没有听见枪声。"大概是无烟火药。"沙皇想,望了一眼奔跑的人,看见他更快地小步跑着,身子越弯越低,最后四肢着地爬了一段路,终于停了下来。跑在前面

年轻沙皇的梦 | 169

的那一个转身回来,跑到倒下的人跟前,对他说了些什么,又向前跑去。

"这是怎么回事?"沙皇问。

"这是边防警卫队在维护《关税法》。击毙这个人,是为了不使国家收入受到损失。"

"难道他真的被击毙了?"

同行者又摸摸沙皇的头,沙皇又失去知觉。当他清醒过来时,他发觉自己待在一个不大的房间里(这是岗亭),地板上躺着一具尸体,蓄有稀疏的灰白大胡子、鹰钩鼻、一双眼睑紧闭的突出大眼睛,他的双手伸开,光着脚,脚趾粗大而肮脏,脚掌在墙角向上竖着。这人腰部有一处伤,他那件破呢上装和蓝衬衫到处是干结的紫黑色血迹,只有几处还有红色的鲜血。一个女人,脸几乎全部被头巾包住,站在靠墙的地方,一动不动地望着鹰钩鼻、两只向上竖着的脚和一双突出的眼球,过了好长一会儿才缓缓吸了一口气,又是鼻涕,又是眼泪,接着又不作声了。一个十三四岁的女孩,长得很美,这时张开嘴,瞪着眼,站在母亲旁边。一个六七岁的男孩,抓住母亲的裙子,目不转睛地望着死去的父亲。

从隔壁门里走出来一个文官、一个军官、一名医生和一个手拿公文的文书。走在他们后面的是那个打死人的士兵。他雄赳赳地跟着长官走进来,但一看见死人,立刻脸色发白,双颊抽搐。他垂下头,木然不动。当长官问他,他越过国界奔跑并对着向他开枪的是不是这个人时,他简直不能回答。他的牙齿打战,下巴发抖。"是……啊,"他这样说,却说不出他想说的,"是,大人。"

官员们相互看了看,动手记录着什么。

"还有些类似的好事:

"在一个富丽堂皇的房间里坐着两个喝酒的人:一个是头发花白的老人,另一个是年轻的犹太人。年轻人手里握着一沓钞票,在收购走私货。

"'这又花不了您多少钱。'他含笑说。

"'是的,可是冒险……'"

"是啊,这太可怕了!"年轻的沙皇说,"但有什么办法呢?要知道,这是必要的。"

同行者什么也没有回答,只是说:"我们走吧!"接着又把手放在沙皇头上。

年轻的沙皇清醒过来时,发现他们来到一个不大的房间里,里面点着一盏有灯罩的灯。桌旁坐着一个女人,正在缝衣服;一个八九岁的男孩盘着腿坐在安乐椅上,身子伏在桌上画画;一个大学生在大声读书。这时,父亲和女儿脚步重重地走进来。

"瞧,你签发了准许卖酒的命令。"同行者说。

"情况怎么样啦?"妻子问道。

"他恐怕性命难保。"

"那是为什么呀?"

"他们把他灌醉了。"

"那不可能!"儿子叫道,"万卡·莫罗施金才九岁呢。"

"你到底做了什么啦?"妻子问丈夫。

"凡是能做的都做了:给他服了催吐剂,贴了芥末膏。从各种症状看是患了酒狂病。"

"家里的人都喝醉了,只有阿尼西雅一人还能勉强支持,她也醉了，不过还没有醉得不省人事。"女儿说。

"你那些头脑清醒的人怎么样？"大学生问妹妹。

"人家到处给他们灌酒，又有什么办法呢？爸爸想关闭酒店，可这样是犯法的。此外，我再三劝说华西里·叶尔米林，开酒店灌醉老百姓是可耻的，他却挺得意，当着众人的面打断我的话，回答说：'不是发给我盖有皇帝印章的执照吗？这事如果不好，皇帝是不会发布命令的。'"

"真可怕！全村的人已经第三天喝醉酒了。这是过节。想想也可怕。事实证明，酒从来没有好处，只有害处。事实证明酒是毒药，百分之九十九的犯罪都是酗酒的结果。事实证明，在禁止酗酒的国家，例如瑞典，我们的芬兰，道德和福利立刻得到提高，一切都可以用道德来影响。可是我们这儿最有影响的是政府、沙皇、官僚，他们提倡酗酒，他们靠老百姓酗酒获得主要收入，他们自己也喝酒。他们喝酒祝身体健康，说些'我为全团人健康干杯'之类的话。神父喝酒，主教也喝酒。"

同行者又用手碰碰年轻的沙皇。年轻的沙皇又丧失知觉。他醒来的时候看见自己在一座农民小木屋里。一个四十岁模样的农民，满脸通红，眼睛充血，眼睑下垂，疯狂地用双手捆一个老人的嘴巴。老人一手保护自己，一手抓住儿子的胡子不放。

"你打你爹。"

"我反正要被送到西伯利亚去，我要打死你。"

女人们大声啼哭。这时，喝醉酒的长官们冲进木屋，把父子拉开。儿子的胡子被揪下来，父亲的一只手被折断了。在外屋，一个喝醉酒的姑娘委身于一个喝醉酒的老农夫。

"他们简直是野兽。"年轻的沙皇说。

"不，他们是孩子。"

同行者又用手碰了碰年轻的沙皇。年轻的沙皇又在一个新地方清醒过来。这是调停法官的法庭。调停法官脑满肠肥、秃头、生着双下巴，身上挂着表链。他刚起来，高声念着自己的裁决。一群农民站在铁栅栏外。一个衣衫褴褛的女人坐在长凳上，没有站起来。看守推推她。

"睡着了。站起来。"

女人站了起来。

"遵照皇上的谕旨。"调停法官念着他的裁决。事情是这样的，这个女人路过地主打谷场，拿走半捆燕麦。调停法官就判她两个月监禁。那个丢失燕麦的地主也在场。当调停法官宣布暂时休庭时，地主走到调停法官跟前，握了握他的手。调停法官同他说了些什么。下一个案件是关于茶炊的事……再下面是关于伐木的案件。

区法庭里正在审理农民赶走警察局长的案件。

接着年轻沙皇又昏迷和在乡下醒来。他看到贩卖私酒的女人和饥寒交迫的孩子们，还有她的情夫。年轻沙皇又来到伐木人家里。他还看到推警察局长的农民的妻子，看到她干着重活。

又是一幅新的景象：在西伯利亚的牢房里，警察正在鞭打流浪汉。

这是根据司法部指示直接进行侦讯。

年轻沙皇又失去知觉，他的面前又展开了新的画面。一个犹太钟表匠家庭因为贫穷被驱逐出境，几个犹太孩子哭哭啼啼。以撒受不了孩子们的痛苦。警察局长接受贿赂，省长也悄悄接受贿赂。

现在是收税的场面。乡下人在卖母牛。县警察局长接受逃税工厂主的贿赂。

这里是乡法庭，法庭正在用枝条抽打被告。

"伊里亚·华西里维奇，不能饶了他吗？"

"不行。"

那人哭起来。

"基督自己受苦,叫我们也要受苦。"

这里在驱散史敦达派[①]教徒。他们不给路德派教徒主持婚礼和葬礼。现在又是传送圣旨。人们饥寒交迫,坐在烂泥地上咒骂。又是玛丽雅皇后的圣旨,关于教养所里的淫乱事件。这里是教堂盗窃案的遗迹。又是加强警卫工作。搜查,女人。流放,关押解犯的监狱。这里是处死行凶店员的绞架。接着又是军法侦审案件。有人送来军服,大家发出笑声。征兵。他们抓走穷人家庭最后的供养人,却留下百万富翁的孩子以供养他们的父母。他们免除大学生、教师、音乐家的兵役,却把才华横溢的诗人抓去当兵。

这里是放荡的大兵老婆,那里是荒淫无耻、传播梅毒的士兵。

瞧,他在逃跑。现在他在受审。他受审是因为他打了侮辱他母亲的军官。他被处死刑。而这些人受审是因为他们没开枪。那个逃兵被送到军纪处,他在那里被活活打死。那一个是因为莫须有的罪名遭鞭笞,他的伤口还被撒上盐,他已经奄奄一息。而士兵们的钱则被用来喝酒,放荡,赌博,作威作福……

老百姓的普遍生活水平是:瘦弱的孩子,生理退化的后代,跟牲口同住的房子,无休无止的重劳动,听天由命和灰心丧气。

而大臣们、省长们,他们只知道追逐名利,崇尚虚荣,作威作福,吓唬百姓。

"可是老百姓在哪里?"

[①] 史敦达派 —— 十九世纪中叶在俄国产生的代表富农利益的教派。

"他们就在那里。"

在流放地,都是孤独的、垂死的或者愤愤不平的人。在服苦役的地方人们鞭笞女人。在施吕塞尔堡①有单身牢房,那里关着精神失常的人。另外有一个月经来潮的姑娘却落在士兵手里。

"那里有许多人吗?"

"几万名优秀分子。一个人在这儿,其他人则被致命的伪教育所糟蹋,而我们却希望把他们培养成我们所需要的人。他们没有成为这样的人,他们都被糟蹋了。如果我们希望把黑麦苗变成荞麦苗,我们会枉费心机,既糟蹋黑麦,也不会得到荞麦。就这样毁了世界的全部希望,毁了整个年青的一代。但可悲的是那个引诱唯一的年轻人的人,可悲的是为了一个人,你以你的良心,以你的名义引诱千百万人,引诱所有受你支配的人。"

"可是叫我怎么办呢?"沙皇绝望地嚷道,"要知道,我并不想折磨什么人,鞭打什么人,腐蚀什么人,杀害什么人。我希望人人都好。如果说我要使自己幸福,那我也不希望别人的幸福比我的幸福少。难道用我的名义所干的一切都得由我负责吗?究竟叫我怎么办?我怎样才能摆脱责任?我该怎么办?总不能要我对一切都负责吧?如果我觉得我应该负百分之一的责任,那我立刻开枪自杀,因为无法这样活下去。我怎样才能制止这种种罪恶呢?这些罪恶是同国家分不开的。我可是国家的首领啊。叫我怎么办?自杀吗?还是逃走?但这样一来我就无法尽自己的责任了。天哪,天哪,救救我吧!"

他哭起来,随即含着眼泪醒来。

---

① 施吕塞尔堡 —— 彼得要塞的旧称。

"幸好这是梦。"这是他醒后的第一个念头。不过，当他回忆梦见的一切并同现实对照时，他看到梦中出现的问题在现实生活中同样重要，同样无法解决。年轻的沙皇第一次感到自己身上的全部责任，不禁大吃一惊。

他不再想到年轻的皇后和今晚的欢乐，一心一意思考着面前无法解决的问题：怎么办？

他在惶恐不安中起了床，走到隔壁屋里。在那里，一位老臣，先帝的助手和朋友站在房间中央，正在同来见皇帝的年轻皇后谈话。年轻的沙皇在他们旁边站住，讲起话来，主要是对那位老臣。他讲了他在梦中所见的一切，说出他的疑虑。

"这一切都很好，这只证明陛下具有无比崇高的心灵，"老臣说，"恕我直言：您当皇帝太好了，您把您的责任看得太重了。第一，情况并非像您想象的那样，老百姓并不穷，他们安居乐业，至于那些穷人，都是他们自己不好。犯罪的人受到了惩罚，即使有些错误无法避免，那也像打雷一样，只是偶然事件或者出于上帝的意旨。您身上只有一个责任，那就是顽强地做自己的事，并牢牢掌握赋予您的权力。您希望您的臣民幸福，这一点上帝会看到的。至于无意中犯错误，那只要祈祷就行。上帝将引导您，饶恕您。但其实也没有什么需要饶恕的，因为陛下和先帝的非凡品德是空前绝后的。我们只要求陛下一件事：您多多保重，为我们对您的无限忠忱和爱戴赐恩于我们，这样，除了无赖之外，人人都将幸福。"

"那么你是怎么看的？"年轻的沙皇问妻子。

"我可不那么想，"在自由国家里受教育的年轻美丽的女人说，"我为你做这样的梦感到高兴。我的想法同你的一样，落在你身上的责任太重了。我常常为此感到痛苦。我认为，要从你身上卸下责任，哪怕只卸下你无力承担的那部分，还是轻而易举的。必须把你无力承担的大部分权力移交给人民，移交给人民代表，你自己只留下决定总方针的最高权力。"

没等皇后说完话，老臣就立刻激烈地反驳她。于是展开了一场文明而激烈的争论。

年轻的沙皇起初听着他们争论，后来就不再听下去，而只聆听梦中那个同行者的话。这个同行者此刻在他心中隐隐约约地说：

"你不仅仅是沙皇，你比沙皇更大，你是一个人，也就是一个今天来到这个世界、明天就会消失的生物。除了他们现在谈到的你作为沙皇的那些责任之外，你还有更直接的、绝对无法摆脱的人的责任，那不是沙皇对臣民的责任（这种责任是偶然的），而是永恒的责任，人对上帝的责任，也是人对自己的灵魂、对灵魂的得救和在他的国家所确立的侍奉上帝的责任……你不能按照已经发生和将要发生的情况行动，而只能按照你的责任去行动。"

年轻的沙皇醒了。妻子把他推醒了。

年轻的沙皇从三条路中选择哪一条，这要过五十年后才知道。

一八九四年

寓言三则

第 一 则

　　一片好草地上长出了杂草。为了除去杂草,草地的佃户常把杂草割掉,但杂草反而越长越多。这时,仁慈而英明的主人走访了草地的佃户,给了他们各种教导,其中有一条说,杂草不能割,因为越割越多,得把它连根拔掉。

　　但不知是草地的佃户在仁慈主人的许多嘱咐中没有注意杂草不能割而要连根拔这个教导呢,还是因为他们不理解他的教导呢,还是他们根据自己的考虑不愿这样做呢,结果杂草不能割而只能连根拔的教导没有被执行,仿佛从来没有人这样教导过,人们继续割杂草,因而越割越多。虽然后来也有人不断向草地的佃户提到仁慈和英明的主人的教导,但草地的佃户充耳不闻,还是我行我素,他们一看见杂草长出来就割,这种行为不仅成为习惯,甚至成为神圣的传统。而草地上的杂草却越长越多,最后,草地上只剩下一片杂草。人们为此痛哭流涕。千方百计想改变这种情况,但就是不采用仁慈和英明的主人向他们提出的建议。最近,有一个人看到草地的悲惨景象,又想到被大家遗忘的主人曾经教导,杂草不能割而必须连根拔掉。于是他提醒草地的佃户,他们做得不对,仁慈和英明的主人早就指出这样做是不对的。

　　结果怎样呢? 草地的佃户不研究这个人的提示是否正确,如果他的话对,就该停止割杂草;如果他的话错,就该向他证明他的提示不对,或者断定仁慈和英明的主人的教导没有根据,不必这样做,但他们不仅不这样做,还为这个人的提示而生气,咒骂他。他们说他狂妄自大,自以为只有他一人理解主人的教导;还有人管他叫恶毒的撒谎者和诽谤者;第三种人忘记他说的并非他自己的话,他只是向众人提示尊敬的英明主人的话,而管他叫希望繁殖杂草的恶人,他要大家失去草地。"他说不用割草,但我们要是不除草,"他们这样说,故意不提那人不是说不要除杂草,而是不要割,要连根拔掉,"那么,杂草就会长得很茂盛,就会把我们的草地完全给毁掉。如果我们只培养杂草,那又何必给我们草地呢?"说这人不是疯子就是撒谎者或者存心害人,这种说法深入人心,以致人人都咒骂他,人人都嘲笑他。不论这人怎样再三解释,说他不仅不愿繁殖杂草,相反,他认为消灭杂草是农人的一项主要工作,这一点仁慈和英明的主人也懂得——刚才他就提到他的话。但这话不论他说了多少遍,大家还是不听,因为他们最终断定,这人不是曲解仁慈和英明主人的话的狂人,就是呼吁人们不要除掉杂草而要保护杂草的恶人。

当我指出《福音书》中不以暴力抗恶的教导时,我也遇到了同样的情况。这个教导一向为基督所宣扬,在他死后各个时期则由他真正的门徒们所传播。但不知是因为人们没有注意这个教导,还是人们不理解这个教导,或者人们认为实行这个教导太困难——时间越长,这个教导就越被人遗忘,人们的生活方式也越远离这个教导,最后事情发展到现在这个样子;人们觉得这个教导很新鲜,闻所未闻,甚至是疯话。那人向人们指出,仁慈和英明的主人早就教导过,杂草不应该割而必须连根拔。我也遇到过那人所遭遇的情况。

草地的佃户故意回避他的忠告：不是不要除掉杂草，而是要用明智的办法把它消灭掉。他们说我们不听那人的话，因为他是疯子，他吩咐不要割杂草，而要繁殖杂草。他们也是这样对待我：我说，为了遵照基督的教义消灭恶，不能用暴力来反对它，而要用爱来根除它。他们说："我们不听他的话，他是个疯子，他劝我们不要抗恶，是为了让恶来欺压我们。"

我说，遵照基督的教义，恶不能用恶来根除，凡是用暴力抗恶，只会增加恶，遵照基督的教义，恶只能用善来根除："祝福诅咒你们的人，为欺负你们的人祈祷，为憎恨你们的人造福，爱你们的敌人，你们就不会有敌人了。"[1] 我说，遵照基督教义，人的一生就是同恶作斗争，用明智和爱来抗恶，但从抗恶的各种手段中基督排除以暴力抗恶这一不明智的手段，也就是排除以恶抗恶的手段。

我这些话被人理解为基督教导我们不需要抗恶。凡是生活建立在暴力之上的人便因此崇尚暴力，乐意歪曲我的话并同时歪曲基督的话，他们认为不抗恶的学识是错误的、荒谬的、违反神意的和有害的。而人们也就心安理得地继续借消灭恶的形式来制造和增加恶。

第 二 则

人们买卖面粉、奶油、牛奶和各种食品。他们争先恐后希望获得

---

[1] 见《十二使徒学说》。——列夫·托尔斯泰注

更多的利润，快一点儿发财，就越来越多地把各种廉价的有害的东西掺入自己的商品：在面粉里掺入糠和石灰，在奶油里掺入人造奶油，在牛奶里掺入水和白垩。在这些商品落到消费者手里之前，一切都进行得很顺利：批发商把商品卖给零售商，零售商把商品卖给小贩。

有许多仓库、商店，买卖似乎进行得很顺利。商人们都很满意。但城市消费者自己不生产食品，因此只能购买，他们受坑害，很不高兴。

面粉很坏，奶油和牛奶也很坏，但城里市场上除了掺假的货物没有其他商品，他们只能继续购买这种商品，并且因味道不好、有害健康而埋怨自己和低劣的烹调，而商人却继续把廉价的杂物越来越多地掺到食品里。

这种情况持续了相当久；城里居民个个遭殃，但没有一个人想说出自己的不满。

有一个家庭主妇一向吃自制食品并供应全家人，她来到城里。这个主妇一辈子自己烹制食品，她虽不是一名著名的厨师，但烤得一手好面包，还会烧美味可口的饭菜。

这个主妇在城里买了食品，动手烤面包、烧菜。面包没有烤熟，散开了。用人造奶油做的饼味道不好。主妇加了牛奶，奶油却没熬成。她立刻猜想到，是食品原料不好。经过仔细观察，她的猜想得到了证实：她在面粉里找到石灰，在奶油里发现人造奶油，在牛奶里看出白垩。看到食品都是骗人的劣质品，主妇就去到市场，大声揭发商人们的欺诈行为，要求他们在店里只出售有营养而没变质的好商品，要不然就关门停止营业。但商人们根本不把她放在眼里，对她说，他们的商品都是一级货，市民多少年来一直在他们店里买东西，还说他们得过奖，并且拿招牌上的奖章给她看。但主妇不肯罢休。

"我不需要奖牌,"她说,"我需要清洁卫生的食物,使我和我的孩子们吃了不会闹肚子。"

"你啊,老大娘,准是从没见过真正的面粉和奶油。"商人们对她说,指指装进漆过的粮囤的外表洁白的面粉、盛在精美杯子里的黄色奶油和装在闪闪发亮的透明器皿里的白色液体。

"这种事我不会不知道,"主妇回答,"因为我一辈子就干这件事,自己烹制食品,还同孩子们一起吃。他们的食品是坏的。你们看,"她指指坏面包、用人造奶油做的饼和有沉淀的牛奶,"你们的商品应该都倒进河里或者烧掉,换上好商品!"主妇一直站在商店门口,不断地对走来的顾客大声叫嚷。顾客们都犹豫起来。

商人们看到,这个大胆的主妇可能损害他们的买卖,就对顾客们说:"先生们,你们瞧,这个婆娘简直昏了头!她要把大家都饿死。她叫我们把所有的食品都倒进河里或者烧掉。要是我们听她的话,不卖食品给你们,你们吃什么?你们不要听她的话,她是个凶恶的乡下婆娘,不知道食品的性质,完全是出于嫉妒而攻击我们。她自己穷,要大家也像她一样穷。"

商人们这样对聚集的公众说,故意歪曲这个女人的话,其实她并不是要消灭食品,她只求用好货换劣货罢了。

于是人群就攻击这个女人,破口骂她。不论这个女人怎样向大家解释,她并不是要销毁食品,而且她一辈子一直在烹制食品,供应全家和她自己,她只是要商人别拿掺杂有害物质的食品毒害人;但不论她说什么,说了多少遍,大家都不听她的,因为认定她要使人们失去他们所必需的食品。

在对待当代学术和艺术方面,我也遇到了同样的情况。我一辈子

寓言三则 | 185

都食用这种食品，不管是好是坏，我总是竭力劝别人也食用。对我来说这是食品而不是商品或奢侈品，我当然知道，什么是食品，什么是代用品。现在，当我尝到当代精神市场以学术和艺术的形式出售的那种食品，并试图拿它供应至爱的人们时，我发现这种食品多数都是假的。我说，那些在精神市场上出售的学术和艺术是假货，至少掺杂着大量同真学术和真艺术格格不入的杂质。我还说，我知道这一点，因为我从精神市场上买来的东西既不能自己吃，也不能给我的亲人吃，它们不仅不能吃，而且是有害的。这时人们就对我吆喝，尖叫，对我说，所以发生这种事是由于我没有学问，不会使用这种高级货。当我证明，这些精神产品的商人们自己也不断相互揭发他们的欺诈时，我提醒大家，任何时候都有人借学术和艺术之名向人们供应许多有害的坏东西，因此今天也存在这种危险，这事可不是儿戏，毒害精神要比毒害肉体危险得多，因此必须极其仔细地研究那些以食品形式向我们提供的精神产品，并竭力抛弃一切伪劣产品——对我这种说法，没有人，没有一个人，写过一篇文章或者在书本里反驳我，却在所有的商店里大声吆喝，就像对那个女人吆喝一样："他是个疯子！他要消灭我们赖以生活的学术和艺术。提防他，不要听他的话！请到我们这儿来，请到我们这儿来！我们有最新的进口商品！"

第 三 则

有一群赶路的旅行者。他们迷路了，因此他们走的不是平地，而是沼泽、灌木丛、荆棘地和拦住他们去路的断树枯枝堆积的地方，路变得越来越难走。

于是旅行者分成两派：一派决定不停留，朝现在的方向一直走下去，他们说服自己也说服别人他们并没有偏离正确的方向，继续向旅行目的地走去；另一派认为，他们现在所走的方向显然是错误的——要不然他们已到达目的地了——因此得找寻道路，而要找寻道路就不能停留，而要尽快到各个方向去找路。所有的旅行者分成两种意见：一种决定一直走，另一种决定到各个方向去找路，但有一个人既不同意这种意见，也不同意那种意见。他说，在继续朝一个方向走或者迅速到各个方向去找路之前，希望我们先停下来，考虑考虑我们所处的地位，在考虑周到之后再决定采取某种办法。但旅行者走得那么兴奋，对自己的处境感到那么害怕，并那么满心希望他们没有迷路，只是暂时偏离大路而且立刻又能找到它，更主要的是想用走路来减轻自己的恐惧，因此这个人的意见就遭到这派人和那派人普遍的愤恨、责备和嘲笑。

"这是一种软弱、怯懦和想偷懒的意见。"有人说。

"坐在原地不动，这可是到达目的地的好办法！"另外有人说。

"我们之所以为人，我们之所以天生有力气，就是为了奋斗，为了努力战胜障碍，而不是胆怯地向它屈服。"第三种人说。

不论这个独排众议的人怎么说，如果我们朝着错误的方向前进而不加以改变，我们一定不能接近目的地，而只会越走越远；如果我们到处乱转，我们同样不能到达目的地。到达目的地的唯一办法是，根据太阳和星星判断走什么方向能到达目的地，一旦选定，就朝着这个方向走去，但要这样做，首先就得站住，站住不是要停下不走，

寓言三则 | 187

而是为了找到正确的道路,然后沿着这条道路坚定不移地走下去。无论这派人或那派人首先都必须站住,冷静下来——不论他说了多少遍,大家还是不听他的。

第一派旅行者朝着他们走的方向继续前进,第二派则到处乱转,但不论第一派还是第二派都不仅没有接近目的地,而且不能走出灌木丛和荆棘地,直到现在还在迷途中。

我也遇到同样的情况。我想说,我怀疑我们在工人问题上迷失了方向,落入折磨我们的各民族武装的无底沼泽。我们不该走这条路,走这条路我们很可能迷路,因此我们是不是应该在显然错误的行动中暂时停一停,首先根据我们所知道的普遍和永恒的真理原则考虑一下,是不是应该沿着我们原先准备前进的方向前进?谁也没有回答这个问题,没有一个人说:我们在方向上没有错,我们没有迷路,因此我们在这方面有充分的信心。也没有一个人说,也许我们的确是错了,但我们有一个可靠的办法,无须停下来就能纠正我们的错误。谁也没有这样说或那样说。大家都生气,发牢骚,异口同声迫不及待地压倒我一个人的声音。"我们本来就够懒惰、够落后的了。可你还要鼓吹懒惰、游手好闲、无所事事!"有人甚至加上:"一事无成。""不要听他的,跟着我们前进!"那些认为生路就在于不改变一旦选定的方向(不问这是什么方向)的人叫道,而那些认为生路就在于朝不同方向来回折腾的人也这样叫道。

"站着干什么?有什么可想的?快快前进!一切都会自然解决的!"

人们迷了路,并因此受苦。看来人们的力气首先不应该用在使我们落到错误处境的行动上,而应该制止这个行动。看来,显然只有停下来,我们才能多少看清我们的处境,找到应该走的方向,不是为了一个人的真正幸福,不是为了一种人的幸福,而是人类真正普遍的幸福——这也是所有人和每个人心所追求的幸福。可是结果怎么样?人们想尽一切可能的办法,但就是没有想到一个可能得救的办法。这办法即使不能使他们得救,至少也能改善他们的处境,也就是暂时停下来,不再把力气花在使自己不幸的错误行动上。人们感到自己处境的困苦,千方百计想加以摆脱,但就是不愿做准能使他们缓解困境的事,而劝告他们这样做,多半会使他们生气。

如果还能怀疑我们是迷了路,那么,这种对待改变主意的劝告的态度再清楚不过地表明,我们的迷路是多么无可救药,我们的绝望是多么痛苦深重。

一八九五年

代价太高：往事*

---

* 根据莫泊桑小说《死刑犯》改写。

在法兰西和意大利之间，濒临地中海有一个极小的公国，叫摩纳哥。这个公国的居民比一个大的乡村还少，总共只有七千人，土地也很少，每人平均不到一亩。不过，在这个公国里有一个真正的大公。这个大公有宫殿，有廷臣，有大臣，有主教，有将军，有军队。

军队不多，总共才六十人，但毕竟是军队。大公收入很少。捐税是有的，也像任何其他地方一样，有烟草税，有红酒税，有白酒税，有人头税；虽然国民也喝酒，也抽烟，但人口很少，因此，如果没有特种收入，大公就很难养活廷臣和官吏，连自己都养不活。而他的特种收入就是赌场——轮盘赌。人们赌钱，有的输，有的赢，但赌场老板总是有利可图。而赌场老板则付很多钱给大公。他之所以能付很多钱，是因为这样的赌场全欧洲现在只有一个。以前，在德国的几个小公国里原来也有过赌场，但十年前都被禁止了。之所以被禁止，因为赌场的祸害很多。一个人跑来赌博。他头脑发热，孤注一掷，甚至把别人的钱也押上，结果伤心得不是跳河，就是开枪自杀。德国人禁止自己的大公们开赌场，但没有人能禁止摩纳哥大公，所以只剩下他那儿还有赌场。

从此以后，凡是赌徒都到他那儿去，在他那儿输钱，而他就有利可图。"诚实的劳动盖不起石头的宫殿。"摩纳哥大公明明知道这是一件肮脏的勾当，可是有什么办法呢？得过日子啊。再说，靠烟捐酒税过活也不见得体面。这位大公就这样过日子，统治国家，搜刮钱财，在自己的宫殿里维持秩序，就像真正的大国的国王一样。他也加冕登基，上朝，授奖，处决，大赦，检阅，也有议会，法律，法庭。一切都同正式的国王一样，只不过一切都是小型的。

五年前，在这个公国里发生了一个死刑案件。公国里的百姓都是很驯服的，这样的事以前不曾有过。法官集合在一起，按照规定开始审判，一切都照章行事。又是法官，又是检察官，又是陪审员，又是律师。审啊审啊，终于依法判决罪犯斩首。很好。他们呈报大公。大公审阅了判决书，批准了。死刑就是死刑。糟糕的是，公国里没有断头台，也没有刽子手。大臣们想啊想啊，最后写信问法国政府：法国人能不能暂时出借断头台和刽子手，如果可以，请照会这事需要多少费用。发了公函去问。一星期后收到回信：断头台和刽子手可以出借，费用总共是一万六千法郎。他们向大公作了禀报。大公反复思考：要一万六千法郎！他说："这个无赖可不值这么多钱。能不能便宜些呢？要不然一万六千法郎，就得向每个居民多征两个多法郎的税。太重了，老百姓会起来造反的。"召开了国务会议，商量怎样处理这件事。他们决定写一封同样的信给意大利国王。法国政府是共和国政府，国王不受尊重，但意大利国王也是君主国国王，他要价会便宜些的。信写去了，很快就得到了回音。意大利政府回信说，他们乐意出借断头台和刽子手。至于费用只要一万两千法郎，包括路费在内。是便宜些，但还是很贵。那个无赖还是不值那么些钱。这样，每个居民还要摊到整整两个法郎。再次举行国务会议。大家反复考虑，能不能再便宜些？能不能找到一个士兵用土法砍掉他的脑袋？他们把将军召来，对他说："能不能找到一个会砍脑袋的士兵？打仗的时候不是也杀人吗？士兵就是训练来杀人的。"将军同士兵们商量，有谁能干这种事。士兵们都不肯干。他们说："不，这种事我们不会做，我们没有学过。"

怎么办？大家又反复思考，召开各种各样的会议。最后他们改了主意。他们说，得把死刑改为终身监禁。这样，既可以表示大公的仁慈，又可以节省开支。大公恩准，决定这么办。只有一件事麻烦：没有一座可以终身监禁犯人的特种监狱。只有临时关人的简易牢房，而没有那种终身监禁犯人的坚固监狱。最后，还是物色到了合适的房子。他们把小伙子关起来，又安排了看守。

看守又要看住犯人，又要替犯人到御厨房打饭。小伙子就这样坐了六个月牢，坐了一年牢。到年底，大公结算收入和支出，发现关押犯人的一笔新开支，而且数目不小。一名专职看守，再加伙食，一年得支出六百法郎。那小伙子身强力壮，看来还能活上五十年。一算，问题严重。需要一大笔开支。这样不行。大公召集大臣们，说："你们考虑考虑，对付这个无赖怎样才能便宜些。目前这样做，代价太高了。"大臣们开会，反复考虑。有一个说："我说，诸位，把看守辞掉。"另一个说："那他会逃走的。"第一个说："逃走就逃走，去他的吧！"他们禀报了大公。大公也同意了。他们把看守辞掉，看会怎么样。只看见吃饭的时间一到，罪犯就走出来找看守，没有找到，他就自己到御厨房去打饭。他领了给他的饭菜，回到牢房，自己锁上门，坐在里面。第二天也是这样。

他给自己打饭,却没有丝毫逃走的迹象。怎么办?大家又考虑了一番。他们说:"得干脆对他说,我们不需要他。让他走好了。"好。司法大臣就把他召来,对他说:"你为什么不跑?你身边又没有看守。你可以随意跑掉。大公不会怪你的。"他回答说:"大公不会怪我,可是我没有地方可去。叫我到哪儿去啊?你们判我刑,使我丢了脸,如今谁也不要我了,我什么都干不成。你们对待我不公平。这样可不行。对了,你们判了我死刑,很好。你们应该处决我,可是你们不处决。这是一。我没有意见。后来你们判了我终身监禁,安排了看守,让他替我送饭,后来你们又把我身边的看守撤了。这是二。我也没有意见。我就自己去打饭。现在你们叫我走。不论你们怎么办,我可哪儿也不去。"

怎么办?又召开会议。该怎么办?他不走。他们再三考虑。得给他养老金。不发养老金是无法摆脱他的。他们禀报了大公。大公说:"没办法,总得设法摆脱他。"于是决定每年给他六百法郎,并向他宣布。他说:"好吧,如果你们能准时付款,那我就走。"

事情就这样解决了。他先领了三分之一的年金,告别大家,离开大公国。他乘火车只费了一刻钟工夫。他出了国,在离国境不远处买了一小块土地,种菜种果,日子过得不错。到了时候,他就去领养老金。他领到养老金,路过赌场,下两三个法郎的注,有时赢,有时输,然后回家。他的日子过得太太平平,很舒服。

幸亏他犯罪不在那种不惜花钱砍人脑袋和终身监禁犯人的地方。

一八九九年

树皮屋顶上蜂窝的
两种不同历史

树皮屋顶上蜂窝的第一种历史是由雄蜂史学家普鲁普鲁编写的。另一种历史则是由一只工蜂编写的。

　　雄蜂编写的树皮屋顶上蜂窝史一开始就罗列一些文献资料。这些文献资料是：著名雄蜂的笔记，雄蜂德培亲王同咕咕殿下的通信，霍夫里耶杂志，口头传说、歌曲和雄蜂的浪漫曲，雄蜂和工蜂之间的刑事案和民事案，甲虫、蚊蚋和异族雄蜂的游记，蜂窝不同生命阶段采蜜量的统计数字。

　　史学家普鲁普鲁的树皮屋顶上蜂窝史是从第一次分窝和第一批雄蜂出世写起的。根据雄蜂普鲁普鲁的叙述，从六月六日到圣彼得节[①]是树皮屋顶上蜂窝最兴旺的时期。这个蜂窝的力量和财富当时吸引所有其他蜂窝的注意，引起邻居的嫉妒，招来不少著名的来访者。这个蜂窝也受到阿尼西姆爷爷的特殊庇护。当时，所有的蜂群都在干活，树皮屋顶上的蜂群也在干活；不过树皮屋顶上蜂群的主要特色和优越之处在于它第一个诞生了成为它们光荣的雄蜂，这些雄蜂善于内部管理和对外交际。有许多蜂群在历史上默默无闻。它们活着，自己也不知道是怎么一回事，它们默默地活着，默默地死去；但树皮屋顶上的蜂群可不是这样的。白天一点多钟，当工蜂像牲口那样继

---

① 圣彼得节——在公历七月十二日（俄历六月二十九日）。

树皮屋顶上蜂窝的两种不同历史　｜　199

续自己日常一刻不停、一成不变的工作,为幼蜂采蜜和花粉时,雄蜂第一次飞出窝去。凡是看到这种雄蜂出窝情景的,都认为这是世界上空前壮观的景象。毛茸茸的黑色大雄蜂,一只比一只漂亮,从蜂房口飞出来。它们不像一般蜜蜂那样匆匆越过栅栏飞到树林和草地上去觅食,它们先盘旋上升,兜着圈子,像鹰一样在蜂窝上空飞翔。这景象是那么壮观,不能不使人激动得热泪盈眶,但特别使人惊讶的是它那深远的意义。雄蜂一飞出窝,就各吹各的调,陈述各自对管理国家的观点,以及对当前变革和改良的看法。会议的注意力主要集中在工蜂的地位和活动上,大家一致认为工蜂干活不能令人满意,必须加以纠正和训导。会议分成几个不同的管理部门,很快公布纠正工蜂劳动态度的措施。当即选出了行政长官、他们的助手和助手的助手:风纪监督官、观察员、道德维护官、法官、祭司、诗人和评判官,并且给每个成员评定适当的薪俸和奖金。根据选举者和被选举者的意见选出了最杰出的成员。这里有引人注目的明星,有在当代留下不可磨灭伟大印记的精英。这些精英在蜂窝前面嗡嗡地鼓噪不休,盘旋飞翔,同飞去采蜜而又不懂得感激的工蜂相撞。忘恩负义的工蜂往往完全不理解为它们所做的一切,甚至对雄蜂的活动牢骚满腹。

第二天雄蜂开始履行自己的职责。从表现看,它们做的都是同样的事。但这只是外行的看法。其实它们正在做着重要而艰难的工作。以下是一个主要活动家的日记摘录:"我被一致推选为工蜂正确飞行的督导员。我的职责是十分艰难而复杂的,但我充分懂得它的重要意义,因此不遗余力地把它做得尽善尽美,但我独力难以支持,因此请甲来做我的助手,再说我姨家的表兄也要我给他安插。我为乙、丙、丁都这样做了。他们将来也需要助手,这样,我们的部门将有三十六至三十八名成员。我向委员会申请,为了维持我们的活动需要两蜂房蜜。建议被一致通过。我们立刻着手修改我们的职责条例,夜晚在蜂房里度过,还有蜜吃。蜂蜜的味道不错,但如果我的建议被通过,采用正确的工作方法,蜜的味道就会更好。第二天我在全体大会上讲了自己的方案。我说:'诸位,我们必须先考虑一些措施,以便我们据以确立一些原则,根据这些原则我们就可以制定行动纲领。'大家意见分歧。主持会议的德培亲王建议表决。但投票表决一事说明得不够清楚。于是大家决定先推选一个委员会,由委员会研究投票问题,再提交下次大会讨论。"

其他活动家同样干得很卖力。蜂群由于它们的辛勤工作越过越幸福。每天雄蜂长官飞出蜂房,盘旋飞翔,讨论并决定国家重大问题。夜间它们飞回蜂窝,依附在蜂房里,享用为它们准备好的蜜以增强体力。它们和整个蜂群都在充分享福。不错,曾经有过一次骚动:一部分工蜂心血来潮离开蜂王,从蜂窝里飞出去,挂到花楸树枝上。工蜂这种自作主张的行动本来可以破坏雄蜂的势力,如果这部分工蜂飞出之前雄蜂没能发布一道命令,使工蜂不会想到它们这样做并不是听从上级长官的命令,而是出于自己的意志。分出去的蜂群被看作流放犯,而留在蜂窝里的蜂则继续服从命令,一心供应它们的长官。但八月底出现了骚动的迹象。有一次,雄蜂飞行后回到蜂窝,发现蜂房被工蜂占领,不放它们进去。雄蜂愤愤离去,飞往其他蜂窝。但其他蜂窝情况也一样,也不放它们进去。看来,它们只有死路一条。雄蜂做了最后一次努力,飞回自己的蜂窝,但工蜂不让它们上去,而把它们往下挤,而下面又冷又没有食物。第二天也是这样,第三天还是如此。雄蜂都瘦了，憔悴了，一只只死去；没有一只雄蜂愿为食物而降低身份去劳动。

工蜂干着什么，在蜂房上空嘤嘤嗡嗡吵闹，但据雄蜂史学家说，它们显然是由于失去领导，处于无政府状态，正在渐渐灭亡。

工蜂由于不服从雄蜂而灭亡。它们都灭亡了。雄蜂编写的树皮屋顶上蜂窝史就此结束。

工蜂编写的历史跟上述这段历史不同。工蜂编写的历史说，蜂群的生活开始于早春，当时蜂窝正处于阳光的照耀下。工蜂一离开蜂窝，就飞向开花的柳树，它们嘤嘤嗡嗡地落在柳枝上，用爪子从花里收集花粉，又把蜜吸到胃里。蜜蜂的生活，根据工蜂史学家的叙述，就是永不休止地享受劳动的快乐。苹果花一批又一批开个没完，在灌木丛里，在田野上，劳动的快乐同大自然鲜花怒放的快乐汇成一片。在蜂窝里，营养良好的工蜂幼虫、雄蜂幼虫和蜂王幼虫迅速成长；蜂房里充满芳香和蜂蜜。蜂窝里的蜂是那么多、那么富，它们需要找寻新的地方。于是蜂群把雄蜂放出去，但要使新蜂王受精它们每次只需要一只雄蜂。它们喂养三只雌蜂以备万一，尽管它们只需要一只蜂王。最重要的时候来到了：由于繁殖过多而需要分窝。这时蜂窝里进行着紧张的工作。就在这时雄蜂出现了。午后，雄蜂开始嗡嗡地飞翔。工蜂不知道，也没思考雄蜂究竟有什么作用，放任雄蜂饱食终日无所事事，因为它们想，第一，需要一只雄蜂，第二，蜂蜜太多，即使对饱食终日无所事事和多余的雄蜂也无须吝啬。正当雄蜂考虑怎样统治工蜂时，有一只工蜂在日记里写道："今天老爷们分家。它们在蜂窝上空徒然喧闹和盘旋了四个小时，大大妨碍了老百姓干活。四个小时它们只搔首弄姿，什么活儿也没干，闹得精疲力竭。于是它们立刻放开肚子大吃。哼，让它们去吧。别提了。可恶的是它们妨碍我们干活。"

五月末完成了一件伟大的事：工蜂们放老蜂王进入新王国，自己却同受精的新蜂王留在老窝里，新蜂王立即开始产卵。菩提树开花了。蜜蜂要喂养幼虫。它们利用短促的开花期，储存过冬用的蜜。花开得茂盛，没有受到雨水冲刷。工蜂采了许多蜜，不过过冬也需要许多蜜。雄蜂把别人的功劳归于自己，认为它们是有用的，继续大吃工蜂采来的蜜。这样过了一段时间，蜂蜜的需要量越来越大，鲜花却没有了，只剩下一些牛蒡。工蜂不经商量，没有作出决定，就不再让雄蜂吃蜜，开始驱逐它们，甚至把那些蛮横无理的多余的雄蜂打伤。雄蜂全部被消灭了，但蜂群不仅没有灭亡，而且生气勃勃地准备过冬。冬天来临，蜜蜂安静了，它们停在蜂房里，使幼蜂保温，同时等待春天再度来临，生活再度充满快乐。

一九〇〇年

地狱的毁坏和重建：传说

一

这事发生时,基督正在向人们启示他的教义。

基督的教义是那么明白,遵循它是那么容易,它使人们摆脱恶又是那么明显,使人不能不接受它。没有什么能阻止它在全世界的传播。魔王,众魔鬼的父亲和君主,闻讯大惊。他清楚地看到,如果基督不终止说教,他魔王统治人们的权力就将永远告终。他大为震惊,但并不泄气。他唆使法利赛人和文士尽量去侮辱和折磨基督,还劝说基督的门徒都跑掉,让基督成为孤家寡人。他希望,判处可耻的极刑,恶言咒骂,让所有的门徒都离开他,这样,痛苦的折磨和极刑终将使基督在最后一分钟放弃他的教义。而一旦放弃,教义的全部力量就会消失。

事情发生在十字架上。当基督大声喊叫"我的上帝,我的上帝,为什么离弃我"时,魔王欣喜若狂。他拿起为基督准备的足枷,戴在自己脚上试试,把它调整好,使基督戴上后再也脱不掉。

但忽然从十字架上传来声音:"父啊,赦免他们,因为他们所做的他们不晓得。"然后基督叫道:"完了!"随即断了气。

魔王明白他的全部企图落空了。他想摘下自己脚上的足枷逃跑,但站在原地寸步难行。足枷牢牢地戴在他的脚上,束缚住他的双脚。他想振翅起飞,但无法舒展翅膀。魔王看见基督在夺目的光辉中停在地狱门口，看见从亚当到犹大等罪人纷纷走出地狱，看见所有的魔鬼四散逃跑，看见地狱的墙无声地向四方倒塌。他再也无法忍受这景象，就大叫一声，穿过地狱裂开的地面落到阴曹地府里。

二

过了一百年，两百年，三百年。

魔王没计算时间。他一动不动地躺在黑暗中，周围一片死寂。他竭力不想所发生的事，但还是无法不想并且无可奈何地憎恨那个促使自己灭亡的人。

但忽然——他不记得也不知道过去了几百年——他听见头上有声音，仿佛是脚步声、呻吟声、叫嚷声和咬牙声。

魔王抬起头用心倾听。

在基督得胜之后地狱能够重建，这事魔王是无法相信的，而这时脚步声、呻吟声、叫嚷声和咬牙声却越来越清晰。

魔王抬起身体，蜷起他那毛茸茸的长着蹄子的脚（奇怪的是足枷自动脱落了），逍遥自在地鼓动张开的翅膀，响亮地吹起口哨——以前他总是用这种口哨召集他的奴仆和助手。

不等他松一口气，他头上的空间就裂开一道口子，红色的火光闪了一闪，一群魔鬼你推我挤，从口子里落到阴曹地府。他们像一群乌鸦纷纷落到魔王的周围。

魔鬼有大有小，有胖有瘦，尾巴有长有短，头上的角有尖有直有弯。

其中一个魔鬼，身披短斗篷，全身赤裸，乌黑发亮，圆脸，没有胡子，大腹便便，蹲在魔王前面。他一会儿翻动他那双火红的眼睛，一会儿弹出眼睛，脸上一直挂着笑容，同时有节奏地左右摆动细长的尾巴。

三

"这是什么声音？"魔王指指上面问，"那里出了什么事？"

"同平日一样。"身披斗篷、乌黑发亮的魔鬼回答。

"难道还有罪人吗？"魔王问。

"多得很。"乌黑发亮的魔鬼回答。

"那个我不愿提到名字的人的教义怎么样？"魔王又问。

身披斗篷的魔鬼咧开嘴，露出尖利的牙齿笑着。这时众魔鬼都听到了克制的呵呵笑声。

"这个教义对我们没有妨碍。大家都不相信它。"身披斗篷的魔鬼说。

"要知道，这个教义显然会把他们从我们手里拯救出去。他以自己的死来证明这个教义是正确的。"魔王说。

"我篡改了他的教义。"身披斗篷的魔鬼说，很快地在地面上甩动尾巴。

"怎么篡改了？"

"我篡改得人们不相信他的教义而相信我的教义，他们还把我的教义当作他的教义呢。"

"你这是怎么弄的?"魔王问。

"这种篡改是很自然的。我只不过促进促进。"

"你简单地讲讲。"魔王说。

身披斗篷的魔鬼垂下头,沉默了一会儿,仿佛在考虑,然后不慌不忙地说:"当地狱被毁坏,我们的父亲和君主撇下我们,这件可怕的事发生时,"他说,"我跑到宣扬那几乎使我们灭亡的教义的地方。我想看看信奉这教义的人们怎样生活。我看到,遵照这教义生活的人们非常幸福,那是我们无法企及的。他们相互不生气,不贪恋女色,有的不结婚,即使结婚也只娶一个妻子,他们没有私产,一切都是公共财产,对侵略者不用武力自卫,他们以德报怨。他们的生活过得那么美好,别的人越来越羡慕他们。看到这种情况,我以为一切都完了,很想离开那地方。不料这时发生了一件事,本身无足轻重,但我觉得它值得注意,就留下来。事情是这样的:这些人中有一批人认为人人都应行割礼,不能吃向偶像祭过的物品;另一批人则认为没有必要这样做,也不必行割礼,什么都可以吃。我开导他们,他们的分歧是重大的,双方都不肯相互让步,因为这是有关侍奉上帝的大事。他们都信任我,争论也激烈起来了。双方都生对方的气。于是我又开导他们,他们可以用奇迹来证明自己的教义是真理。尽管显而易见,奇迹不能证明教义是真理,但他们都很想表示他们相信我的话。于是我就为他们创造奇迹。创造奇迹并不困难。他们要使人人相信,他们的愿望是唯一的真理。

"一批人说,火舌降临他们身上;另一批人说,他们看见死去的老师和其他许多东西。他们凭空虚构从未有过的事,用说我们是撒谎者的人的名义撒谎,而且谎撒得不比我们差,这一点他们自己也没有发觉。他们说别人：'你们的奇迹不是真的，我们的奇迹才是真的。'另一批人则说：'不，你们的奇迹不是真的，我们的奇迹才是真的。'

"事情进行得很顺利，但我担心被他们看出太明显的欺骗。于是我想起教会来。等到他们相信了教会，我就放心了，因为我明白，我们得救了，地狱重建了。"

四

"教会是什么东西？"魔王严厉地问，他不愿相信他的奴仆比他聪明。

"当人们撒谎并觉得人家不相信他们的时候，他们总是抬出上帝来帮忙：'上帝做证，我说的可是实话。'其实这就是教会，但有一个特点，就是那些自称为教会的人深信他们再不会迷途，因为不论他们说过什么蠢话，他们都不会否定它。教会是这样形成的：人们竭力宣扬，他们的导师上帝为了他向人们启示的准则不被歪曲，就推选出一批特殊的人。这批人享有特权，可以正确解释他的教义。因此，这些自称为教会的人认为他们代表真理，并非因为他们所宣扬的是真理，而是因为他们自认为是上帝导师的门徒的门徒的唯一合法继承人。尽管这种方式像奇迹一样令人困惑，也就是各人都可以肯定自己是唯一真正教会的成员（这种情况总是有的），不过这种方式的好处在于，一旦人们说他们就是教会，并以此建立他们的教义，他们就不会否定他们所说的话，不管他们的话有多么荒谬，也不管别人怎么说。"

"但为什么教会解释教义总是对我们有利？"魔王说。

"他们这样做是因为，"身披斗篷的魔鬼继续说，"他们自认为是上帝教规的唯一解释者并要别人也相信这一点。这些人就成了人们命运的最高主宰，因此也就获得了统治人们的最高权力。他们获得了这个权力，自然骄横起来，大多数道德败坏，因而引起人们对他们的愤慨和敌意。为了同自己的敌人斗争，他们没有别的武器，只有使用暴力，于是他们压迫、处决、焚烧不承认他们权力的人。他们由于自己所处的地位不能不这样解释教义，使教义为他们卑劣的生活辩护，也为他们对付敌人的残酷辩护。他们就是这么办的。"

五

"不过教义十分简单明了，"魔王说，仍不愿相信他自己没有想到而他的奴仆却做到的事，"可不能篡改它。'他们愿意人怎样待他们，你们也要怎样待人。'这话怎么能篡改呢？"

"他们听从我的劝告采用了各种不同方法，"身披斗篷的魔鬼说，"人们有一个童话，说一个善良的魔法师为了把人从邪恶中拯救出来，他把人变成一粒麦子。当邪恶的魔法师变成一只公鸡要啄食这粒麦子时，善良的魔法师就拿一斗麦子倒在这粒麦子上。邪恶的魔法师无法吃掉所有的麦子，也找不到他所需要的那一粒。他们听从我的劝告，对夫子的教义也这么办。夫子的全部教义就在于'你们愿意人怎样待你们，你们也要怎样待人'，他们认定四十九本书是上帝的

《圣经》,他们也就认定这些书里的话都是上帝——圣灵所说。他们在简单明了的真理里掺入许多虚假的神圣真理,使大家既不能全盘接受,也不能在其中找出人们所需要的真理。这是他们的第一种手法。第二种手法他们成功地用了已有一千多年,那就是干脆杀害、焚烧凡是想揭示真理的人。这种手法现在已不再使用,但也没有被抛弃。虽然不再焚烧试图揭示真理的人,但对他们恶意中伤,糟蹋他们的生活,以致只有极少数人敢于起来揭露他们。这是第二种手法。第三种手法在于自认为是教会,因此绝对正确,只要他们需要,就公然说出违反《圣经》的话,并竭力按照他们的意愿使他们的门徒摆脱这种矛盾。例如,《圣经》说:你们有一位夫子基督,不要称呼地上的人为父,因为只有一位是你们的父,就是在天上的父,也不要受师尊的称呼,因为只有一位是你们的师尊,就是基督。可是他们说:只有我们是父,只有我们是人们的师尊。《圣经》说:你祷告的时候,就悄悄地独自祷告,上帝会听见你的祷告,可是他们教导说,大家必须在教堂里在歌声和音乐声中一起祷告。《圣经》说:不可起誓,可是他们教导说,人人必须起誓绝对服从当局,不管当局提出什么要求。《圣经》说:不可杀人,可是他们教导说,可以和应该在战争中和法庭上杀人。《圣经》还说:我的教义是灵魂和生命,你们可以像面包一样领受。可是他们教导说:如果把小块面包放在葡萄酒里并说出规定的话,那么,面包就会变成身体,葡萄酒就会变成血,领受这样的面包和葡萄酒对灵魂得救十分有益。人们相信这些话,起劲地吃这种面包。他们后来来找我们,说他们弄不懂这面包对他们怎么不起作用。"身披斗篷的魔鬼转动眼珠,咧嘴大笑着说。

"这很好。"魔王说,哧地一笑。魔鬼们个个放声大笑。

六

"难道你们像旧时一样有浪子、强盗和杀人犯吗？"魔王快乐地问。

魔鬼们都乐了，争先恐后地说起话来，希望在魔王面前表现自己。

"不是同从前一样，而是比从前多得多。"一个魔鬼叫道。

"原来的棚子已容纳不了浪子了。"另一个魔鬼尖声叫道。

"现在的强盗比从前的更凶了。"第三个嚷道。

"我们都来不及为杀人犯准备火刑的燃料了。"第四个咆哮道。

"大家不要同时说话。我问谁，谁回答。谁羡慕浪子，走出来讲讲，你现在怎样对待那禁止休妻再娶、不准淫荡地瞧女人的人的门徒们。有谁羡慕浪子的？"

"我。"一个模样像女人的棕色魔鬼爬到魔王跟前回答，他脸上皮肉松弛，嘴流口水，嘴巴嚼个不停。

这个魔鬼从其他魔鬼中爬到前面，蹲下来，侧着头，把毛茸茸的尾巴伸到两腿中间不断摆动，用唱歌一般的声音说："我们这样做是遵照你，我们的父亲和君主，还在天堂里使用过并使全体人类服从我们权力的老方法，同时也遵照新的教会方法。按照新的教会方法，我们这样做：我们说服人们相信，真正的婚姻不在于它的本质，不在于男女结合，而在于穿上最华丽的衣服，走进为此布置的大厅，再在那里戴上结婚礼帽，在五花八门的歌声中绕着桌子走三圈。我们教诲人们，只有这样才是真正的婚姻。信了这一点，人们自然认为凡是没经过这种仪式的男女结合只是简单的、不承担义务的满足，或者说，为健康需要的满足，因此恬不知耻地沉湎于这种满足。"

模样像女人的魔鬼侧着皮肉松弛的脑袋，停了停，仿佛在等魔王对他的话的反应。

魔王点点头表示赞成，模样像女人的魔鬼就说下去："凭这种方法——同时不放弃以前在天堂里使用的禁果和好奇心的方法——我们取得了最好的成绩。"他继续说，显然想讨好魔王，"人们想象，他们可以在同许多女人发生关系后举行正当的教堂婚礼，他们换过成百个女人，因此过惯腐化堕落的生活，而在举行教堂婚礼后他们还是这样干。如果他们觉得这种教堂婚礼的准则束缚他们的行动，他们就绕着桌子再走三圈，这样第一次婚姻就不再有效。"

模样像女人的魔鬼用尾巴尖擦去满嘴的口水，把头侧到另一边，默默地盯着魔王，没再说下去。

七

"简单而明了，"魔王说，"我赞成。有谁羡慕强盗的？"

"我。"头上生着一对大弯角、嘴上留着翘胡子、身上生着两只大弯爪的大魔鬼上前一步回答。

这个魔鬼像前面几个魔鬼一样爬出来，像军人那样用双爪捋捋胡子，等待提问题。

"那个毁坏地狱的人教导人们要像天上的飞鸟一样生活，"魔王说，

"还说有人要拿你的里衣,连外衣也由他拿去,他还说,为了得救必须把财产分给别人。你们怎么能叫听到过这些话的人也去掠夺呢?"

"我们是这么办的,"留胡子的魔鬼说,神气活现地把头往后一仰,"就像我们的父亲和君主立扫罗①为王那样。就像当年那样,我们教导人们不要相互抢劫,他们最好的办法是允许一个人抢劫,赋予他权利抢劫所有的人。我们这个新方法是,为了确认这个人拥有掠夺的权利,我们把他领到教堂,给他戴上一种特制的帽子,让他坐到高椅上,交给他一根棒和一个球,给他脸上抹上植物油,并以神和神子的名义宣布他为圣徒。因此,这个自称圣徒的人的掠夺已达到肆无忌惮的地步,而那些圣徒,加上他们的助手,他们助手的助手,也一直在心安理得地掠夺老百姓。他们往往还制定法律和秩序,根据这些法律和秩序,少数游手好闲的人,即使脸上没有涂上油彩也可以掠夺许许多多的劳动者。因此,近来在有些国家,脸上没有涂上油彩同涂上油彩的一样,都在继续掠夺。就像我们的父亲和君主看见的那样,我们采用的方法其实都是老方法。新只新在我们采用的这种方法更加普遍,更加隐蔽,在时空上更加广泛,更加稳当。我们使这种方法更加普遍应用,因为以前人们只服从他们所选出的人,而现在我们使他们服从并非他们所选出的人,而是服从遇到的任何人,不管是否符合他们的愿望。我们采用的这个方法更加隐蔽,就在于设置特种间接税,被掠夺的人看不见掠夺的人。这个方法更加广泛,就在于所谓基督教民族并不满足于掠夺自己人,他们使用种种极其古怪的借口,主要是借口传播基督教,掠夺凡是有财富可掠夺的异族。后来,他们通过社会公债和国家公债,

---

① 据《圣经》传说,扫罗为便雅悯人,撒母耳奉耶和华之命,遵从民意立扫罗以色列王。

越来越推广这种新方法：如今被掠夺的不仅是在世的这代人，甚至还有未来的几代人。我们使这种方法特别稳当，就在于使主要的掠夺者成为圣徒。这样人们也就不敢去反对他们。只要主要的掠夺者脸上涂上油彩，他就可以心安理得地掠夺他要掠夺的人，要掠夺多少就掠夺多少。为了实验，我在俄国曾经把最腐化的婆娘送到那里定居。她们愚蠢，不识字，淫荡，按照他们的法律她们没有任何权利。其中最坏的一个不仅淫荡，而且犯罪，她杀死了丈夫和合法的继承人。人们只因为她涂脂抹粉，没有像处分谋杀亲夫的妇人那样割去她的鼻子，也没有鞭打她，而是连续三十年像奴隶一样服从她，使她和她的无数情夫不仅掠夺人们的财产，而且剥夺人们的自由。① 因此，在现代，明显的掠夺，如抢夺钱包、马匹、衣服，只占合法掠夺的百万分之一，而这种合法掠夺只要有机会就经常发生。在现代，这种隐蔽的不受惩罚的掠夺，总之，在人们之间培养了掠夺的愿望，以致几乎人人都把掠夺当作生活的主要目的，而且这种掠夺只受掠夺者之间斗争的制约。"

八

"噢，这很好，"魔王说，"那么杀人呢？谁在主管杀人？"

"我。"一个面色血红、獠牙突出、头生尖角、一条粗尾巴直竖的魔鬼从群鬼中走出来回答。

---

① 似乎列夫·托尔斯泰此处似在影射俄国女皇叶卡捷琳娜二世（1729—1796）。

"有人说不要以恶报恶,要爱仇敌,可你怎么使这人的门徒成为杀人犯呢？你怎么使这些人成为杀人犯？"

"我们这样做用的还是老办法,"红脸魔鬼用震耳欲聋的裂帛般的声音回答,"就是激发人们的自私、狂热、憎恨、复仇和骄傲。我们也用老办法开导人们的夫子,使人们戒杀的最好方法是夫子亲自当众处决杀人的人。这个办法给我们提供的杀人犯人数不及平时为我们准备的人数多。其中多数人不断向我们宣扬教会绝对正确、基督教婚姻和基督教平等的新教义。教会绝对正确的教义以前给我们提供大量杀人犯。自命绝对正确的教会人士认为,容许歪曲教义者引诱人们堕落是一种罪行,因此杀死这种人是符合神的事业的。他们杀死大批居民,处决、焚烧千百万人。可笑的是,那些人处决和焚烧开始懂得真正教义的人,认为这些对我们最危险的人是我们的奴仆,也就是魔鬼的奴仆。那些处决人和把人放在火堆里烧死的人确实是我们的忠实奴仆,他们自认为是上帝意志的神圣执行者。古代就是这样的。现在,大量的杀人犯正在教我们基督教婚姻和平等的教义。有关婚姻的教义首先告诉我们夫妻谋杀对方和母亲杀死孩子的事。当夫妻觉得受到某些法律准则和教会婚姻习俗的束缚时,就杀死对方。做母亲的杀死孩子多半是由于所生孩子不被婚姻所承认。这种谋杀经常发生,而且男女都有。由基督的平等教义所引起的谋杀往往是周期性的,一旦发生,数量就很大。这种教义向人们启示,他们在法律面前都是平等的。而被掠夺的人则觉得这是谎言。他们看到,这种法律面前的平等使掠夺者便于继续掠夺,而他们则不能做这种事,因此他们感到气愤,就攻击掠夺他们的人。相互屠杀就这样开始,有时一下子送给我们几万名杀人犯。"

九

"那么,战争中的屠杀呢? 有人认为所有的人都是同一个父亲的儿子并命令爱仇敌,你们怎样把这人的门徒引导到他们那里去呢?"

红脸魔鬼从嘴里吐出一股火和烟,露出牙齿,快乐地用粗尾巴敲敲自己的背。

"我们是这么办的:我们使每一个民族相信他们是世界上最优秀的民族,德意志民族天下第一[①],法国、英国、俄国天下第一[②],某某民族应该统治一切民族。由于我们对所有的民族都这样教导,他们就经常觉得自己有受到邻居侵犯的危险,他们永远在准备自卫,并相互敌视。一个民族越努力准备自卫,并敌视自己的邻居,其他民族也就越努力自卫,越相互仇视。因此现在,凡是接受把我们称为杀人犯这一教义的人,都经常把主要精力用在准备杀人和进行杀人上。"

十

"这倒挺聪明,"魔王停了停说,"但是,不受欺骗的有学问的人

---

①② 原文是德语。

怎么没看到教会歪曲了教义，又没把它改正？"

"他们可不能这样做。"一个身披披肩、脸色乌黑的魔鬼爬到前面，自信地说。他的前额扁平而倾斜，腿和胳膊没有肌肉，两只大耳朵直竖。

"为什么？"魔王对这个魔鬼的自信语气很不满意，严厉地问。

这个魔鬼对魔王的吆喝毫不在意，不像其他魔鬼那样蹲下来，而是从容不迫地照东方人的习惯盘起两条没有肌肉的腿，不打奔儿，平心静气地说："他们不能这样做，因为我常常把他们的注意力吸引开来，使他们不注意他们能够知道和应该知道的事，我把他们的注意力集中到他们无须知道和他们永远不会知道的事情上。"

"这件事你是怎么干的？"

"我根据不同时间用不同方法，"身披披肩的魔鬼回答，"古时候我教导人们，对他们来说最重要的是详细知道三位一体中圣父、圣子、圣灵之间的关系，详细知道基督的出身和他的本质，详细知道上帝的本性，等等。他们长久地议论、证明、争吵，生气。他们热衷于这种议论，根本不再考虑他们该怎样生活，也就无须知道他们的夫子告诉他们有关生命的话。

"后来，他们在这种议论中变得糊涂了，自己也不知道在说些什么。这时，我就对一部分人说，他们最重要的事是研究和解释一千年前希腊人亚里士多德的言论；我对另一部分人说，他们最重要的是找到可以炼金的石头，以及可以治疗百病、使人长生不老的仙丹。其中最聪明最有学问的人就把自己的全部聪明才智都用在这上面。

"我对那些对此不感兴趣的人说，最重要的是知道：是地球绕着太阳转还是太阳绕着地球转？等他们知道了，是地球在转而不是太阳在转，并确定从太阳到地球有几百万俄里距离时，他们就很高兴，从此就更热心地研究从星星到地球的距离，尽管他们知道这些距离没有尽头，也不可能有尽头，星星的数目是无穷的，这事也完全没有必要知道。此外，我还开导他们，他们必须知道一切动物、一切虫豸、一切植物、一切无穷小的生物是怎样产生的，这很重要。尽管他们也完全没有必要知道这种事，而且十分清楚这是不可能知道的，因为生物多得无穷无尽，就像星星一样。他们把全部聪明才智都用来研究物质世界的现象也是不必要的。他们知道他们无须知道的事越多，剩下不知道的事也越多，这使他们觉得奇怪。尽管显而易见，随着他们研究的深入，他们需要知道的领域变得越来越广，研究的题目越来越复杂，他们所取得的知识越来越不适用于生活，但这也没使他们感到困惑。他们充分相信自己工作的重要性，继续研究，宣传，写作，出版，翻译多半毫无用处的研究和理论，即使偶然有点儿用处，那也只是安慰安慰有钱的少数人，或者使贫穷的多数人处境每况愈下。

"为了使他们永远不会懂得，他们唯一需要的是确立基督教义所规定的生活准则，我就开导他们，精神生活的准则他们是不可能知道的，凡是宗教教义，包括基督教义，都是谬误和迷信。要知道他们应该怎样生活，可以研究我为他们创立的'社会学'。这种'社会学'就是研究从前的人生活过得多么糟。这样，他们就不会遵照基督的教义努力去生活得更好，他们会以为他们只要研究前人的生活，通过这种研究就能知道生活的普遍准则。而要生活过得好，只要使他们的生活合乎他们虚构的准则就行。

"为了进一步巩固对他们的欺骗，我拿一种类似教会的教义教诲他们,那就是说,存在着一种长期积累下来的知识,被称为科学,这种科学像教会一样是绝对正确的。

"只要那些自认为科学家的人相信自己绝对正确,那么,他们自然会宣布那些不仅无用甚至荒谬愚蠢的东西是绝对真理,而一旦宣布,他们就无法放弃它们。

"因此我说,当我促使他们尊重和崇拜我为他们虚构的科学时,他们就永远不会理解那种几乎使我们灭亡的教义。"

十一

"很好。我感谢您。"魔王容光焕发,说,"您有资格得奖。我愿意奖赏您。"

"那么您把我们都给忘了。"其余的魔鬼嚷道,他们毛色不同,个儿有大有小,有屈腿的,有胖的,有瘦的。

"你们是干什么的?"魔王问。

"我是技术改良魔鬼。"

"我是劳动分工魔鬼。"

"我是交通魔鬼。"

"我是书籍出版魔鬼。"

"我是艺术魔鬼。"

"我是医药魔鬼。"

"我是文化魔鬼。"

"我是教育魔鬼。"

"我是改造人的魔鬼。"

"我是麻醉人的魔鬼。"

"我是行善魔鬼。"

"我是社会主义魔鬼。"

"我是女权主义魔鬼。"

他们突然异口同声地叫起来,争先恐后地向魔王靠拢。

"你们一个个说,说得简短些。"魔王喝道。"你,"他问技术改良魔鬼,"你是干什么的?"

"我教导人们,他们制造的东西越多,制造得越快,对他们就越有利。于是人们就拼命生产,产品越来越多,尽管迫使制造者制造这些东西的人并不需要,制造者也买不起。"

"好的。那么你呢?"魔王问劳动分工魔鬼。

"我教导人们,机器制造东西比人制造快,因此要把人变成机器。他们就这么办。而变成机器的人就憎恨那些使他们变成机器的人。"

"这很好。你呢?"魔王问交通魔鬼。

"我教导人们,为了他们的幸福必须尽快从一个地方转移到另一个地方。于是人们不在家乡改善生活,而把大部分时间用在旅行上,并以每小时能行五十多俄里的速度自豪。"

魔王也称赞了这个魔鬼。

书籍出版魔鬼开口了。他说,他的事情是尽可能向更多的人传播世界上的种种坏事和蠢事。

艺术魔鬼宣布说,他借口安慰和培养人们的高尚情操,纵容他们的恶习,用诱惑人的方式来加以表现。

医药魔鬼解释说，他的事是教导人们，关心自己的身体是头等大事。由于这种关心没有止境，借助医药来保护身体的人不仅忘记别人的生活，也忘记自己的生活。

文化魔鬼宣布说，教导人们利用技术改良魔鬼、劳动分工魔鬼、交通魔鬼、书籍出版魔鬼、艺术魔鬼、医药魔鬼所经营的各种事业是一种美德，人享有这一切就可以完全知足，不用再争取改善生活。

教育魔鬼说，他教导人们，他们自己生活得很糟，甚至不知道什么是好的生活，却教育孩子要过好的生活。

改造人的魔鬼说，他教导人们，尽管他们自己有缺点，他们却能改造有缺点的人。

麻醉人的魔鬼说，他教导人们，不必摆脱因恶劣生活而产生的痛苦，想争取生活得好些，只要在酒、烟、鸦片和吗啡的麻醉下忘记一切就行了。

行善魔鬼说，他教导人们，要大量掠夺财富而只给被掠夺者几个小钱，就是一个道德高尚的人，不需要再改进，他使他们无法接近善。

社会主义魔鬼夸口说，为了实现人们生活的最高社会制度，他挑动阶级仇恨。

女权主义魔鬼夸口说，为了使生活制度更加完善，除了阶级仇恨之外，他还要煽动两性之间的仇恨。

"我是贪图舒适的魔鬼。""我是追求时髦的魔鬼！"其他魔鬼爬到魔王跟前，一个个尖声叫道。

"难道你们真以为我已那么老朽昏庸，不懂得一旦有关生活的教义变得虚假，那时，凡是可能对我们有害的东西就会变得对我们有益吗？"魔王嚷道，接着放声哈哈大笑，"够了。谢谢大家。"他拍拍翅膀站起来。魔鬼们包围了魔王。在手挽手的魔鬼们的一端是那个身披斗篷的魔鬼——教会的发明者，另一端是身披披肩的魔鬼——科学的发明者。这些魔鬼相互握爪，圈子就连接起来。

全体魔鬼哈哈大笑，尖声叫啸，呼噜呼噜喘气，挥动手臂，摆动尾巴，团团打转，围着魔王跳舞。魔王呢，展开翅膀不断拍动，高高地跷起腿，在圈子中央跳舞。上面则是一片叫嚷、哭泣、呻吟和咬牙切齿的声音。

一九〇二年

亚述国王伊撒哈顿

亚述[①]国王伊撒哈顿占领了拉伊里埃国王的国土,焚毁了所有的城市,把全体居民驱赶到他的领地,杀死了军人,把拉伊里埃国王关到笼子里。

亚述国王夜里躺在床上,考虑着怎样处死拉伊里埃,忽然听见旁边有呵呵声。他睁开眼睛,看见一个留花白大胡子、目光温和的长老。

"你要处死拉伊里埃吗?"长老问。

"是的,"国王回答,"不过我还没有想好用什么方法处死他。"

"要知道你就是拉伊里埃呀。"长老说。

"这话不对,"国王说,"我是我,拉伊里埃是拉伊里埃。"

"你和拉伊里埃是一个人,"长老说,"只是你以为你不是拉伊里埃,拉伊里埃不是你。"

"怎么以为?"国王说,"你瞧,我现在躺在软绵绵的卧榻上,周围是对我忠心耿耿的男女奴隶,我将同我的朋友们一起欢宴庆祝,明天也像今天一样,而拉伊里埃像鸟一样被关在笼子里,明天他将伸出舌头被钉在木橛子上,全身痉挛,直到断气,他的尸体将被群狗撕碎。"

"你不能消灭他的生命。"长老说。

[①] 亚述——古代西亚奴隶制国家,位于底格里斯河中游(今伊拉克境内),建于公元前三千年末,公元前六〇五年灭亡。伊撒哈顿是古亚述国王,公元前六八〇年至前六六九年在位。本篇取材于一本德文杂志的故事。

"那么，我杀死了一万四千个军人，拿他们的尸体堆积成山，你怎么说呢？"国王说，"我活着，可他们没有了，所以我能消灭生命。"

"你怎么知道他们没有了？"

"因为我看不见他们。主要是他们受尽折磨，可是我没有；他们难过，我舒服。"

"这是你以为如此。其实你折磨的是你自己，而不是他们。"

"我不明白。"国王说。

"你想明白吗？"

"想。"

"你过来。"长老说，给国王指指盛满水的圣水盘。

国王站起来，走到圣水盘前。

"把衣服脱掉，走进圣水盘里。"

伊撒哈顿遵照长老的吩咐做了。

"现在，我一动手拿水往你头上浇，"长老拿杯子舀了一杯水，"你就把头浸到水里。"

长老拿杯子往国王头上倒，国王的头就浸到水里。

伊撒哈顿国王的头一浸到水里，他就觉得自己不是伊撒哈顿而是另一个人。一旦觉得自己变成了另一个人，他就看见自己躺在一张豪华的床上，旁边还有一个美女。他从没见过这女人，但他知道她是他的妻子。这女人支起身来，对他说："我亲爱的夫君拉伊里埃，你昨天干活累了，因此睡得比平日久，但我一直让你安心睡觉，没有唤醒你。现在，众大臣都在大殿里等你。快穿好衣服，出去接见他们。"

伊撒哈顿从这番话里听出，他是拉伊里埃。他不仅不感到惊奇，反而奇怪为什么原来一直不知道这件事。他起身，穿戴整齐，来到众大臣等候他的大殿。

众大臣都磕头迎接自己的国王拉伊里埃，然后站起来，遵旨坐在他面前。于是首相禀报说，再也不能忍受可恶的伊撒哈顿国王的侮辱了，必须向他开战。但拉伊里埃没接受他的意见，下令派使臣到伊撒哈顿那里去羞辱他，便把众臣解散。随后他任命几个德高望重的人当使臣，并详细指示他们怎样向伊撒哈顿国王转达他的旨意。

办完这些事，伊撒哈顿觉得自己是拉伊里埃，就上山去猎野驴。打猎很顺利。他亲手打死了两头驴子，回家宴请他的朋友，并观赏女奴跳舞。

第二天，他照例上朝接见请愿者、被告和诉讼者，处理呈送来的公文。办完这些事，他又去进行他喜爱的消遣——打猎。那天他亲手打死了一头老狮子，擒获两只小狮子。打猎后他又同朋友们欢宴，欣赏音乐舞蹈，夜晚又同他的爱妃一起过。

他这样过了一天又一天，一星期又一星期，等待着派去见伊撒哈顿国王（就是原来的他）的使臣归来。使臣们过了一个月才回来，他们的鼻子和耳朵都被割掉了。

伊撒哈顿国王吩咐使臣转告拉伊里埃，如果他不立刻送来规定的白银、黄金和柏树，并亲自前来朝拜，他将用同样的方法处置他。

拉伊里埃（就是原来的伊撒哈顿）又召集众大臣，同他们商量对策。众大臣异口同声地说，不能等待伊撒哈顿进攻，必须立即派兵讨伐。国王同意，亲自率领军队出征。出征持续了七天。国王天天巡视军队，鼓舞士气。第八天，他的军队在河边宽阔的谷地同伊撒哈顿的军队遭遇。拉伊里埃的军队英勇善战，但拉伊里埃（原来的伊撒哈顿）看见敌人像蚂蚁一样成群奔下山来，布满谷地，战胜他的军队，他就乘战车冲到战场中心，砍杀敌人。但拉伊里埃的军队只有几百人，而伊撒哈顿的军队却有几千人，拉伊里埃发觉自己负伤并成了俘虏。

他同其他俘虏一起被反绑着双手在伊撒哈顿军队押送下走了九

天。第十天，他被押到尼尼微①，关在笼子里。

拉伊里埃饥肠辘辘，又负了伤，十分痛苦，但最使他难受的是羞辱和无可奈何的愤恨。他觉得自己无力为所受的罪向敌人报复。他唯一能做的是，不让敌人看到自己的痛苦而幸灾乐祸，因此他决心咬紧牙关忍受一切，不哼一声。

他在笼子里被关了二十天，等待着死刑。他看见他的亲友被拉去处决，听见受刑者的呻吟。他们有的被斩去手脚，有的被活活剥皮，但他装得若无其事，既不怜悯，也不恐惧。他看见太监带走他那被俘的爱妃。他知道，她是被带到伊撒哈顿那里去当女奴的。但他也默默地忍受这景象，没哼一声。

这时，两个刽子手打开笼子，用皮带把他的双手反绑在背后，把他领到洒满鲜血的刑场。拉伊里埃看见血迹斑斑的尖利的橛子，他朋友的尸体刚从橛子上拉出来，他明白这个橛子空出来就是要处死他的。

他们脱掉他的衣服。拉伊里埃看到自己原来强壮好看的身体瘦成皮包骨头，大吃一惊。两个刽子手抓住他的两腿，把他拉起来，要把他按到橛子上。

"我马上就要死了，完蛋了。"拉伊里埃想，忘记自己镇静地忍受到底的决心，号啕大哭，乞求饶恕。但没有人理他。

"这是不可能的。"他想，"我准是睡着了。这是梦。"他竭力想醒过来，"其实我不是拉伊里埃，我是伊撒哈顿。"他想。

"你又是拉伊里埃，又是伊撒哈顿。"他听见这声音，觉得死刑开始了。他大声叫喊，立刻从圣水盘里抬起头来。长老站在他旁边，把剩下的水浇在他的头上。

"哦，我难受极了！怎么这样久！"伊撒哈顿说。

---

① 尼尼微——亚述帝国的京城。

"这样久？"长老说，"你刚把头浸到水里，就又抬了起来。你瞧，杯里的水还没倒完呢。现在你明白了吗？"

伊撒哈顿什么也没回答，只恐惧地瞧着长老。

"现在你明白了吗？"长老继续说，"拉伊里埃就是你，那些被处死的军人也是你。不只军人，连你打猎打死并被你吃掉的野兽也是你。你原以为生命只在你身上，但我把欺骗的盖布从你身上剥下，你就看到，你害别人其实就是害自己。万物的生命只有一个，而在你身上表现的只是这唯一的生命的一部分。你只能在这生命的一部分里，在你自己身上，改善生命或者恶化生命，增加生命或减少生命。要改善你自己的生命，你必须打破使你的生命同别人的生命隔开的界限，必须把别人当作你自己，要爱他们。你无权消灭别人的生命。被你处死的人的生命从你眼里消失，但他们并没有灭亡。你想延长你自己的生命，缩短别人的生命，但你办不到。生命是没有时间和空间的。一刹那的生命和一千年的生命，你的生命和世界上一切看得见和看不见的生命，都是等同的。生命既不能消灭，也不能改变，因为生命只有一个。其余的一切都只是我们的感觉罢了。"

说完这些话，长老就不见了。

第二天早晨，伊撒哈顿国王下令释放拉伊里埃和所有的俘虏，并废除死刑。

第三天，他召见王子亚述巴尼拔①，把王位让给他，自己先远走到荒漠里，思考他所知道的一切。后来他就云游各个城乡，向人们宣传，生命只有一个，凡是想害人的人，结果都害了自己。

一九〇三年

---

① 亚述巴尼拔（？—约前631）——亚述国王（前668—约前631）。

穷 人 *

---

* 根据雨果的诗《可怜的人们》改写。

渔夫的妻子桑娜坐在小屋的火炉旁补一张旧帆。屋外海风怒号，波涛拍岸，溅起一阵阵浪花⋯⋯外面又黑又冷，海上暴风骤雨，但渔家小屋里却温暖而舒适。地扫得干干净净，炉子里的火还没熄灭，木架上的餐具闪闪发亮。在怒海的咆哮声中，床上睡着五个孩子，挂着帐子。渔夫一早驾着小船出海，还没回来。桑娜听着波涛的咆哮和狂风的呼号，感到心惊胆战。

古老的木钟嘶哑地敲了十下，十一下⋯⋯始终不见丈夫归来。桑娜想着心事。丈夫不顾惜身体，冒着寒冷和风暴出海打鱼。她从早到晚坐在家里干活。结果怎样呢？一家人只能勉强糊口。孩子们还是没鞋穿，不论冬夏都光着脚走路；连白面包都吃不上，大麦面包总算还吃得饱，但菜就只有鱼。"不过，赞美主，孩子们都身体健康，没什么可抱怨的，"桑娜想，倾听着风暴的咆哮，"他现在在哪儿？主哇，你开开恩，保佑他，救救他！"她一面说，一面画十字。

睡觉还早。桑娜站起来，包上一块厚头巾，点亮风灯，走到街上，看看海是不是平静些，天是不是亮了，灯塔上的灯有没有熄灭，丈夫的小船能不能望见。但海面上什么也看不见。风吹掉她的头巾，卷着什么刮断的东西敲打着邻居小屋的门。桑娜想起她傍晚就想去探望害病的女邻居。"也没有人照顾她。"桑娜想着，敲了敲门。她侧着耳朵听⋯⋯没有人答应。

"做寡妇真苦啊！"桑娜站在门口想，"虽说孩子不多，只有两个，可全

穷人 | 237

靠她一个人张罗。如今又加上病!唉,做寡妇真苦啊!让我进去瞧瞧。"

让妮一再敲门,可是没有人答应。

"喂,邻居!"让妮叫道,"莫不是出什么事了。"她想着,推开门。

小屋里又潮湿又寒冷。让妮举起风灯,想看看病人在什么地方。首先映入她眼帘的是对着门放着的一张床,床上仰天躺着女邻居。她一动不动,没有声音,只有死人才是这副模样。让妮把风灯举得更近一些。不错,是她。她的头往后仰着,冰冷发青的脸上现出死的安详。一只苍白僵硬的手从干草上挂下来,仿佛要去抓什么东西。就在这死去的母亲旁边,睡着两个鬈发、胖腮的小男孩,他们身上盖着旧衣服,蜷缩着身子,两个浅黄头发的小脑袋紧紧地靠在一起。显然,母亲临死时还拿旧头巾盖住他们的小脚,又把自己的衣服盖在他们身上。他们的呼吸均匀而平静,他们睡得很香很甜。

让妮解下孩子们睡着的摇篮,用头巾把他们盖住,搬回家去。她的心跳得很厉害;她自己也不知道为什么要这样做,但她知道非这样做不可。

回到家里,她把这两个熟睡的孩子放在床上,让他们同自己的孩子睡在一起,又连忙拉拢帐子。她脸色苍白,神情激动,她忐忑不安地想:"他会说什么呢?"她自言自语。"这可不是闹着玩的。自己有五个孩子,已够他受的了……是他来了?……不,还没来!……为什么把他们抱过来!……他会揍我的!那也活该,我自作自受。哦,他来了!不!……嗯,揍我一顿倒好些!"

门吱嘎一声,仿佛有人进来。让妮一惊,从椅子上站起来。

"不,没有人!主哇,我为什么要这样做!如今叫我怎么对他说呢?"让妮沉思起来,久久地坐在床前。

雨停了,天亮了,但风仍在呼啸,海仍在咆哮。

门突然开了,一股清新的海风冲进屋子,魁梧黧黑的渔夫拖着湿淋淋的破网走进来说:"我回来了,让妮!"

"哦，你来了！"让妮说着站住，不敢抬起眼睛看他。

"嗐，这样的夜晚！真可怕！"

"是啊，是啊，天气真可怕！那么，鱼打得怎么样？"

"糟糕，真糟糕！什么也没打到，还把网给撕破了。倒霉，倒霉！这天气可真该死！我记不起几时有过这样的夜晚了，哪里还谈得上什么打鱼！赞美主，总算活着回来了……那么，我不在，你在家里做些什么呢？"

渔夫说着，把网拖进屋里，在炉子旁坐下。

"我吗？"让妮脸色发白，说，"我没做什么……缝缝补补……风吼得这么凶，真叫人害怕。我可替你担心呢！"

"是吧，是啊，"丈夫喃喃地说，"这天气真是活见鬼！可是你有什么办法呢！"

两人沉默了一阵。

"你知道吗，"让妮说，"邻居西蒙死了。"

"是吗？"

"我也不知道她什么时候死的，大概是昨天。哦，她死得好惨哪！她为孩子一定心疼死了！两个孩子那么小……一个还不会说话，另一个刚会爬……"让妮没再作声。

渔夫皱起眉；他的脸变得严肃，忧虑。

"嗯，是个问题！"他搔搔后脑勺说，"嗯，你看怎么办！得把他们抱过来，同死人待在一起怎么行？哦，我们总能熬过去的！快去！"

但让妮坐着一动不动。

"你怎么啦？不愿意吗？你怎么啦，让妮？"

"你瞧，他们就在这里呀。"让妮说着撩起帐子。

一九〇五年

母亲[*]

[*] 这篇作品未完成,最初发表于一九一二年出版的《托尔斯泰文学遗稿》。

我从小认识玛丽雅·亚历山德罗夫娜。就像青年之间常有的关系那样,我同她有过友谊,但绝不是恋爱,如果不算在我家玩"太太与骑士"游戏的那个晚上。当时她十五岁,手臂又胖又红,眼睛乌黑美丽,乌黑的辫子又粗又长,使我如痴如醉,以致整个晚上我都觉得爱上她了。但这只是一个晚上的事,其余时间——我们认识的四十年——我们一直保持男女之间相互尊重的友谊。这种友谊如果不夹杂一丝恋爱的因素,特别使人愉快,就像我同玛丽雅·亚历山德罗夫娜那样。

这种友谊给了我许多快乐的时刻,也给了我许多教益。我原来不了解充分体现贤妻良母这种类型的女人。我从她身上知道了许多,懂得了许多,学到了许多东西。

我同她最后一次见面是在一年前,在她去世前一个月,但当时我们谁也没预见到她不久会离开人世。她刚带着厨娘华尔华拉在男修道院里单独定居下来。作为八个孩子的母亲和近半百个孙儿的奶奶和姥姥,她拒绝孩子们要她住到他们家去的诚意邀请,下定决心要孤独地在那里度过晚年,这不能不使人感到惊讶。起初我觉得她移居修道院实在不可思议。我知道她,我不是说她那从未流露过的自由思想,我是说知道她的勇敢和健全的思维能力。她这人富于感情,因此不可能有迷信思想。我知道她憎恶假仁假义和口是心非的

母亲 | 243

恶习。如今她忽然向往修道院的小房子，往返做礼拜，完全服从尼科金神父的指导。这一切她做得很自然，很有分寸，仿佛还有点儿害臊。

我们见面的时候，她显然避而不谈为什么选择这种生活。不过，我想我是了解她的。她心地善良，但思想上完全是个怀疑主义者。一旦离开了孩子，离开了四十年来在家照顾孩子的辛劳生活，她需要有个地方舒散自己的感情。在孩子们家里无法做到这一点，于是她决定在宗教生活中离群索居。她希望也像别人一样在这种生活中找到安慰。显然，她心情沉重，但她为自己也为孩子们表现得很稳重，只偶尔向我稍稍暗示她的困境。我问起她的孩子（我知道她所有的孩子），她不大愿意回答，但没谴责他们。我看到，这不算悲剧，可在她的心里隐藏着多少形形色色的悲剧啊。

"是的，伏洛嘉干得不错，"她对我说，"他当上议院议长，买了地产。还生了孩子 —— 三男二女。"她停了停，紧蹙她那两条黑眉毛，显然在克制想说的话并把它驱走。

"那么，华西里呢？"

"华西里还是老样子 —— 您不是知道他吗？"

"还是风度翩翩吗？"

"是的，是的。"

"也有孩子啦？"

"有三个。"

谈到子女她总是这样的。她最喜欢谈彼嘉。彼嘉是家里失败的成员，他挥霍光全部财产，又无力还债，比其他孩子更让母亲操心。但她最爱他，透过他的卑劣行为她看到并热爱他那颗"金子般的心" —— 她常常这样说到他。

在谈话时，她津津乐道的是她无忧无虑的青年时代。凡是饱经苦难的人总是特别爱谈这样的往事。我同她最感兴趣的一次谈话（我为此在她那里坐到午夜十二点过后），也是我们最后一次谈话，一次牵动感情的谈话，是关于彼得·尼基福洛维奇的。彼得·尼基福洛维奇原是莫斯科大学学士，是她孩子们的第一任家庭教师，后来患肺结核死在他们家里。这是一个杰出的人物，对她影响很大，也是丈夫去世后她唯一能爱或者爱过的人——这事连她自己都不清楚。

我们谈到他，谈到他的人生观。我知道他的人生观，当时我也是这样的观点。他理解卢梭和喜欢卢梭，即使不能算是卢梭的崇拜者，也是个具有这种气质的人。我们想象中的古代贤人就是这个样子。同时他又不自觉地具有基督徒的温顺和谦恭。尽管他无法接受基督教义，但他的一生却是自我牺牲的一生，如果他不能为别人做牺牲而且是痛苦的牺牲，他显然会觉得生活很乏味。只有做出自我牺牲，他才会感到满足。这时，他会像婴儿一般天真，像女人一样温柔。

说她爱他，也许有人会怀疑，但说她是他唯一爱慕和崇拜的偶像，那么，只要看到她在场时他的模样就不会有人怀疑了。只要看到他那双圆圆的蓝眼睛怎样瞧着她，怎样注视她的一举一动并在眼睛里反映出她脸部的一切表情；只要看到这个身穿宽松的蹩脚西装、体格虚弱却神采奕奕的人怎样侧身凑近她的神态，你对此就不会有任何怀疑。

这事阿历克赛·尼古拉耶维奇（她已故的丈夫）在世时是知道的，并且不以为意，让他们经常整晚待在一起，也就是让她和孩子们同他待在一起。这事孩子们也知道，他们又爱老师又爱母亲，并且认为老师和母亲互相爱恋是很自然的事。

阿历克赛·尼古拉耶维奇对彼得·尼基福洛维奇的唯一预防措施是管他叫"英明的彼得爷"。阿历克赛·尼古拉耶维奇喜欢和尊敬彼得·尼基福洛维奇，因为他对孩子们非常热爱和忠诚，品德又极其高尚，他不能不尊敬他，但他也不能容忍他妻子和彼得爷之间可能产生的爱情。说实话，我认为她是爱他的。他的去世对她不仅是巨大的悲痛，而且是重大的损失。她心灵的这些方面是优秀的，主要的和基本的，但在他死后她就再也没向谁流露过这种感情，仿佛从此消失了。

是的，我们谈到了他，谈到了他的人生观。他认为人生的全部美德就在于尽量少索取而多贡献，多贡献自己的心灵，而要少索取，就得遵守柏拉图的首要美德——克制：睡木板床，冬夏都只穿一件外套，只吃面包和水，而唯一的奢侈品则是牛奶。（玛丽雅·亚历山德罗夫娜认为他这样生活是在糟蹋自己的身体。）要能给予别人什么，必须发展自己的精神力量，这种精神力量主要是爱，积极的爱，为生活服务，改善生活。他极希望教育孩子，但做父母的顺应习惯，有不同要求。于是想出折中办法，倒也不错。这种情况幸亏没持续多久，因为他在他们那里总共只生活了四年。

玛丽雅·亚历山德罗夫娜常想起他的许多意见和言论。

"哦，您倒想想，"她说，"我现在常常诵读教义，听尼科金神父训导，可是，"她向我投来一个笑吟吟的目光，使我想起她平时的大胆议论，"不瞒您说，所有这些教义都比我从彼得·尼基福洛维奇那里听来的幼稚得多。同样的意思，但是幼稚得多。主要的是他这人说到做到。而且做得多么起劲！结果耗尽了精力。您该记得，米吉奇卡和维拉那年患猩红热（您那时还常来我们家），他通宵坐在病人床旁，而白天照样同几个大孩子上课。对他来说，这是一件神圣的事。后来，华尔华拉的儿子生病，他也这样做，而当他们不愿把她的孩子搬到屋里养病时，他大为生气。不久前华尔华拉提醒我，有一次凡尼亚（童仆）打碎了他的一个圣人半身雕像，他把凡尼亚大骂一顿，也不知后来他怎样平息了怒火，又是向凡尼亚赔不是，又是请他看马戏。这是一个极好的好人！他说，像我们现在这样生活是没有意思的，他建议我丈夫把全部土地分给农民，自己靠劳动过日子。阿历克赛·尼古拉耶维奇只是笑笑。可他倒是一本正经这样劝告的，认为他有责任把他想到的事说出来。不过他是对的。是啊，我们像所有的人一样生活，可是有什么意思呢？就说我的孩子吧……去年，我去过所有孩子的家，除了彼嘉一家外。可是怎么样？难道他们幸福吗？不，并不幸福，但也不能像他所希望的那样来个彻底改变。可见，人类开始堕落，罪孽进入世界，不是没有缘故的。"

这就是我们的最后一次谈话。当时她还对我说：

"在我一个人待着的时候，我反复想了很多，不仅想了很多，还记了下来。"她羞怯地微微一笑，使她那苍老的脸显得又可爱又可怜，"我记下了我在这方面的思想，说得确切些，是我的体会。我在很久以前，结婚前和结婚后，就记日记。后来，十年以前，事情发生了……"她没说发生了什么事，但我知道她是指她同几个成年孩子之间发生的冲突和纠纷（丈夫去世后她独自生活，财产都握在她手里），"我就不再记了。现在，我整理自己的东西，发现了日记本，我重新翻阅，看到里面有许多蠢话，也有许多好的想法，真的，"她又露出那样的微笑，"而且有许多有益的东西。我想把它烧掉，但没有烧。我同神父商量,他吩咐我把它烧掉。其实他不懂。这样做太愚蠢,我没有烧。"

我从这些话里听出她自相矛盾的地方。她处处听从尼科金神父的话,搬到他那里住,以便经常听取他的教导,但同时又认为他的意见是愚蠢的,仍照自己的想法行事。

"这样我就没有烧,而且又记了两大本。我在这儿一个人待着没事干,就把想到的一切记下来。是啊,等到我死了——我现在还不打算死,我母亲活到九十岁,我父亲活到八十岁——就把这些日记留给您。您看一看,看看里面有没有什么对人有用的东西。如果有什么有用的东西,那就让人家知道好了。要不谁也不知道:我们受苦受难,为他们吃足苦头,从怀孕直到现在,他们却来宣布自己的权益,可谁知道我那些失眠之夜、痛苦、不安和绝望呢。要是他们有爱心,他们过得幸福,倒也罢了。可事情却不是这样。不论怎么说,这里总有点儿什么地方不对头。所以我一直记日记。等我死后您读读这些日记,好吗?"

我答应了,虽然嘴里说我决不会活得比她长久。我们就这样分手,过了一个月我得知她去世了。她在彻夜祈祷时感到不舒服,坐在随身带着的折椅上,身子靠着墙壁,就这样死去。是心脏病发作。我参加了葬礼。除了米吉奇卡和在国外的叶莲娜,孩子们差不多都到了。米吉奇卡就是得过猩红热的那一个,他不能来,因为当时正在高加索治病。

葬礼很阔气,僧侣们对她表示了比她在世时更大的敬意。她的东西都作为纪念品分赠给众人。她送给我留念的是一个孔雀石吸墨器、六本羊皮面日记和四本新的普通练习簿。她在修道院里用这些练习簿记满"想到的一切"。里面写的都是这位出类拔萃的妇女动人而深刻的故事。

我认识她和她丈夫四十年,眼看他们的孩子一个个出生,长大,读书,结婚。因此如果需要的话,我可以在任何段落凭回忆补充她日记里记得不清楚的地方。

这是一八五七年的事,战争①刚刚结束。

伏隆诺夫家正在准备婚礼,中间的女儿华尔华拉同叶符格拉夫·洛土兴已订过婚。他们俩从小就认识,常一起玩,一起跳舞。现在,他从塞瓦斯托波尔作战回来,当上枪骑兵团中尉。他是在战争最激烈的时候离开供职的部队,参加士官团的。现在他回来,还没决定到哪儿去。他瞧不起部队,特别是近卫军。他不愿在和平时期留在军队里。不过,他的舅舅召他到基辅去当副官,堂房舅舅介绍他去君士坦丁堡供职,原来的首长则叫他到他那里去。

叶符格拉夫·洛土兴的亲戚朋友很多,大家都喜欢他。不仅喜欢他,注意他有没有在场,而且热爱他。他一来,许多人都会欢呼:"哦,叶符格拉夫来了! 太好了!"有他在场,谁也不会感到沉闷,他会用各种办法使大家高兴。讲故事,唱歌,演戏,什么都行。主要是他不装腔作势,又聪明懂事,相貌英俊,心地善良。

当他选择往谁那儿去时,总是先认真考虑,尽管装得若无其事。他在莫斯科遇到伏隆诺夫一家。他们请他到乡下别墅去做客。他去了一星期,走了,过一个星期又回来,并且求了婚。他的求婚被愉快地接受。这是很好的一对。他成了他们家的女婿。

---

① 战争——指克里米亚战争(1853—1856)。

"没什么值得特别高兴的,"伏隆诺夫老头子对站在桌旁、哀怨地瞧着他的妻子说,"好小子!好小子!问题不在于好不好,他世面见得太多了,我知道洛土兴这家人,他有什么了不起?除了想当差这个好志向,什么也没有。我们把女儿给他,没有保障。"

"但他们很相爱呢。他人又直爽,挺讨人喜欢。"她温柔地悄悄说。

"是的,费尼科夫自然不错,他们都是这样的,但我原希望华尔华拉能找到更好的对象。她生性那么坦率,那么温柔。她应该能找到更好的对象。唉,有什么办法。我们走吧。"

他们走了。

今天是一八五七年五月三日。开始重新记日记。旧的日记本早就不记了,原来记的也不对头:挖掘自己的内心太多,多愁善感的话太多,简直都是蠢话——我爱上了伊凡·扎哈雷奇,希望出风头,想进修道院。我现在重温可爱的十五六岁时的许多事。现在情况不同,我二十岁了,开始恋爱了,真的恋爱了,但并不自我陶醉,并不欣喜若狂,而有点儿提心吊胆,唯恐这不是真的恋爱,不像人家那样真的恋爱,自己觉得恋爱得不够热烈;相反,而是担心这是真正的恋爱,不祥的恋爱,我太爱他了,我不能,不能……不爱他。我感到害怕。他身上,他脸上,他的声音,他的每句话,都使人觉得很严肃,尽管他快快乐乐,总是笑呵呵的,总是能把事情处理得很漂亮、很巧妙和很有趣。大家都感到很有趣,我也感到很有趣,又有趣又严肃。我们的眼睛相遇,目光刺进对方的眼睛,越刺越深。我感到害怕。我发现他也是如此。

让我从头到底叙述一下。他是安娜·巴甫洛夫娜·鲁特科夫斯卡雅的儿子,是奥勃朗斯基和米卡兴的亲戚。他的长兄鲁特科夫斯科伊是著名的塞瓦斯托波尔英雄,而他,彼得,我的彼得(是的,我的彼得)去过塞瓦斯托波尔,但只因为人家都在那边为国捐躯,他不愿待在家里。他不是出于虚荣心。战争一结束,他就退役,在彼得堡供职,现在他来到我省,进了委员会。尽管他还年轻,大家都器重他,喜爱他。是米沙把他带到我们家来的。他立刻成了我家的人。妈妈喜欢他,待他很亲热,爸爸像对所有的未婚女婿那样,有点儿冷淡。彼得一来就向娜佳献殷勤,就像一般人向十五岁姑娘献殷勤那样,但我心里立刻断定他喜欢的是我,但我不敢向自己承认。从此他常来我家,从最初几天起,虽然没说什么,但我知道,他一来,我的一切全完了。

昨天他临走握了握我的手。我们站在楼梯口。我不知怎的觉得脸红了。他瞅了我一眼,脸也更红了。他手足无措,转身跑下楼梯,把帽子都丢了。他捡起帽子,在台阶上站住。我走到楼上,从窗口望出去。他们给了他马车,但他没有上车。我朝台阶望了望,他站在那里,没有上车,一手把胡子塞进嘴里咬着。我害怕他回过头来,就离开窗子;但就在这时我听见他上楼的脚步声。他大胆地快步走上来。我不知道怎么发觉的,但我走到房门口,站在那里等。我的心没有跳得很猛烈,只感到它又快乐又痛苦地压迫着胸口。

怎么发觉的我不知道,但我发觉了。很可能发生这样的事:他跑进房里来说:"对不起,我把香烟给忘了。"或者类似的话。因为这种事是可能发生的。如果发生了,我会怎么样。但不,这是不可能发生的。发生的果然是意料中的事。他神色十分激动,又胆怯,又果断,又快乐。双眼炯炯有神,脸颊抖动。他身穿外套,手里拿着帽子。这儿一个人也没有,他们都在凉台上。

"华尔华拉·尼古拉耶夫娜,"他站在最后一级楼梯上说,"还是一下子说出来的好,免得痛苦,也许打扰您了……"

我感到又难受,又痛苦,又快乐。这双可爱的眼睛,这个漂亮的前额,这两片含笑的颤动的嘴唇。这个魁伟强壮的人身上的羞怯。我觉得喉咙哽住,真想放声痛哭一场。他一定看到我脸上的表情了。

"华尔华拉·尼古拉耶夫娜,您一定知道,我有什么话要亲自对您说。是吗?"

"我不知道,"我一开口,就又立刻改口说,"不,我知道。"

"是吗?"他说,"您知道我有什么话要说而不敢说……"他踌躇了一下,接着仿佛突然生自己的气,"好,该怎样就怎样吧。您能像我爱您那样爱我,做我的妻子吗?能?还是不能?"

我说不出话来,我快乐得喉咙都哽住了。我伸出手去。他抓住我的手吻了吻。

"您真的愿意吗?真的吗?是吗?您也知道我为此苦恼了好久。现在我不走了。"

"不要走,不要走。"

我说我爱他。我们接吻,我感到害怕。这次狂吻与其说愉快,不如说不愉快。他走出去,回掉马车,我则跑到妈妈那儿去。妈妈去找爸爸,爸爸走出来。事情就这样结束。我们是未婚夫妻了。他到夜里一点多钟才走,第二天又来。婚礼定在一个月之后举行。他要一星期后举行,但妈妈坚持自己的意见。

爸爸最初一分钟似乎不满意。不是不满意,而是有点儿伤感,有点儿不自然——我是了解他的。他仿佛不喜欢他。这一点我无法理解。我是他的未婚妻,我喜欢他,但我再也找不到他身上原有的开朗和高尚,主要是真诚和纯洁。不过,他心口如一,他没什么事要隐瞒的。他只讳言自己的高尚品德。他不愿讲他在塞瓦斯托波尔的经历,他不喜欢讲。关于米沙他也不谈,我一谈起,他就脸红。

感谢你,主啊!我什么也不要,什么也不要了。

洛土兴去莫斯科准备婚礼。他投宿"舍瓦里耶"旅馆,立刻在楼梯上同苏谢夫相遇。

"哦,洛土兴!听说你要结婚了,这是真的吗?"

"真的。"

"那么,恭喜你了。我认识他们。这家人挺可爱。我也认识你的未婚妻。是个大美人……让我们一起去吃饭吧。"

他们一起吃饭,喝了一瓶酒,接着又喝了一瓶。

"我们走吧。去溜达溜达,要不干什么呢?"

他们到埃尔米塔日博物馆去,埃尔米塔日博物馆当时刚开门。

他们一走近剧场,就看见安娜。安娜不知道他要结婚,但即使知道也不会改变自己的姿态,而且会笑得更快乐,脸上的酒窝会更可爱。

"唉,真无聊,我们走吧。"

她挽住他的手臂。

"注意了!"苏谢夫在后面说。

"就来,就来。"

洛土兴跟她一起走到剧场,把她交给华西里。华西里是在这里

母 亲 | 253

刚刚遇见的。

"不,这样不好。我要回家。我干吗到这儿来。"他暗自想。

尽管被耽搁了。他还是独自乘车回旅馆。回到房间里,他喝了两杯矿泉水,在桌旁坐下来算账。早晨他出去办事,借钱。哥哥没有给他钱。他向高利贷者借了钱。他坐在那里算账。他心情烦躁地想到了安娜,觉得应该拒绝她。他拒绝了她,并以此自豪。他拿出华尔华拉的照片:一位丰满、端庄、强壮、面颊红润的俄罗斯美人。他欣赏了一番,把照片放在面前,继续算账。

突然他听见走廊里安娜和苏谢夫的声音。苏谢夫把她一直带到他的房门口。

"洛土兴!你在干什么?"

接着她走进他的房间……

第二天早晨,洛土兴走到苏谢夫那儿喝茶,并且责备他,"你要明白,这会使她十分伤心的。"

"嘿,怕什么。放心好了。我这人守口如瓶。"

五月七日。洛土兴从莫斯科回来。心情还是那么开朗、天真,我看出他因为自己不富有而不能同我 —— 只同我 —— 匹配。晚上谈到孩子们,谈到我们未来的孩子们。我简直不能相信我会有孩子,哪怕只有一个孩子。不可能。我会幸福得死去。如果真的有了孩子,我会爱他们,也会爱他的。但要同时爱他们可不行。哦,将来该怎样就怎样吧。

一个月后举行婚礼。到秋天叶符格拉夫·洛土兴在部里谋得一个差事。他们搬到了彼得堡。九月间她知道她怀孕了，三月间她生下第一个儿子。

头几胎生男生女照例都出乎意料，大家都想预见，结果正好同预料相反。

一九〇六年

为 什 么?

一

　　一八三〇年春，亚切夫斯基老爷的祖业罗尚卡庄园来了一位亡友的独生子，年轻的约瑟夫·米古尔斯基。亚切夫斯基是个六十五岁的老头儿，宽额、宽肩、宽胸，砖红色脸上留着长长的白色小胡子。他是波兰第二次瓜分[①]时期的爱国英雄。他年轻时跟老米古尔斯基在柯斯丘什科[②]麾下服过役，并出于爱国义愤强烈憎恨被他称为《启示录》中的淫妇叶卡捷琳娜二世和她的卑劣情夫——叛徒波尼亚托夫斯基，同时相信波兰共和国一定会复国，就像在黑夜相信早晨太阳又会升起一样。一八一二年他在他所崇拜的拿破仑的军队里指挥一个团。拿破仑的灭亡使他伤心，但他对饱经沧桑而依然存在的波兰王朝并没有绝望。亚历山大一世在华沙建立议会使他增加了希望，但神圣同盟[③]、全欧的反

---

　　① 指一七九三年一月俄国和普鲁士签订瓜分协议，俄国占领白俄罗斯和第聂伯河右岸乌克兰地区；普鲁士占领托伦、格但斯克及部分大波兰。
　　② 柯斯丘什科（1746—1817）——波兰民族解放运动领导人之一，反对俄、普瓜分波兰。
　　③ 神圣同盟——拿破仑帝国瓦解后各国君主组成的反动同盟。一八一八年九月二十六日俄国沙皇亚历山大一世、奥地利皇帝弗兰茨一世和普鲁士国王腓特烈·威廉三世在巴黎签订《神圣同盟条约》。曾策划和组织镇压意大利、西班牙等地的革命。一八一五年十一月二十七日亚历山大一世签立波兰王国宪法，根据该宪法波兰获得自治、自己的军队、出版和信仰自由。但实际上的总督是独裁者康斯坦丁·巴甫洛维奇亲王。

为什么？ | 259

动势力、康斯坦丁的刚愎自用，推迟了神圣愿望的实现。一八二五年亚切夫斯基回乡定居，在罗尚卡深居简出，干干农活、打打猎、读报、看信。他通过报纸和书信一直关注着国内政局的动向。他第二次结婚，娶了一个贫穷而美丽的波兰小贵族女人，但这次婚姻并不美满。他不爱也不尊重第二个妻子，把她看成累赘。他待她粗暴无礼，仿佛为这第二次婚姻错误而迁怒于她。第二个妻子没生过孩子。第一个妻子生有两个女儿：大的叫凡达，是个傲慢的美人，懂得自己很美，住在乡下感到寂寞。小的叫阿尔平娜，是父亲的宠儿，活泼、瘦削，生着一头浅色鬈发，两只像父亲一样间距很宽的明亮的蓝色大眼睛。

约瑟夫·米古尔斯基来到的时候，阿尔平娜才十五岁。以前，米古尔斯基在大学念书时，到过维尔诺的亚切夫斯基家（冬天他们总是在那里度过的），追求过凡达。如今他完全成了个大人，第一次无拘无束来到乡下。年轻的米古尔斯基的到来使罗尚卡人人高兴。亚切夫斯基老头儿欢迎他，因为米古尔斯基使他想起他的父亲，也就是他的老朋友，当年他们都很年轻；还使他热血沸腾，满怀粉红色的希望，谈论不仅在波兰，而且在他刚去过的外国所发生的革命浪潮。亚切夫斯基夫人欢迎米古尔斯基，因为有客人在，亚切夫斯基老头儿会克制自己的脾气，不会像平时那样动辄开口骂她。凡达欢迎他，因为她相信米古尔斯基是为她而来的，会向她求婚；她准备接受他的求婚，但像她对自己说的那样：要折磨他，使他珍惜这份婚姻。阿尔平娜觉得高兴，因为大家都很高兴。不仅凡达一人相信，米古尔斯基来访是要向她求婚。家里人人都有这种想法，从亚切夫斯基老头儿到保姆鲁德维卡，虽然谁也没有说破。

这是事实。米古尔斯基怀着这个意图跑来，但他待了一星期，心绪不宁，不知所措，没有求婚就走了。他突然离开，使大家都感到惊讶，但除了阿尔平娜，谁也不知道原因。阿尔平娜知道，他突然离开的原因就是她。米古尔斯基待在罗尚卡，她发现他只有同她在一起才特别兴奋，特别快乐。他待她像待孩子一样，同她嬉戏，逗弄她，但她凭女性的敏感发觉，他对待她并非大人对待孩子，而是男人对待女人。她从他欣赏的目光和亲切的微笑中看出这一点，当她进出房间时，他总是用这样的目光和笑容迎送她。她不能给自己明确解释这是什么缘故，但他对她的态度使她高兴，她也就不由自主地做些使他喜欢的事。其实不论她做什么，他都是喜欢的。因此，有他在场，她做什么事都特别兴奋。他喜欢看到，她同漂亮的猎狗赛跑，猎狗向她扑去，舔着她那容光焕发的红喷喷的脸。他喜欢看到，她由于一些小事发出一串富有感染力的清脆笑声。他喜欢看到，她听教士枯燥的说教时装出一本正经的样子，但她那双眼睛还是露出快乐的微笑。他喜欢看到，她惟妙惟肖而又滑稽地一会儿模仿老保姆，一会儿模仿酗酒的邻居，一会儿模仿他米古尔斯基。他特别喜欢她那种生气勃勃的乐天性格，仿佛她刚领略到生活的全部魅力，就赶紧加以利用。他喜欢她这种独特的乐天性格，而她知道他很欣赏她这种性格就表现得格外鲜明。也因为这个缘故，只有阿尔平娜一个人知道，为什么专程来向凡达求婚的米古尔斯基没有求婚就走了。尽管她不准备向谁说穿这件事，自己也没有明确承认，但心里明白，他原来要爱姐姐，结果却爱上了她阿尔平娜。阿尔平娜感到困惑不解，认为同聪明、有教养的美人凡达比较，自己是不足道的，但又不能否认这是事实，也不能不为此感到高兴，因为她已全心全意爱上了米古尔斯基，而这样的爱只有初恋才有，而且一生只有一次。

二

  夏末，报纸带来巴黎发生革命的消息，随后又是华沙将发生动乱的新闻。亚切夫斯基又提心吊胆又满怀希望地等着邮件，很想看到康斯坦丁被杀和爆发革命的消息。十一月间，罗尚卡终于先得到观景殿①陷落和康斯坦丁逃亡的消息，后又听说议会宣布罗曼诺夫王朝丧失波兰王位，赫洛比茨基被宣布为独裁者，波兰人民再次获得自由。起义还没发展到罗尚卡，但全体居民都密切注视事态的发展，期待家乡也发生起义，准备投身进去。亚切夫斯基老头儿跟一个老朋友，起义首领之一，保持通信。他参加秘密的犹太人小组，这种小组不是搞经济业务，而是从事革命活动。一旦时机成熟。他就参加起义。亚切夫斯基夫人不仅像平时一样，而且越来越关心丈夫物质上的舒适，但总是越发使丈夫生气。凡达把自己的钻石首饰送给华沙一位女友，要她把变卖所得的钱捐给革命委员会。阿尔平娜只关心米古尔斯基在做什么。她从父亲那里知道他加入了德维尔尼茨基部队，就竭力打听这个部队的消息。米古尔斯基来过两次信：第一次告知他已参军，第二次在二月中旬，他写了一封欢欣鼓舞的信，报道波军在斯多契克大捷，缴获俄军六尊大炮，抓获许多俘虏。"波兰人万岁！俄国佬灭亡！乌拉！"②他在信尾写道。阿尔平娜感到

---

 ① 观景殿——华沙的皇宫。
 ② 原文是波兰文。

欢欣鼓舞。她查看地图,计算着他们将在何时何地最终战胜俄国佬。当父亲慢条斯理地拆开送来的邮件时,她总是脸色发白,浑身哆嗦。有一次,后母走进她的房间,看见她身穿长裤、头戴方形军帽站在镜子前。阿尔平娜准备女扮男装离家出走,去参加波兰军队。后母告诉了父亲。父亲把女儿叫来,掩饰自己对她的同情甚至赞赏,把她严厉训斥了一顿,要她抛弃参加战争的愚蠢思想。"女人另有一种天职:爱抚和安慰献身祖国的人。"父亲对她说。现在他需要她,她是他的快乐和安慰,但有朝一日丈夫也将同样需要她。父亲知道怎样去感动她。他向她暗示,他孤独,不幸,并且吻了她。她把脸贴住他来掩饰眼泪,但泪水还是沾湿了他睡袍的袖子。她答应他,不经他同意不会做任何事。

三

只有经历过波兰人在波兰被瓜分 —— 一部分波兰人受可恨的德国人统治,另一部分波兰人受更可恨的俄国佬统治 —— 后所经历的痛苦,才能理解他们在一八三〇年和一八三一年所体验的狂欢。当时,在几次解放尝试失败后,又出现了解放有可能实现的新希望。但这个希望没持续多久。双方的力量太悬殊了,革命再次受到镇压。又有几万盲目服从的俄国兵被驱赶到波兰,一会儿在季比奇[①]的指挥

[①] 季比奇(1785—1831)——镇压一八三〇年至一八三一年波兰起义的俄军总司令。

下,一会儿在帕斯凯维奇①和最高领导人尼古拉一世的指挥下,他们并不知道为什么要这样做,却用自己的血和波兰弟兄的血浸透土地,镇压波兰人,再次把他们置于一些懦弱无能的人统治之下。这些人既不要自由,也不要镇压波兰人,他们只有一个愿望:满足自己自私而幼稚的虚荣心。

华沙沦陷,个别部队被击溃。成百成千人被枪毙,被棍子打死,被流放。在流放的人中有小米古尔斯基。他的财产被充公,他被送到乌拉尔斯克边防营当兵。

亚切夫斯基老人于一八三一年得心脏病,因此全家于一八三二年在维尔诺过冬。米古尔斯基从要塞写信到这儿。他在信里写道,不论他已经历的和将经历的痛苦有多大,他都乐于为祖国受难,他对神圣的事业并未失望,为了这个事业他已奉献了一部分生命,并准备把其余部分也献出来。如果明天还有机会,他还会这样做。老人读到这儿泣不成声,好一阵读不下去。信的其余部分由凡达朗读。米古尔斯基写道,不论他最后一次访问他们时的计划和幻想是什么,他现在不能也不愿再谈这件事,尽管这次访问将作为他一生中最珍贵的事永远留在他的记忆里。

凡达和阿尔平娜各人照各人的想法理解这句话,但她们没向谁说出她们的想法。信末,米古尔斯基向所有的人问好,但也像当初他来时那样用戏谑的口吻问阿尔平娜,同猎狗赛跑是不是仍旧跑得那么快,是不是仍旧那么调皮地模仿所有的人。他祝老头儿身体健康,母亲料理家务顺利,凡达找到如意郎君,阿尔平娜依旧那么乐天。

---

① 帕斯凯维奇(1782—1856)——俄国元帅,一八三一年的波兰总督,曾镇压一八三〇年至一八三一年波兰起义。

四

亚切夫斯基老头儿的健康每况愈下。一八三三年全家移居国外。凡达在巴登遇见一个有钱的波兰侨民，嫁给了他。老头儿的病迅速恶化，一八三三年初他在国外死在阿尔平娜的怀里。他不让妻子接近自己，直到生命的最后一刻都为他娶她所犯的错误而不能原谅她。亚切夫斯基夫人同阿尔平娜回到乡下。阿尔平娜生活中最关心的是米古尔斯基。在她的心目中，他是最伟大的英雄和受难者，她决定为他奉献一生。还在出国以前，她就跟他通信，起初是奉父命，后来是自动写的。父亲去世后，回到俄国，她继续跟他通信。当她满十八岁时，她向后母宣布，她决定去乌拉尔斯克找米古尔斯基，到那里同他结婚。后母责备米古尔斯基，说他自私自利，引诱有钱的姑娘，让她分担他的不幸，以减轻自己的痛苦。阿尔平娜十分生气，对后母说，只有她才会这么卑鄙地看待一位为本国人民不惜牺牲一切的人。她说，米古尔斯基的情况正好相反，他拒绝她给他的帮助，而她已打定主意去他那儿，嫁给他，只要他同意给她这份幸福。阿尔平娜已成年，她也有钱，那是过世的叔叔留给两个侄女的遗产——三十万兹罗提。因此没有什么能阻止她的行动。

一八三三年十一月，阿尔平娜辞别家人——他们痛哭流涕像诀别一样送她到野蛮的俄国穷乡僻壤——带着忠心耿耿的老保姆鲁德维卡，坐上父亲遗留下来的重新修理过的雪橇，踏上遥远的路程。

五

　　米古尔斯基不住军营,而住在自己单独居住的寓所里。尼古拉·巴甫洛维奇[①]指示,要贬谪的波兰军官不仅经受严格的士兵生活的全部痛苦,而且要忍受列兵所受的各种屈辱;不过,应该执行他的指令的多数普通人,懂得这种被谪士兵处境的痛苦,常常冒险违抗圣旨,只要能做到,便不去执行。米古尔斯基所属那个营的营长行伍出身,识字不多,但很理解他这个失去一切而很有教养的富家子弟的处境,对他怀着同情和敬意,千方百计照顾他。米古尔斯基不能不敬重这位脸庞浮肿、留白色络腮胡子的中校的善良,为了报答他,就答应给他那两个准备考中等武备学校的儿子教数学和法语。

　　米古尔斯基在乌拉尔斯克已生活了六个多月,日子不仅单调、沮丧和寂寞,而且痛苦难当。他竭力同营长保持距离,但除了这位营长,他只认识一个流放的波兰人。这个波兰人缺乏教养,善于钻营,惹人讨厌,在这儿贩鱼。米古尔斯基生活的主要痛苦在于他很难习惯于贫困。财产充公后,他没有一点儿钱,只能变卖他所剩的一些金器勉强度日。

　　在他被流放后,他生活的唯一的也是最大的欢乐就是同阿尔平娜通信。访问罗尚卡时她在他心中留下的充满诗意的可爱形象,如

[①] 尼古拉·巴甫洛维奇——即俄国沙皇尼古拉一世(1796—1855)。

今在流放中变得越来越迷人。她在最初写给他的一封信中,随便问他,他好久前在信中说"不论他的计划和幻想是什么"这句话究竟是什么意思。他回答说,现在他可以向她坦白,他的幻想是要她做他的妻子。她回答他说,她爱他。他则回信说,她最好还是不要这样写,因为想到原来有可能而如今已不可能做到的事,他感到十分伤心。她却回信说,这事不仅可能,而且一定会实现。他回答说,他不能接受她的牺牲,就他现在的处境而言这事是不可能做到的。这封信寄出后不久,他收到两千兹罗提汇款通知单。他从信封邮戳和笔迹上认出,这是阿尔平娜寄来的。他回想起最早一封信里,他用戏谑的口吻向她描述他对现在生活的满足,他靠教书获得他所需要的钱,用它来买茶叶、烟草,甚至买书。他把钱装入另一个信封,写了一封信把钱寄回去。他要求她不要用钱来损害他们神圣的关系。他说,有她这样的朋友,他感到心满意足,十分幸福。他们的通信就此中断。

十一月,有一天,米古尔斯基在中校家给孩子们上课,听到驿车的铃铛声渐渐逼近,雪橇滑木在冰冻的雪地上咯吱作响,接着就在门口停下。孩子们跳起来,想知道是谁来了。米古尔斯基留在屋里,眼睛望着门口,等孩子们回来,可是进来的却是中校夫人。

"先生,来了两位太太,打听您在什么地方,"她说,"看样子像是你们那里的人,波兰人。"

要是有谁问米古尔斯基,会不会是阿尔平娜来看他,他会说这是不可思议的。但在内心深处他却希望是她。血往他的心里直涌,他上气不接下气跑到前厅。一个麻脸胖女人在前厅解着头巾,另一个女人走进中校的住所。听见后面的脚步声,她回过头来。阿尔平娜的睫毛上积着霜花,那双间距很宽的快乐的亮晶晶眼睛从风帽下放射出光芒。他呆若木鸡，不知该怎样迎接她，怎样向她问好。

"约瑟！"她这样呼唤他，就像他父亲称呼他那样，也像她自己暗暗呼唤他那样。她双臂抱住他的脖子，把自己冻得通红的脸颊贴到他的脸上，又笑又哭。

好心的中校夫人知道阿尔平娜是谁，她来做什么，就接待她，让她结婚之前住在自己家里。

六

心地善良的中校向上级替他们申请到结婚许可。最后，从奥仑堡请来神父，为米古尔斯基夫妇主持婚礼。营长夫人担任女方主婚人，米古尔斯基的一个学生拿十字架，而流放的波兰人勃尔佐夫斯基则当了男傧相。

说来也怪，阿尔平娜热爱自己的丈夫，却完全不了解他。现在她才认识了他。当然，她在这个有血有肉的活人身上发现许多平凡的没有诗意的东西，那是她原来想象中的那个人所没有的；但正因为他是一个有血有肉的人，她在他身上发现许多平凡而优秀的东西，那是那个抽象的人所没有的。她从熟人和朋友那里听到，他在战争中勇敢无畏，在丧失财产和自由时刚毅不屈，她就把他想象成一个始终过着一种高尚的英雄般生活的英雄。其实，他虽体力过人，胆识超群，却是一只温顺驯服的羔羊，一个最普通的人，爱开善意的玩笑，多情的嘴上常挂着极天真的微笑（这微笑还在罗尚卡就迷惑了她),嘴巴周围长着浅色大胡子,嘴里总是衔着一只永不熄灭的烟斗。这烟斗使她难受,特别是在她怀孕的时候。

米古尔斯基也是至今才了解阿尔平娜,而通过阿尔平娜才第一次了解女人。通过婚前认识的女人,他不能了解女人。阿尔平娜作为一个女人,他从她身上知道的东西使他感到惊讶,也很可能使他对女人失望,要不是他对阿尔平娜,正是对阿尔平娜产生一种特别温柔和高尚的感情。他对阿尔平娜就像对一般的女人产生一种亲切的、带点儿嘲弄的宽容,对阿尔平娜,正是对阿尔平娜,他不仅产生了温柔的爱情,而且感到心悦诚服,觉得她为他作了牺牲,给他带来意外的幸福,自己难以报答。

米古尔斯基夫妇感到幸福,因为相互倾注了全部爱情。他们处身在陌生人中间,仿佛两个冬天迷路的人快要冻僵,只能相互以体温温暖对方。心地善良、滑稽可笑的保姆鲁德维卡对男人都抱有好感,而对小姐则忠心耿耿。有她在,米古尔斯基夫妇的生活格外快乐。孩子也给他们带来幸福。婚后一年生了个男孩。过一年半,又生了个女孩。男孩是母亲的翻版:同样的眼睛,同样活泼而文雅。而女孩则是一头健康美丽的小兽。

米古尔斯基夫妇的不幸在于远离祖国,而最难堪的则是受不惯屈辱。这种屈辱使阿尔平娜尤其痛苦。他,她的那个约瑟是位英雄,是位理想人物,却不得不在随便哪位军官面前立正,举枪敬礼,放哨,而且无条件服从。

此外,从波兰传来的消息都极其悲惨。他们的亲友几乎全被流放,或者丧失一切,逃亡国外。米古尔斯基夫妇也看不到目前这样的处境尽头在哪里。申请赦免或至少改善处境、升为军官的一切试图都没有成功。尼古拉一世阅兵,参加庆典,观看操练,出席化装舞会,同戴假面具的人开玩笑,徒然在俄国到处奔波,从丘古耶夫到诺伏罗西斯克,从彼得堡到莫斯科,恐吓人民,折磨马匹,要是有哪个勇士敢于要求改善被流放的十二月党人或者波兰人(他们也是为他所颂扬的爱国精神而蒙难的)的处境,他就会挺起胸膛,睁大那双茫然无神的眼睛说:"让他们再这样过吧。时候还早。"仿佛他知道,何时才不早,何时是时候。他周围的人:将军、御侍和他们的夫人,全都靠他生活,他们对这位伟人的非凡目力和智慧都崇拜得五体投地。

总的来说,在米古尔斯基夫妇的生活中幸福还是多于不幸。

他们就这样过了五年。一场意外的灾难突然落到他们的头上。先是女孩生病,过了两天男孩也病了。男孩发了三天烧,没有医生治疗(医生一个也找不到),第四天就死了。过了两天,女孩也死了。

阿尔平娜没有跳乌拉尔河自杀,只因为她想象丈夫在得到她自杀消息后的情景时,不禁毛骨悚然。但活着她感到很痛苦。她原先总是精力充沛,终日忙碌,如今把所有的事都交托给鲁德维卡,自己常常一连几小时坐着什么事也不干,默默地瞪着眼睛瞧着眼前的东西,要不然就突然跳起来,跑进自己的小房间,不理睬丈夫和鲁德维卡的劝慰,悄悄地哭泣,只摇摇头要他们走开,让她独自待着。夏天她常去孩子们的墓地,坐在那里柔肠寸断地回忆往事,想象着可能发生的事。特别使她难过的是,她想到,如果他们住在城里,能得到治疗,孩子们就可能活下来。"为什么?为什么呀?"她想。"约瑟也好,我也好,从来没向谁要求过什么,只希望他生下来能像祖祖辈辈那样生活,而我只希望同他在一起,爱他,爱我的孩子并教育他们。没想到,他受罪,被流放,又把我最宝贵的东西夺走。为什么?为什么呀?"她向人、向上帝提出这个问题。她也知道不会有什么答案的。

没有答案,她就无法生活。她的生活停滞了。寂寞单调的流放生活以前她能用她女性的趣味和雅致来加以美化,如今可变得难以忍受了。不仅她觉得难以忍受,而且米古尔斯基也觉得难以忍受,他为她难过,但又不知道该怎样帮助她。

七

在这个米古尔斯基夫妇最痛苦的时刻,从乌拉尔斯克来了一个叫罗索洛夫斯基的波兰人。罗索洛夫斯基被牵涉进当时由流放西伯利亚的西罗靖斯基神父所组织的大规模暴动和逃跑计划。

罗索洛夫斯基,就像米古尔斯基,以及几千名因为要保持他们的波兰籍而被流放到西伯利亚的人一样,被牵连进这个案件。他因此受笞刑,并被送到米古尔斯基所在的那个营里当兵。罗索洛夫斯基原是数学教师,瘦高个子,背有点儿驼,双颊凹陷,眉头紧蹙。

罗索洛夫斯基到来的第一个晚上,他坐在米古尔斯基家喝茶,自然就用他那缓慢平静的低音讲述使他吃尽苦头的那件事:西罗靖斯基在全西伯利亚组织了一个秘密团体,目的是在哥萨克军和边防团中的波兰人协助下,鼓动士兵和苦役犯发动本地的移民,夺取鄂木斯克炮台,解放所有的人。

"难道这事能成功吗？"米古尔斯基问。

"很可能成功，一切都准备好了。"罗索洛夫斯基说，忧郁地皱起眉头，缓慢而平静地讲着整个解放计划以及保证取得成功和万一失败拯救起义者的种种措施。成功原是没有问题的，要不是两个坏蛋出卖的话。据罗索洛夫斯基说，西罗靖斯基是个天才，意志十分坚强。他死得像位英雄，像位殉难者。罗索洛夫斯基还用缓慢而平静的低音讲着处决的详细经过。当时按照长官的命令，他跟所有同案犯被押去陪绑。

"两营士兵站成两排，像一条长街，每个士兵手拿一根树条，它的粗细规定一个枪筒里只能插进三根。第一个被押来的是沙卡尔斯基医生。两个士兵押着他，当他走到拿树条的士兵跟前时，他们就抽打他的光脊背。我是直到他走近我站着的地方才看到他的。起初我只听见擂鼓声，直到听见树条的挥舞声和打在身体上的声音，我才知道他走过来了。接着我看见士兵用枪把他押着，他一面走，一面哆嗦，头忽而转到这边，忽而转到那边。当他第一次从我旁边被押过时，我听见一位俄国医生对士兵说：'别打得太重，你们可怜可怜他吧。'但他们还是照样打。当他第二次从我旁边被拖过时，他已经不是自己走而被别人拖着了。看到他的脊背真是可怕。我眯缝起眼睛。他倒下来，被人家抬走了。接着押来第二个。然后第三个，然后第四个。一个个都倒下，一个个都被抬走。其中有些死了，有些剩下一口气。我们得一直站在那边看。刑罚持续了六个小时，从清早到下午两点钟。最后被押来的就是西罗靖斯基。我好久没见到他，简直认不得他了。他老得厉害，刮得光光的脸布满皱纹，脸色白得发青。光着的身子又瘦又黄，凹陷的肚子上肋骨根根可数。他像所有的人那样走着,每挨一次打,头都抽动一下,但没哼一声,却大声念着祷文:"上帝啊,饶恕我吧,凭你伟大的慈爱。"①

"我亲耳听见了。"罗索洛夫斯基声音嘶哑、急急地说,然后闭上嘴巴,吸着鼻子。

鲁德维卡坐在窗口,拿手帕掩着脸,失声痛哭。

"亏您还讲得那么详细!都是野兽,十足的野兽!"米古尔斯基嚷道,他放下烟斗,霍地从椅子上站起来,快步走进黑暗的卧室。阿尔平娜呆若木鸡地坐在那里,眼睛盯着黑暗的角落。

八

第二天,米古尔斯基上完课回家,看见妻子像过去那样容光焕发,脚步轻快地迎接他并把他引进卧室,觉得很奇怪。

"喂,约瑟,听我说。"

"是。什么事?"

"我通宵都想着罗索洛夫斯基讲的事。我决定了:不能再这样过下去,不能在这儿住下去。我不能!我情愿死,也不愿留在这儿。"

"那怎么办呢?"

"逃走。"

"逃走?怎么逃?"

---

① 原文是拉丁文。

"我都考虑好了。听我说。"

她就把昨天晚上考虑好的计划讲给他听。计划是这样的:他米古尔斯基晚上从家里出走,把外套留在乌拉尔河岸上,外套上放一封信,信里写明他自杀了。他们准以为他投河淹死了。他们会找寻尸体,会呈文上报。而他则躲起来。她将把他藏得好好的,让谁也找不到。这样待上个把月。等事情平息了,他们再逃走。

米古尔斯基最初觉得她的计划是无法实现的,但直到傍晚她始终信心十足地说服他,他开始同意她的设想。此外,他同意她的计划还因为,即使逃跑失败,他米古尔斯基将受到罗索洛夫斯基所讲的那种惩罚,也可以让她从目前的处境中解脱出来,他看到孩子们死后她在这里的日子实在太痛苦。

他们把这一计划告诉了罗索洛夫斯基和鲁德维卡。经过长时间的商量、改变和修正后,逃跑的计划终于制订完毕。最初,他们要米古尔斯基装成投河淹死,然后独自徒步逃走。阿尔平娜则乘马车走,然后在约定地点见面。这是第一个方案。后来,罗索洛夫斯基讲了近五年来西伯利亚企图逃跑失败的例子(在这段时间里只有一个幸运儿成功),阿尔平娜就提出第二个方案:让约瑟藏在马车里,跟她和鲁德维卡一起乘车到萨拉托夫。到了萨拉托夫他将乔装打扮,沿伏尔加河往下走,到约定地点坐上阿尔平娜在萨拉托夫雇的小船,再跟她和鲁德维卡坐船顺伏尔加河到阿斯特拉罕,再经里海到波斯。这个方案得到所有的人和主要组织者罗索洛夫斯基的赞同,困难在于怎样在车厢里安排一个地方,既不会引起长官的注意,又可以在里面容纳一个人。后来,阿尔平娜去了孩子们的墓地,回来对罗索洛夫斯基说,她舍不得把孩子们的尸骨留在异国他乡,罗索洛夫斯基想了想,说:"您去请求长官把孩子们的棺木随身带走,他们会答应的。"

"不,我不要,我不要这样做!"阿尔平娜说。

"您去请求。成败关键就在这里。我们并不把棺木带走,但为他们做一只大箱子,我们把约瑟藏在箱子里。"

最初阿尔平娜不同意这个建议,她觉得把对孩子的回忆同一个骗局联系在一起不愉快,但米古尔斯基高兴地赞成这个方案,她也就同意了。

这样就制订了最后一个方案:米古尔斯基竭力做得使长官相信他确已投河死了。等到他的死亡得到确认后,阿尔平娜提出申请,允许她在丈夫死后回国,并随身带走孩子们的尸骨。当她获得这项许可后,他们就竭力装成坟墓被挖掘,棺木已被取出,其实棺木仍留在原地,而用来存放棺木的箱子则藏着米古尔斯基。箱子放在马车上,一直运到萨拉托夫。他们将在萨拉托夫乘船。到了城里,约瑟就从箱子里出来。他们一直乘船到里海。到了那里不是去波斯,就是去土耳其,这样他们就自由了。

九

米古尔斯基夫妇首先借口要把鲁德维卡送回家乡,买了一辆四轮马车。然后动手在马车里安装一个箱子,人躺在箱子里虽然得蜷缩身子,但不会闷死,而且爬进爬出很方便而不会被人察觉。阿尔平娜、罗索洛夫斯基和米古尔斯基三人共同设计和安装箱子。罗索洛夫斯基尤其出了大力，因为他是个好木匠。箱子被安装在车身后面的梁木上，紧贴车厢，通车厢的侧板可以卸掉，这样人就可以部分躺在箱子里，部分躺在马车底板上。此外，箱子里还钻了几个通气孔，箱子上面和两侧包着粗席，用绳子捆住。马车里装了特殊的座位，人可以从那里进去。

等马车和箱子都预备好了，在丈夫失踪以前，阿尔平娜为了先放点儿空气，就去找长官，说丈夫得了忧郁症，企图自杀，她怕他出事，要求长官暂时放他几天假。她的演戏才能这时起了作用。她为丈夫忧虑和担心的表情是那么自然，使中校深受感动，答应尽力帮助她。随后，米古尔斯基写了一封信，插在军大衣翻袖里，再把大衣弃在乌拉尔河岸上。到了预定日子，他傍晚走到乌拉尔河边，等到天黑，把衣服和带信的军大衣放在岸上，偷偷溜回家。他被锁在阁楼里。晚上，阿尔平娜派鲁德维卡去向中校报告，说她丈夫离家出走已二十小时，没有回来。早晨，有人给她送来丈夫的信，她痛哭流涕，露出悲恸欲绝的样子，把信送交中校。

一星期后，阿尔平娜申请回乡。米古尔斯基夫人那种悲伤的样子使看见她的人都大为感动。大家都同情这位不幸的母亲和妻子。当她回乡的申请获得批准后，她又提出另一个要求：准许她挖出孩子的尸体，随身带走。长官对这种感伤的行为感到奇怪，但还是答应了她的要求。

在得到这项准许后的第二天傍晚，罗索洛夫斯基跟阿尔平娜和鲁德维卡乘着一辆有行李箱的马车（孩子的棺木将装在行李箱里）来到公墓里孩子的墓旁。阿尔平娜跪在孩子墓旁，祈祷了几句，很快就站起来。她皱紧眉头对罗索洛夫斯基说："该做什么你们就做吧，我可不行。"说着走到一旁。

罗索洛夫斯基同鲁德维卡搬开墓碑，挖去坟墓的顶部，使坟墓看上去像是被挖掘过。等做好这些事，他们叫来阿尔平娜，带了装着泥土的箱子回家。

　　预定动身的日子到了。罗索洛夫斯基眼看计划快要成功感到高兴，鲁德维卡做了路上吃的包子和饼干，嘴里说着她那句喜欢的口头禅："我的好妈妈哟。"① 她说，她又惊又喜，心都快爆炸了。米古尔斯基高兴的是自己可以从阁楼上出来（他关在那里已有一个多月），尤其高兴的是看到阿尔平娜容光焕发，恢复了生气。她仿佛忘记了原来的悲伤和一切危险，像少女那样跑上他的阁楼，脸上洋溢着快乐的光辉。

　　早晨三时，一名哥萨克兵走来护送，还有一个哥萨克车夫赶来三匹马。阿尔平娜同鲁德维卡和一条小狗坐在铺有毯子的车座上。哥萨克兵和车夫坐上驭座。米古尔斯基一身农民打扮，躺在车厢里。

　　他们出了城。三匹骏马拉着马车沿着平滑得像石板的坚实的大路奔驰，两边是一望无际的长满隔年银白色茅草的荒原。

十

　　由于希望和兴奋，阿尔平娜的心在胸膛里几乎停止了跳动。她想让人分享自己的快乐，偶尔含笑向鲁德维卡扬扬头，让她看看驭

---

① 原文是波兰语。

座上哥萨克兵的宽脊背，时而看看马车的底座。鲁德维卡一动不动若有所思地望着前方，只微微皱起嘴唇。天气晴朗。周围是一片无边无际的草原，草原上的银色茅草在朝阳斜照下闪闪发亮。只有在像柏油路一般坚实的大路上，一会儿从这边，一会儿从那边传来不打掌的巴什基尔马重浊的快跑声；路旁还有一个个隆起的黄鼠的窝；后座上坐着一条看家狗，遇到危险就尖声大叫，然后藏进窠里。难得遇见过路人：运载一车小麦的哥萨克，或者骑马的巴什基尔人，哥萨克兵常流利地用鞑靼话同他们交谈几句。到了每个驿站，都换上膘肥体壮的好马，而阿尔平娜给他们的半卢布酒钱总是很起作用，车夫们拼命赶马，如同他们所说，快得像信使一样。

他们到达第一个驿站，原来的车夫把马牵去，新的车夫还没把马牵来，哥萨克兵则进屋去了。这时阿尔平娜就弯下身，问丈夫觉得怎么样，他需不需要什么。

"很好，很舒服。我什么也不需要。这样哪怕睡两天两夜也挺好。"

傍晚他们来到杰尔加奇乡。为了让丈夫伸伸手脚，呼吸呼吸新鲜空气，阿尔平娜不让马车停在驿站而停在客店。到了客店，她立刻给了哥萨克兵一点儿钱，叫他去给她买鸡蛋和牛奶。马车停在屋檐下，院子里很暗，阿尔平娜让鲁德维卡望风，放丈夫出来，给他吃东西。不等哥萨克兵回来，他又钻进自己隐蔽的地方。他们换了马，继续前进。阿尔平娜越来越兴奋，简直不能克制她的激动和快乐。除了鲁德维卡、哥萨克兵和狗之外，她找不到同谁说话，就一直同他们谈笑取乐。

鲁德维卡尽管长得不好看，一接触男人，就以为人家对她有意思。此刻她就自以为这个生有一双异常清澈善良蓝眼睛的强壮和蔼的乌拉尔哥萨克兵对她产生了好感。这个哥萨克兵的朴实和亲切使两个女人都觉得愉快。阿尔平娜只吓唬那条狗,不让它到座位底下嗅。她现在很欣赏鲁德维卡与哥萨克兵滑稽的调情。哥萨克兵根本没有想到人家以为他有意思,不论对他说什么,他总是和蔼地笑笑。阿尔平娜为这次冒险眼看即将成功而非常兴奋,再加上晴朗的天气和草原的空气,使她体验到一种好久没体验到的儿时的欢欣和快乐。米古尔斯基听见她快乐的说话声,虽然此刻身上很难受,无法说出来,特别是感到闷热,嘴里渴得厉害,他还是忘记了自己,以她的快乐为快乐。

第二天傍晚,在迷雾中可以看到一些景色。这是萨拉托夫市和伏尔加河。哥萨克兵凭他那双在草原上练就的眼睛看见了伏尔加河,看见了无数桅樯,并指给鲁德维卡看。鲁德维卡说她也看见了。但阿尔平娜却什么也看不出来。但为了让丈夫听见,就故意大声说:"萨拉托夫,伏尔加。"她仿佛在同狗说话,把她看见的都讲给丈夫听。

十一

阿尔平娜没进入萨拉托夫,在伏尔加河左岸的波克罗夫镇停下来。波克罗夫镇正好和萨拉托夫隔河相望。她希望在这儿过夜,跟丈夫说说话,甚至让他从箱子里出来一下。但哥萨克兵在短促的春夜坐在旁边屋檐下一辆空大车上,一直没离开四轮马车。鲁德维卡听从阿尔平娜的安排,坐在马车里。她完全相信哥萨克兵是为了她才没有离开马车。她向他挤眉弄眼,喜笑颜开,用手帕遮住自己的麻脸。但阿尔平娜并没看到什么愉快的事,心里越来越不安,不明白哥萨克兵为什么守候马车寸步不离。

在短促的五月之夜,朝霞接着晚霞出现,阿尔平娜几次走出客店,经过发臭的走廊,来到后门口台阶上。哥萨克兵一直没睡,他垂下两腿,坐在马车旁的空大车上。直到黎明,当公鸡在各家院子里啼鸣互相呼应时,阿尔平娜走下台阶,找到同丈夫交谈的机会。哥萨克兵伸开手脚躺在大车上,打着呼噜。她小心翼翼地走近马车,推推箱子。

"约瑟!"没有回答。"约瑟!约瑟!"她恐惧地提高声音唤道。

"什么事,亲爱的,什么事?"米古尔斯基睡意惺忪地从箱子里问道。

"你怎么不回答?"

"睡着了。"他说。她从声音里听出他在笑。"怎么样,可以出来吗?"他问。

"不行,哥萨克兵在这儿。"她说,瞧了一眼睡在大车上的哥萨克兵。

真奇怪,哥萨克兵嘴里打着呼噜,他那双善良的蓝眼睛却张开着。他望着她,只有在同她的目光相遇时才闭上眼睛。

"这只是我的感觉呢,还是他真的没睡着?"阿尔平娜问自己。"多半是我的感觉。"她想了想,又对丈夫说。

"再忍耐一下,"她说,"要吃点儿什么吗?"

"不。我要抽烟。"

阿尔平娜又瞧了哥萨克兵一眼。他在睡觉。"是的，多半是我的感觉。"她想。

"我现在去找省长。"

"嗯，是个机会……"

于是阿尔平娜从手提箱里取出衣服，拿到屋里去换。

阿尔平娜换上自己最好的丧服，渡过伏尔加河。过了河，她雇了一辆马车到省长家。省长接见了她。这位漂亮的笑眯眯的波兰寡妇说一口流利的法语，使人老心不老的省长很感兴趣。他答应她的一切要求，请她明天再到他那儿去，他将给她一份致察里津市市长的命令。阿尔平娜对自己的奔走成功和她在省长面前显示的魅力（她从省长的态度上看出来）感到很得意。她喜气洋洋，满怀希望，乘敞篷马车沿土路下山，直到码头。太阳已升到树梢上，它那斜射的光芒在汛期河水的涟漪上闪烁。右边和左边的山上到处是一片白云般芬芳的苹果花。岸边桅樯林立，一张张白帆在微风吹皱、阳光照耀下的汛水里闪烁。阿尔平娜在码头上同车夫谈话，问他能不能雇一条船到阿斯特拉罕。于是就有几十名吵吵嚷嚷的快乐船夫表示愿为她效劳。她同一名最中意的船夫谈妥，就去码头上看他那条挤在其他船只中间的中等客船。船上装有一根不大的桅樯和帆，这样就可以借风行驶。船上备有无风时用的桨和两名强壮快乐的拉纤兼划船的船夫，他们坐在船上晒太阳。一个快乐和善的引水员劝她不要抛下马车，把它卸下车轮装在船上。"正好能放下，您也可以坐得舒服些。但愿老天爷帮忙，只要天气好，我们五天就可以到达阿斯特拉罕。"

阿尔平娜同船主讲定了，叫他到波克罗夫镇罗吉诺夫客店看看马车，收取定金。一切都比她预料的更顺利。阿尔平娜高高兴兴地渡过了伏尔加河，同车夫算清账，就向客店走去。

十二

哥萨克兵丹尼洛·利法诺夫是大高原斯特烈茨基店人。他三十四岁，再一个月就将服满哥萨克兵役。他家里有位九十岁的老爷爷，至今还记得普加乔夫，他有两个兄弟，哥哥因信奉旧教被送往西伯利亚服苦役，嫂嫂在家，他自己也有妻子、两个女儿和两个儿子。他父亲在对法战争中阵亡。他是一家之主。他家里有十六匹马、两群牛，还有一千五百平方俄丈种上小麦的自由地。他丹尼洛在奥仑堡和喀山服役，现在快服满役了。他严守旧教教规，不吸烟，不喝酒，不同人合吃一锅饭，并信守誓言，不论做什么事，他总是不慌不忙，谨慎小心，对上级交给他的任务总是全力以赴，任务没有完成，决不懈怠。这次命令他护送两个带棺木的波兰女人到萨拉托夫，要保证路上不出问题，要她们一路上老老实实，不搞什么鬼，到了萨拉托夫按照规矩交给长官。就这样他护送她们、她们的一条小狗和棺木到了萨拉托夫。两个女人和蔼可亲，她们虽是波兰人，却没做什么坏事。但到了这儿波克罗夫镇，傍晚他从马车旁走过，看见小狗向马车猛扑，在那里尖声吠叫，摇动尾巴。他仿佛听见马车座位下有人的声音。其中一个波兰女人，老的那一个，一看见马车里的狗，大惊失色，立刻一把抓住狗，把它抱走。

"这里有鬼。"哥萨克兵想，开始注意。夜里当年轻的波兰女人走到马车旁，他就假装睡着。他清楚地听见箱子里有男人的声音。第二天清早，他去警察局报告，叫他押送的那两个波兰女人不老实，箱子里装的不是死人，而是一个活人。

阿尔平娜兴高采烈，满心以为万事大吉，再过几天就可以获得自由了。她走近客店，看见大门口停着一辆豪华的双驾马车和两个哥萨克兵，不禁感到很奇怪，大门里挤满了人，都在往里边张望。

她满怀希望，生气勃勃，根本没想到这辆双驾马车和拥挤的老百姓同她有关系。她走进院子，往棚子下望了望，看见那里停着她的马车，还看见人群就聚集在她的马车周围。同时她听见小狗在拼命吠叫。原来发生了可能发生的最糟糕的事。马车前面站着一个身穿笔挺军服，纽扣、肩章和皮靴在阳光下闪闪发亮的人，他留着黑络腮胡子，威风凛凛，大声说着什么，又用嘶哑的声音发着命令。他前面，两个士兵中间站着她的约瑟，一身农民打扮，蓬乱的头发里夹着干草，站在两个士兵中间，仿佛不明白周围发生的事，强壮的肩膀耸起又垂下。小狗特烈索尔卡不懂得它就是罪魁祸首，竖起身上的毛，徒然对着警察局长狂吠。一看见阿尔平娜，米古尔斯基打了个哆嗦，想走到她跟前去，但被士兵拦住。

"没关系，阿尔平娜，没关系！"米古尔斯基说，露出温顺的微笑。

"夫人亲自来了！"警察局长说，"请到这儿来！这是您孩子的棺木吗？呃？"他说，对米古尔斯基挤挤眼。

阿尔平娜没回答，她抓住胸脯，张开嘴巴，恐惧地瞧着丈夫。

就像一般人在临死前和生死关头所感觉的那样，刹那间她百感交集，脑子里涌出种种想法，她还不理解、不相信自己的灾难。第一种感情是她早就熟悉的,就是看到她的英雄丈夫遭到控制他的野蛮人粗暴对待时,她感到自尊心受到了侮辱。"他们怎么敢抓他,抓这位全人类最优秀的人物?"她想。另一种感情就是意识到灾难临头。这也引起她的回忆,回忆她一生最大的灾难:孩子们的死亡。于是立刻产生了一个问题:为什么? 为什么把孩子夺走? 由"为什么把孩子夺走?"这个问题,又产生另一个问题:现在为什么又要折磨和毁灭一个最优秀的人物,她亲爱的丈夫? 她还想到怎样屈辱的刑罚在等待着他,而全部过错都是她一个人造成的。

"他是您的什么人? 他是您的丈夫吗?"警察局长又问。

"为什么,为什么呀?"她嚷道,歇斯底里地哈哈大笑,扑倒在现在已从车厢里取下、放在马车旁边的箱子上。鲁德维卡哭得浑身哆嗦,泪流满面,走到她跟前。

"小姐,好小姐! 上帝保佑,什么事也不会有的,不会有的。"她说,无意识地向她摆双手。

米古尔斯基被戴上手铐,带出院子。阿尔平娜看见这情景,跟着他跑去。

"饶恕我,饶恕我吧!"她说,"都是我不好! 我一个人不好!"

"谁有罪,到那边会弄清楚的! 您也逃不掉!"警察局长说,一手把她推开。

米古尔斯基被押往渡口。阿尔平娜自己也不知道为什么,跟着他走去,也不听鲁德维卡对她的劝告。

哥萨克兵丹尼洛·利法诺夫,一直站在大车的轮子旁,忧郁地一会儿望望警察局长,一会儿望望阿尔平娜,一会儿望望自己的双脚。

米古尔斯基被带走时，小狗特烈索尔卡摆着尾巴向他表示亲热。一路上它已同他习惯了。哥萨克兵突然离开马车，摘下头上的帽子使劲把它扔在地上。一脚踢开特烈索尔卡，往酒店走去。他在酒店里要了伏特加，喝了一天一夜，把所有的钱和身上的一切都喝光，直到第二天晚上才在水沟里醒来。此刻他已不再想那个使他万分苦恼的问题：他向长官告发波兰女人的丈夫藏在箱子里，这样做对不对？

米古尔斯基因逃跑被判夹笞刑一千下。他的亲属和在彼得堡有关系的凡达替他奔走要求减刑，他就被改判终身流放西伯利亚。阿尔平娜跟随他一起去。

尼古拉一世很高兴，因为他不仅在波兰而且在全欧洲镇压了革命这一祸患。他引以为自豪的是，他没有破坏俄罗斯专制传统，并为俄国人民的利益把波兰控制在俄国手里。他真心相信他自己是个伟人，他活着是人类特别是俄国人的巨大幸福，为此那些身穿带星章的金光闪闪军服的人热烈颂扬他。确实，为了败坏和愚弄俄国人民，他做到了不遗余力。

一九〇六年

神性与人性

一

　　这事发生在七十年代的俄国，正当革命者同政府斗争最激烈的时候。

　　南方边区总督是一个强壮的德国人，留着下垂的小胡子，目光冷峻，脸上毫无表情。他身穿军服，脖子上挂着一个白色十字章，傍晚坐在书房的写字台旁，台上点着四支蜡烛，上面覆着一个绿色灯罩。他正在批阅由办公室主任送来的文件。"某某总督。"他用花体字母签上名，然后把它放在一边。

　　文件中有一个判处绞刑案，那是诺伏罗西斯克大学学士斯维特洛古勃因参加阴谋推翻现政府的活动而被判绞刑。总督在这个文件上签字时眉头皱得特别紧。他伸出因年老和使用肥皂过多而打皱的白手，把公文叠得整整齐齐，放到一边。下一个文件是关于军粮运输费的规定。他仔细审阅这个文件，考虑着所列款项是否正确，突然想到他同助手就斯维特洛古勃案进行过的谈话。总督认为在斯维特洛古勃处查获的炸药还不能证明他的犯罪企图。他的助手则坚持，除了炸药外还有许多罪证，足以证明斯维特洛古勃是匪党头子。总督想到这里，犹豫不决，他的心在那件有硬翻领的棉上衣下心律不齐地剧烈跳动起来。他呼吸困难，那个表示他的快乐和骄傲的白色

神性与人性　｜　289

大十字章在他胸脯上也跟着微微晃动。还来得及从办公室主任那儿收回文件,即使不取消,也可以把判决推迟一下。

"收回? 要不要收回?"

心跳得更剧烈了。他打了打铃,通讯员快步走进来。

"伊凡·马特维耶维奇走了吗?"

"没有,大人,他在办公室里。"

总督的心时而停止,时而跳得很快。他想到前几天听过他心脏的医生的警告。

"最重要的是,"医生说,"您只要一感觉到心脏不舒服,就立刻停止工作,放松一下。最不好的是激动。在任何情况下都不要激动。"

"要请他来吗?"通讯员问。

"不,不用了。"总督说。"是啊,"他自言自语,"犹豫不决最容易使人激动。签了字,就完啦。床怎么铺,就怎么睡。①"他说了一句他爱说的格言。"再说,这件事跟我不相干。我是在执行圣旨,一定要克服这种想法。"他添加说,扬起眉毛,以激发他内心所缺乏的残酷。

这时,他想起了最后一次见到皇帝的情景。皇帝板起脸,用玻璃般清澈的眼睛注视着他,说:"我信赖你,你在战争中不惜牺牲生命,现在同赤党斗争一定也会同样坚决,既不会受他们的骗,也不怕他们的恐吓。再见!"皇帝拥抱了他,把自己的肩膀挪过去让他吻。总督想起这件事,还想到他怎样回答皇帝:"我的唯一愿望是把生命奉献给皇上和祖国。"

---

① 原文是德语。

想到他对皇上无私奉献的忠心,他驱散刹那间使他困惑的思想,签发了其余的文件,又打了打铃。

"茶好了吗?"他问。

"马上送来,大人。"

"好,你去吧。"

总督深深叹了口气,用手揉揉心脏的部位,步履沉重地穿过空荡荡的大厅,沿着擦得锃亮的拼花地板,走进有人说话的客厅。

总督夫人有客:省长和省长夫人,以爱国著称的老公爵夫人,还有一个近卫军军官——总督未出嫁的最小女儿的未婚夫。

总督夫人,身体干瘦,神态冷漠,嘴唇很薄,坐在一张矮桌后面,桌上放着一套带托子的银茶具。她装出忧心忡忡的样子,给生气勃勃、显得年轻的胖省长夫人讲着她对丈夫健康的忧虑。

"天天都有报告,揭露新的阴谋活动和各种可怕的事⋯⋯这些案件都落到巴齐尔头上,他都得处理。"

"哦,您别说了!"公爵夫人说,"想到那些该死的坏蛋,我就火冒十丈。"

"是啊,是啊,真可怕!不瞒您说,他每天工作十二小时,可他的心脏又是那么衰弱。我真担心⋯⋯"

她看见丈夫进来,没把话说完。

"对了,您一定要去听听。巴尔比尼是个了不起的男高音。"她愉快地笑着对省长夫人说,十分自然地谈到再次来俄演出的歌手,仿佛她们一直在谈这件事。

总督女儿是个长得挺可爱的胖姑娘,跟未婚夫坐在客厅远处的角落里,前面有一座中国小屏风挡着。她站起来,同未婚夫一起走到父亲跟前。

"怎么样,我们今天还没见过面呢!"总督说,吻着女儿,拉着她未婚夫的手。

总督同客人们打过招呼,坐到桌旁,同省长谈着最新消息。

"不,不,不准谈国事!"省长夫人打断总督的话,"哦,柯比耶夫也来了,他会给我们讲些有趣的事的。您好,柯比耶夫。"

柯比耶夫是个出名的快活人和俏皮鬼,他真的讲了一个最新的笑话,引得大家哈哈大笑。

二

"不,这不可能,不可能,不可能!放开我!"斯维特洛古勃的母亲挣脱中学教师(他是儿子的同学)和医生的手,尖声叫道。他们正在竭力劝慰她。

斯维特洛古勃的母亲是个年纪不老、模样可爱的女人,生着一头灰白鬈发,眼角布满鱼尾纹。斯维特洛古勃的同学,中学教师,知道死刑判决已签发,小心翼翼地想使她对这个可怕的消息有点儿精神准备,但他一开口说到她的儿子,她就从他的声音和胆怯的目光中猜到,发生了她所担心的事。

这事发生在城里最好的旅馆的一个小房间里。

"你们拉住我做什么?放开我!"她一边叫嚷,一边挣脱医生。医生是他们家的老朋友,此刻正一手捉住她瘦削的臂肘,一手把药水瓶放在沙发前的椭圆形桌子上。他们捉住她,她感到高兴,因为觉得她必须做些什么,至于究竟做什么她不知道,她害怕自己的行为。

"您宽宽心。喏,您喝点儿缬草酊。"医生说,把一小杯浑浊的药水递给她。

她突然安静下来,弯下腰,把头垂在凹陷的胸脯上,闭起眼睛,身子倒在长沙发上。

她记得,她的儿子三个月前向她告别时脸色神秘而忧郁。然后她想起了穿丝绒小上衣的八岁男孩,他光着一双小腿,留着长长的浅色鬈发。

"就是要把他,把这个男孩,这样干掉!"她想。

她霍地跳起来,推开桌子,挣脱医生的手。她走近门,又在安乐椅上倒下。

"他们还说有上帝!要是能允许发生这样的事,他算什么上帝!见他的鬼去吧,这个上帝!"她嚷道,一会儿号啕大哭,一会儿歇斯底里地哈哈大笑。"他们要绞死他,他放弃一切,放弃个人前途,放弃全部财产,把一切都献给了别人,献给了人民,他们却要绞死他。"她说,以前她总是为此责备儿子,现在却列举他自我牺牲的事迹。"他们这样对待他,这样对待他!可是您还说有上帝!"她大声叫道。

"我什么也没说,我只请您吃药。"

"我什么也不要。哈——哈——哈!"她哈哈大笑,又放声痛哭,绝望的情绪一点儿也没减轻。

到夜里她筋疲力尽,已说不出话,哭不出声,只用呆滞的疯狂目光瞪着前方。医生给她注射吗啡,她睡着了。

她睡着了没有做梦,但醒来更加可怕。她觉得最可怕的是,人

神性与人性 | 293

竟会那么残酷，不仅是那些脸刮得光光的将军和宪兵，而是所有的人：神态安详地来打扫房间的棕发姑娘，还有隔壁房间的邻居，他们遇见人总是快快活活，有说有笑，仿佛什么事也没发生。

三

斯维特洛古勃在单身牢房蹲了一个多月，在这段时间里感受很多。

斯维特洛古勃从小就觉得享受富裕家庭的特殊地位是不合理的。尽管他竭力克制这种意识，但当他看到老百姓贫穷困苦，或者自己过得特别优裕快乐时，他总感到羞耻，因为农民、老人、妇女、孩子这些人从出生到长大到死，不仅没有享受过他所享受的快乐（他从不珍惜这种快乐），而且总是无法摆脱紧张的劳动和难堪的贫困。大学毕业后，为了克服他所认识到的这种不合理的状况，他在家乡办模范学校、消费合作社和孤寡老人收容所。但，说来奇怪，他从事这些活动，看到老百姓时，竟比他同朋友们一起大吃大喝或者购买千里骏马觉得更害臊。他认为这一切都不对头，极其不对头，这儿有一种恶劣的、道德上不纯洁的东西。

他在乡下开展活动，感到心灰意懒。有一天来到基辅，遇见大学里最接近的一个同学。这个同学在这次见面三年后在基辅要塞被枪毙了。

这个同学热情沸腾，才华横溢，吸引他参加一个团体，其目的在于教育群众，唤起他们的权利意识，并组织小组来打倒地主和政府,解放自己。同这个人和他的朋友们的谈话,使斯维特洛古勃茅塞顿开,现在他明白他应该做什么。他回到乡下,在那里展开新的活动。同时保持同新朋友们的联系。他当上教师,为成人上课,给他们读书,向农民说明他们的处境。此外,他出版非法民众读物和小册子,并尽其所有在各乡办这类中心而不向母亲要钱。

斯维特洛古勃一开始这种新的活动,就遇到两个意外障碍:一是多数老百姓不仅对他的宣传很冷淡,而且瞧不起。(了解他和同情他的只有个别人,而且他们的人品很可疑。)另一个障碍来自政府。他的学校被查封,他和接近他的人都被抄家,书籍和文件被抄走。

斯维特洛古勃不太注意第一个障碍——人民的冷淡,而痛恨第二个障碍:政府莫须有地侮辱人欺压人。他的同志们在其他地方活动也有这种感受,他们痛恨政府,相互煽动这种情绪,以致小组里的多数人决定以暴力反对政府。

这个小组的领导人叫梅热涅茨基,大家都认为他具有不屈不挠的意志,不可制服的个性,而且完全献身于革命事业。

斯维特洛古勃深受他的影响,就像以前做群众工作时那样,精力充沛地从事恐怖活动。

这种活动是危险的,但这种危险性更使斯维特洛古勃着迷。

他对自己说:"不是胜利就是受难。如果是受难,那么这种受难也就是胜利,只不过是未来的胜利。"在他七年的革命活动中,他心中的烈火不仅没有熄灭,而且由于他受到交往人们的热爱和尊敬,这种烈火越烧越旺。

他几乎把全部财产(父亲给他的遗产)奉献给这个事业,而且毫不惋惜。他对自己在活动中所受的苦难和贫困也毫不在意。只有一件事使他难过：他从事这种活动给母亲和那个同他母亲生活在一起并爱他的姑娘（母亲的干女儿）带来了痛苦。

最近，一个他不太喜欢的讨厌同志，受警察局追捕的恐怖分子，要求在他家里存放炸药。斯维特洛古勃一口答应，尽管他并不喜欢这个同志。第二天，斯维特洛古勃的住所遭到搜查，被抄出炸药。问他炸药是怎么来，从哪儿来的，斯维特洛古勃拒绝回答。

他准备承受的苦难就此开始。近来，他有那么多朋友被处决、监禁、流放，有那么多女人忍受痛苦，斯维特洛古勃简直希望自己也去受难。在他被捕和受审的最初时刻，他感到特别兴奋，甚至快乐。

当他被脱去衣服搜身时，当他被押进监牢随即关上铁门时，他体会到了这种兴奋的快乐。过了一天，两天，三天，过了一星期，两星期，三星期，在肮脏、潮湿、满是小虫的牢房里，孤独，空虚，只偶尔同邻室同志相互敲墙交换各种不吉利不愉快的消息，有时受到冷酷的敌人的审问，他们竭力想从他口里取得证据来控告其他同志。在这种情况下他渐渐感到心力交瘁，他觉得忧郁，他对自己说，但愿这种痛苦处境能早日结束。他由于对自己的力量产生怀疑而加重了忧郁。在他坐牢的第二个月，他开始想把全部情况和盘托出，但求获得释放。他对自己的软弱感到害怕，但在自己身上已找不到原来的力量，他憎恨自己，蔑视自己，因此更加忧郁了。

最可怕的是，他在牢中非常后悔他轻易地献出青春的力量和欢乐，现在他觉得这种力量和欢乐是如此富有魅力，以致后悔做了原来认为好的事，有时甚至后悔自己的全部活动。他有时想，要是他现在享有自由，生活在乡下，或者国外，生活在他所爱和爱他的朋友中间，该是多么幸福啊。只要同她结婚，或者同别的姑娘结婚，同她过普通的、快乐的、世俗的生活就好了。

四

在单调而痛苦地被监禁一个多月后,有一天典狱长在例行的巡查时交给斯维特洛古勃一本印有镀金十字架的棕色封面小书,对他说,省长夫人光临监狱,留下一批《福音书》要他们转赠囚犯。斯维特洛古勃道了谢,微微一笑,把书放在靠墙的固定小桌上。

典狱长走后,斯维特洛古勃敲墙同邻居交谈,说典狱长来过了,没说什么新的,只带来一本《福音书》。邻居回答说,他也拿到了。

午饭后,斯维特洛古勃翻开因受潮而粘住的书页,读了起来。斯维特洛古勃还从未正式读过《福音书》。他有关《福音书》的知识还是听中学神学教师的讲授,以及从教堂里神父和助祭的朗诵中得到的。

"第一章。亚伯拉罕的后裔、大卫的子孙、耶稣基督的家谱:亚伯拉罕生以撒,以撒生雅各,雅各生犹大……"他念道。"所罗巴伯生亚比玉……"他继续念道。这一切都在他意料之中:一片混乱,不知所云。如果他不是在监狱里,他是连一页都读不下去的,但此刻他只是照章办事。"真有点儿像果戈理笔下的彼得鲁施卡。"他暗自想。他读了关于童女生下耶稣的第一章,读了将把他取名为以马内利(意为上帝跟我们同在)的预言。"预言在这儿有什么意思呢?"他想了想,继续读下去。他又读了第二章——关于移动的星,第三章——关于吃蝗虫的约翰,第四章——关于叫基督从殿顶上跳下去的魔鬼。他觉得这一切都没意思,尽管监牢里很无聊,他还是要合上《圣经》,开始晚间的例行工作——在脱下的衬衫里捉跳蚤。他突然想起,中学五年级有一次考试,他忘记了关于幸福的一条圣训,那个红脸鬈发的神父顿时大发雷霆,给了他两分。他记不起那是一条什么圣训,就念了论福的章节。"为义受逼迫的人有福了,因为天国是他们的,"他念道,"若因我辱骂你们逼迫你们,你们就有福了。应当欢喜快乐……在你们以前的先知,人也是这样逼迫他们。""你们是世上的盐。盐若失了味,怎能叫它再咸呢?以后无用,不过丢在外面,被人践踏了。"

"这可是完全适用于我们。"他想,继续念下去。念完第五章全章,他想:"不生气,不通奸,要容忍恶,要爱仇敌。"

"如果大家都这样生活,"他想,"那也就不需要革命了。"越往下读,他越来越理解书里那些明白易懂的地方。他越往下读,越来越觉得《福音书》里讲的道理特别重要。那些重要、简单、动人的道理,他以前从未听说过,但又仿佛是早就熟悉的。

"耶稣对门徒说:'若有人要跟从我,就当舍己,背起他的十字架,来跟从我。因为凡要救自己生命的,必丧掉生命,凡为我丧掉生命的,必得着生命。人若赚得全世界,赔上自己的生命,有什么益处呢?'"

"对啊,对啊,就是这样!"他突然眼睛里含着泪水嚷道,"这就是我要做的。对啊,我就是要这样:就是要献出自己的生命;不要救自己,而要献出。这里就有快乐,这里就有生命。"他想:"我为人做了许多事,为了人的荣耀,不是为了芸芸众生的荣耀,而是为了我所敬爱的人们的荣耀:纳塔莎·德米特里·歇洛莫夫的荣耀,可是产生了怀疑,内心感到不安。只有当我做我心灵要求做的事时,当我要奉献自己,完全奉献时,我才感到快乐……"

从这天起,斯维特洛古勃用大部分时间读《福音书》,思考书里的话。这种阅读不仅使他深受感动,帮助他摆脱目前处境,而且使他进行一种从未有过的思想活动。他想,为什么人,所有的人,都不像书里说的那样生活。"那样生活不是对一个人好,而是对所有的人都好。只有那样生活,才没有悲伤,没有贫困,而只有幸福。但愿现在这种生活快点儿结束,但愿我又得到自由,"他有时想,"总有一天他们会释放我,或者送我去服苦役。反正都一样,到处都可以生活。我就那样生活。可以和必须那样生活;不那样生活,就是丧失理智。"

五

有一天,他处在这种快乐兴奋中,典狱长在非规定的时刻走进他的牢房,问他身体好不好,是否需要什么东西。斯维特洛古勃觉得奇怪,不明白怎么会有这样的变化,就提出要纸烟,并准备遭到拒绝。但典狱长说,他马上叫人送来。果然,看守给他送来一包纸烟和火柴。

"一定有谁替我求了情。"斯维特洛古勃想,点着烟卷,在牢房里来回踱步,考虑着这个变化意味着什么。

第二天他被带到法庭。他已上过几次法庭,但今天没审问他。一个法官,眼睛没看他,从椅子上站起来,其余的法官也站起来。第一个法官手里拿着一张公文,开始用不自然的毫无表情的声音高声宣读。

斯维特洛古勃听着,眼睛望着几个法官的脸。他们都没对他瞧,只是静静地听着，显出严肃而沮丧的神色。

公文说，斯维特洛古勃以被证实参加在近期或远期以推翻现政府为目的的革命活动，被判绞刑并剥夺一切权利。

斯维特洛古勃听着，明白法官所念的公文的意思。他发现他的话很荒谬："在近期或远期⋯⋯判处死刑⋯⋯剥夺一切权利⋯⋯"但他完全不理解宣读的话对他有什么意义。

直到对他说他可以走了，宪兵把他押到街上，过了好久他才开始明白对他宣读的话的意义。

"这儿有点儿不对头，不对头⋯⋯这很荒谬。这是不可能的。"他坐在囚车里自言自语，囚车正把他带回监狱。

他觉得自己充满生命力，他无法想象死，无法把自己同死联系在一起，无法想象没有"我"的情景。

回到牢房，斯维特洛古勃坐在床上，闭上眼睛，竭力想象面临的死刑，却怎么也想象不出来。他无法想象有朝一日他会不存在，无法想象人家想杀死他。

"我年轻、善良、幸福，受到那么多人疼爱，"他想到母亲、纳塔莎和朋友们对他的爱，"可他们竟要打死我，绞死我！谁要这样做？为什么要这样做？以后我不在了，将会怎么样？这是不可能的。"他自言自语。

典狱长来了。斯维特洛古勃没听见他进来。

"谁啊？您是谁？"斯维特洛古勃问，没有认出典狱长，"哦，是您！这事定在什么时候？"他问。

"我无法知道。"典狱长说，默默地站了几秒钟，突然婉转而温柔地说，"我们的神父想⋯⋯送别⋯⋯想看看您⋯⋯"

"我不要，不要，什么也不要！走开！"斯维特洛古勃嚷道。

"您要写信给谁吗？这是允许的。"典狱长说。

"好，好，您去拿来。我要写。"

典狱长走了。

"这么说，是明天早晨，"斯维特洛古勃想，"他们总是这么干的。明天早晨我就没有了……不，这是不可能的，这是梦。"

但看守来了，那个熟识的正式看守。他拿来两支笔、墨水、一扎信纸和一沓浅蓝色信封，又把凳子放在桌旁。这一切都是真实的，不是梦。

"别想，别去想它。是的，是的，写。先写给妈妈。"斯维特洛古勃想，坐到凳子上，立刻动手写。

"亲爱的好妈妈！"他动手写，哭了起来，"饶恕我，饶恕我给你造成的悲伤。不知我是不是误入歧途，但我别无选择。我对你只有一个请求，请你饶恕我。"写到这里，他想："这些话我已经写过了，但也没关系，现在已没有时间重写了。"接着他又往下写，"不要为我悲伤。早一点儿，晚一点儿……还不是一个样？我不害怕，对所作所为我也不后悔。我别无选择。只是请你饶恕我。你不要恨那些同我一起工作的人，也不要恨那些处死我的人。前一种人也好，后一种人也好，他们都别无选择。饶恕他们，他们不知道他们在干什么。关于自己我不愿重复这些话，但这些话在我心里支撑着我，安慰着我。饶恕我，吻你那双亲爱的年老的满是皱纹的手！"两滴眼泪一滴接着一滴落到信纸上，在上面洇开来。"我哭，但不是因为悲伤或者恐惧，而是由于在我生命最庄严的时刻内心的激动，并且由于我爱你。你不要责备我的朋友们，要爱他们。特别要爱普罗霍罗夫，就因为他是致我死的原因。爱那个不仅有罪而且可以责备和憎恨的人,这是很快乐的。爱这样的人,爱仇敌,是一种很大的幸福!告诉纳塔莎,她的爱是我的安慰和快乐。这一点我并不懂得很清楚,但心底里是感觉到的。知道有她这个人而且她爱我,我就觉得日子好过些。好吧,话都说完了。别了!"

他把信重读了一遍,信末谈到普罗霍罗夫的名字,突然想起,信可能被审查,一定会被审查,这样就会毁了普罗霍罗夫。

"天哪,我干了什么啦!"他突然叫道,把信撕成一条条,拿到灯火上烧掉。

他原来怀着绝望的心情坐下来写信,但此刻已觉得很平静,简直有点儿快乐了。

他又拿起一张信纸,立刻动手写。思绪接二连三地汇集到他的头脑里。

"亲爱的好妈妈,"他写道。他的眼睛又被泪水模糊了。他不得不用囚袍的袖子擦去眼泪,才能看见所写的字。

我原来没有意识到自己,没有意识到我对你的爱和一直存在心里的对你的感激的力量!现在我意识到了,感觉到了,而当我想到我们之间的怄气,我对你说的不好的话,我感到难过,感到羞耻,简直无法理解。饶恕我吧,请你只想想好的,如果我有什么好的话。

我不怕死。说实在的,我不理解死,也不相信死。如果有死有灭亡的话,那么早三十年晚三十年或者早几分钟晚几分钟,又有什么区别呢?如果没有死,那么,早一点儿晚一点儿更是完全没有区别了。

"我这是在讲大道理了,"他想,"应该把原来信末那些好的话重新写上。对了。"于是他又往下写,"你不要责怪我的朋友们,要爱他们,特别要爱那个造成我被迫死亡的人。代我吻吻纳塔莎,对她说我永远爱她。"

他把信折好,封好,坐到床上,双手放在膝盖上,咽着眼泪。

他始终不信他应该死。他几次问自己是不是睡着了,同时竭力想清醒过来,但是白费劲。这个思想使他产生另一个思想:在这个世界上活一辈子就是做一场梦,从梦中醒来就是死亡。如果是这样的话,那么,今世的生命不就是前世生命之梦的觉醒,只是前世的经历已经遗忘了?那么,这儿的生命不是开始,而只是生命的新形式。我死就是我进入生命的新形式。他喜欢这个想法,但当他要停留在这个想法时,他感到这个想法也好,任何别的想法也好,都不能克服对死的恐惧。最后他想得累了,脑子想不动了。他闭上眼睛,不再思想,就这样坐了好久。

"究竟怎么样?究竟将怎么样?"他又想了起来,"没什么?不,不是没什么。那么究竟是什么?"

他忽然明白,对这些问题一个活人是没有也不可能有答案的。

"那么我何必拿这问题问自己呢?何必呢?是的,何必呢?不需要问,应该像我现在这样活着,写着这封信。其实我们大家都是早就判了刑的,永远判了刑的,但我们都还活着。我们活得很好,很快乐,当我们……有爱心的时候。是的,当我们有爱心的时候。我现在写了信,我有爱心,我觉得很好。就应该这样生活。无论什么地方,无论什么时候,都可以生活,自由时也好,蹲监狱时也好,今天也好,明天也好,直到生命的末日。"

他想立刻亲切地、和蔼地同谁说说话。他敲了敲门。哨兵朝他的牢房里望了一眼。他问他什么时候了,他是不是快换班了,但哨兵什么也没回答。于是他请他把典狱长叫来。典狱长来了,问他要什么。

"喏,我给母亲写了一封信,请您交给她。"他说。一想到母亲,他的泪水又夺眶而出。

典狱长拿了信,答应转交。他想走,但被斯维特洛古勃拦住。

"听我说,您是个好人。为什么您要干这种痛苦的工作?"他说,亲切地摸摸他的衣袖。

典狱长不自然地苦笑了一下,垂下眼睛说:"总得过日子啊。"

"可您得放弃这个工作。总能找到别的活儿的。您是那么善良。也许我可以……"

典狱长突然呜咽起来,慌忙转过身走了出去,把门哐啷一声关上。

典狱长的激动更增加了斯维特洛古勃的感伤。他忍住高兴的泪水,从这边墙踱到那边墙。现在也不再感到丝毫恐惧,而感伤使他的精神达到更高的高度。

死后他将怎么样?他原来竭力想得到答案,但是得不到,如今这问题已经解决,答案也不是肯定的,理智的,而是他意识到了他身上真正的生命。

他记起《福音书》里的话:"我实实在在地告诉你们,一粒麦子不落在地里死了,仍旧是一粒;若是死了,就结出许多籽粒来。"[①] 他想:

[①] 《新约全书·约翰福音》第十二章第二十四节。

"如今我将落在地里,实实在在落在地里。"

"睡一会儿吧,"他突然想,"免得以后身体虚弱。"他躺在床上,闭起眼睛,立刻就睡着了。

他在早上六点钟醒来,整个身心还处在光明快乐的梦境之中。他梦见他同一个浅色头发的小女孩在枝叶繁茂的树林里爬来爬去,树林里长满成熟的黑樱桃。他采了一大铜盆。樱桃没有落在铜盆里而撒在地上,一种类似猫的奇怪动物抓住樱桃往上抛,再把它接住。女孩看到这景象,哈哈大笑,逗得斯维特洛古勃在梦里自己也不知道笑什么,却快乐地哭了。突然铜盆从女孩手里滑落,斯维特洛古勃想接住它,但没来得及,铜盆发出当当的响声撞在树枝上,然后落到地上。他醒过来,含哭听着铜盆连续不断的叮当声。原来这是走廊里拉开铁闩的声音。走廊里还传来脚步声和步枪铿锵声。他突然记起了一切。"唉,真想再睡一觉呢!"斯维特洛古勃想,但已经不能睡了。脚步声接近他的牢门。他听见钥匙开锁的声音,接着牢门咯吱一声打开来。

一个宪兵军官、典狱长和押送兵走了进来。

"死吗?嗯,那有什么?我去。这很好,一切都很好。"斯维特洛古勃想,觉得又回复了昨天那种庄严温和的心情。

六

在监禁斯维特洛古勃的监狱里还关着一个年老的分裂派教徒。

他怀疑自己的指导者，找寻着真正的信仰。他不仅否定尼康教，还反对彼得（他认为他是基督的敌人）以来的政府，他称沙皇政权为"腐朽的王国"，大胆说出他的想法，他揭发神父和官僚，因此被判入狱，并从一个监狱转到另一个监狱。他现在失去自由，被关在牢里，典狱长咒骂他，他戴着镣铐，同监的囚犯嘲弄他，他们也都像长官一样摒弃上帝，彼此相骂，千方百计在心中亵渎上帝——这一切并没引起他的注意，在他自由的时候，他在尘世到处都能看到这些现象。他知道，这一切都是由于人们丧失了真正的信仰，像瞎眼的小狗那样离开母亲到处乱跑。不过他知道真正的信仰是有的。他知道这一点，因为他心中感觉到有这个信仰。他到处找寻这个信仰。他最希望在《约翰福音》里找到它。

"不义的，叫他仍旧不义；污秽的，叫他仍旧污秽；为义的，叫他仍旧为义；圣洁的，叫他仍旧圣洁。看哪，我必快来。赏罚在我，要照各人所行的报应他。"他经常读这本神秘的书，每分钟都在等待"我必快来"那一章，到那时，不仅要照各人所行报应他，而且要向人们揭开全部神的真理。

斯维特洛古勃被处决的那天早晨，他听见咚咚的鼓声，他爬到窗上，通过铁栅栏看见人们拉着一辆囚车，监狱里一个眼睛明亮、头发鬈曲的青年从监狱里走出来，含笑登上囚车。青年不大的白手里拿着一本书。青年把书紧贴住胸口（分裂派教徒知道这是《福音书》）；向监狱的一个个窗子点头致意，微笑着跟他交换了眼色。马匹起步了，载着像天使般开朗的青年的囚车，在武装警卫押送下，辘辘地经过石子路向大门外驶去。

分裂派教徒从窗口爬下来，坐在床上沉思。"这个青年认识了真理,"他想,"基督仇敌的奴仆因此要用绳子绞死他,免得他向谁揭示真理。"

七

这是一个阴晦的秋天早晨,看不见太阳。从海上吹来潮湿而温暖的风。

新鲜的空气、房子、城市、马匹、观看他的人们,这一切都使斯维特洛古勃感兴趣。他坐在囚车板凳上,背对车夫,他不由得仔细观察押送他的士兵和遇见他的市民的脸。

这是大清早,押送他经过的街道几乎是空的,遇见的只有上班的工人,几个围裙上溅满石灰的泥瓦匠匆匆地迎面走来,他们停下来,又往回走,走到囚车旁。其中一个说了句什么,摆了摆手,他们又转过身去走自己的路;几个运货马车夫载着隆隆响的铁条,拨转自己的两匹人马给囚车让路,停下来,带着困惑不解的好奇目光望着他。其中一个摘下帽子,画了个十字。一个厨娘围着白围裙,戴着白帽,手里提着篮子,从大门里出来,一看见囚车,连忙回到院子里,又同另一个女人从那里跑出来。她们两人都屏住呼吸,睁大眼睛目送着囚车,直到看不见为止。一个衣衫褴褛、没刮胡子、头发花白的人指着斯维特洛古勃,指手画脚地对管院人说着什么,显然不以为然。两个男孩急急地赶上囚车,转过头去,眼睛不往前看,跟住囚车在人行道上走着。大的一个快步走着;小的没戴帽子,手拉住大的，怯生生地瞧着囚车，迈动两条短短的小腿，磕磕绊绊勉强跟上那个大的。斯维特洛古勃同他的目光相遇，向他点点头。这个被装在囚车上可怕的人的行为使小孩困惑不解，他睁大眼睛，张开嘴要哭出来。于是斯维特洛古勃吻了吻自己的手，亲切地对他微微一笑。小孩突然用和善可爱的笑容来回应他。

在车行的全过程中，虽然意识到即将发生的事情，斯维特洛古勃庄严平静的心情却没有受到破坏。

直到囚车行近绞架，他被押下来，看见两根柱子和一根横梁以及在风中微微摆动的绳索，他的心脏仿佛受到一次猛烈的打击。他突然感到一阵恶心。但这种感觉没持续多久。在绞台周围他看见黑压压一排排持枪的士兵。几个军官在士兵前面走来走去。他一从囚车上下来，就突然爆发出一阵使他浑身战栗的震耳欲聋的鼓声。在士兵的行列后面，斯维特洛古勃看见几辆弹簧马车，车上坐着老爷太太们，显然都是来看热闹的。最初一刹那这景象使斯维特洛古勃感到惊讶，但他立刻想到在入狱前他自己是个怎样的人。于是他感到遗憾，这些人不知道他现在所知道的事。"不过他们会知道的。我要死了，但真理是不会死的。他们会知道的。所有的人，除了我，他们都会幸福的。"

他被押上绞台。一个军官接着走上去。鼓声停了，军官用一种不自然的声音（这声音在震耳欲聋的鼓声之后广阔的田野里听来特别微弱）宣读法庭向他宣读过的愚蠢的死刑判决；剥夺被处决的人的权利……在近期和远期。"为了什么，为了什么他们要这么干？"斯维特洛古勃想，"真可惜，他们还不知道，而我已不能把一切转告他们了，但他们会知道的。大家都会知道的。"

一个瘦小的神父，留着稀疏的长发，身穿紫色法衣，胸前挂着一个不大的镀金十字架，一只白净的筋脉毕露的瘦手从黑丝绒翻袖里伸出来，拿着一只大的银十字架，走到斯维特洛古勃跟前。

"仁慈的主啊！"他开始祈祷，把十字架从左手转到右手，又把它拿近斯维特洛古勃。

斯维特洛占勃打了个哆嗦，闪开身子。他差点儿没对参与处决他的神父说出不好的话来，但他记起《福音书》里的话"他们不知道所做的事"，勉强克制感情，胆怯地说："对不起，我不要这个。请您原谅，我真的不需要！谢谢您。"

他向神父伸出手去。神父又把十字架放到左手，握了握斯维特洛古勃的手，竭力不看他的脸，走下绞台。鼓声又急骤地响起来，压倒了所有其他声音。在神父之后，一个瘦削肩膀、双臂肌肉发达、俄罗斯衬衫外面套着一件上装的中年人踩得绞台木板摇摇晃晃，快步走到斯维特洛古勃跟前。这个人迅速地瞧了斯维特洛古勃一眼，走到他紧跟前，喷了他一身难闻的酒气和汗臭。他用强有力的手抓住斯维特洛古勃的手腕，抓得他很痛，接着把他的双手弯到背后，紧紧地捆住。刽子手捆好他的双手，停了一分钟，仿佛在想什么事，一会儿望望他带来放在绞台上的东西，一会儿望望绞架上的绳索。他考虑了一番他要做的事，走近绳索，拿它做着什么，再把斯维特洛古勃推近绳索和绞台边。

就像宣判死刑时斯维特洛古勃不能理解判决书的全部意义那样，此刻他也不能理解当前这事的全部意义。他惊讶地瞧着刽子手匆忙、利落和专心干着自己可怕的事的样子。刽子手的脸是一张最普通的俄罗斯工人的脸，并不凶恶，但聚精会神，跟那些一心一意在做一件需要做的复杂的工作的人一样。

"你……您再往这儿挪一挪……"刽子手哑声说,把他推到绞架旁。斯维特洛古勃挪了挪身子。

"主啊,帮助我,怜悯我吧!"他心里说。

斯维特洛古勃不信上帝,甚至常常嘲笑信神的人。直到现在他也不信上帝,之所以不信,是因为他不仅不能用语言表达,甚至不能在想象中拥抱上帝。不过此刻他呼吁的对象是最现实的。这一点他知道。他知道这个呼吁是必需的,重要的。他知道这一点,因为这呼吁顿时使他平静和坚强。

他挪近绞架,不由得又回顾了一下成排的士兵和形形色色的观众,再次想:"他们为什么,为什么要这样做?"他可怜他们,也可怜自己,眼泪夺眶而出。

"你就不可怜我吗?"他盯着刽子手那双大胆的灰眼睛,说。

刽子手立刻站住。他的脸突然变得凶恶了。

"去你的! 还说话!"他喃喃地说,连忙俯身去拾地上放着的紧身衣和一块布。他敏捷地用双手从后面搂住斯维特洛古勃,把一个麻袋套在他的头上,急急地把他的衣服剥到背部和胸部一半处。

"我将我的灵魂交在你手里。"斯维特洛古勃想起《福音书》里的话。

他的灵魂并不反抗死,但强壮的年轻的身体不接受死亡。不服从死亡,而要进行搏斗。

他想叫喊,挣扎,但这时感到一阵冲击,身体失去支撑,出现一种动物性的窒息的恐怖,头脑嗡嗡作响,然后一切都消失了。

斯维特洛古勃的身体吊在绳子上摇晃着。他的肩膀两次耸起又放下。

等了两分钟,刽子手阴沉着脸皱起眉头,双手按住尸体肩膀使劲拉了一下。尸体的一切动作都停止了,除了套着麻袋不自然地向前伸的脑袋和穿着囚犯袜的伸长的两腿。

刽子手走下绞台向长官报告,尸体可以从绞索上取下来埋葬了。

一小时后,尸体从绞架上放下来,被运到世俗墓地。

刽子手执行了他的任务。但执行这样的任务是不轻松的。斯维特洛古勃的话"你就不可怜我吗?"一直没离开他的脑海。他原是个杀人犯、苦役犯,刽子手的身份给了他相对的自由和生活的享受,但从那天起他就拒绝执行这种任务。在那个星期里他不仅喝掉了行刑所获得的全部报酬,而且喝掉了全部还算像样的衣服,结果被关进单身禁闭室,又从禁闭室转到医院。

八

恐怖党的革命领导人之一,梅热涅茨基(是他引导斯维特洛古勃参加恐怖活动的),从他被捕的省被解到彼得堡。那个看见斯维特洛古勃被处死的分裂派老教徒也被关在同一个监狱里。他又被转移到西伯利亚。他仍旧一直在思索着,怎样和在哪里能找到真正的信仰。有时他也想到那个快乐地微笑着走向刑场的开朗青年。

知道同一监狱里关着斯维特洛古勃的同志,分裂派教徒很高兴,就请求值班看守把他带到斯维特洛古勃的朋友那儿去。梅热涅茨基不管监狱的严格纪律,不断跟同党进行联系,每天都在等待他所设计的炸毁沙皇专列的消息。现在他想到疏忽了一些细节,想设法转告他的同志们。当值班看守走进他的牢房,小心地悄悄对他说,有一名囚犯想见他时,他很高兴,希望这次见面能使他得到一个机会跟他的同党取得联系。

"是个什么人?"他问。

"是个农民。"

"他找我干什么?"

"他想谈谈信仰问题。"

梅热涅茨基微微一笑。

"那好,您带他来。"他说,"他们是分裂派教徒,也恨政府。说不定有用。"他想。

值班看守走了。过了几分钟,他打开牢门,放进一个干瘦的小老头儿。小老头儿留着浓密的头发和稀疏的山羊胡子,生有一双善良的疲劳的蓝眼睛。

"您有什么事?"梅热涅茨基问。

老头儿瞧了他一眼,连忙垂下眼睛,伸出一只干瘦而有力的小手。

"您有什么事?"梅热涅茨基又问。

"有句话要对你说。"

"什么话呀?"

"关于信仰问题。"

"关于什么信仰?"

"据说你跟那个在奥台斯特被基督仇敌的奴仆绞死的青年是同一个信仰。"

"什么青年?"

"秋天在奥台斯特被绞死的那一个。"

"是不是斯维特洛古勃?"

"就是他。他是你的朋友吗?"老头儿每问一句都用他那双善良的眼睛审视一下梅热涅茨基的脸,随即又垂下眼睛。

"是的,他是我的好朋友。"

"同一信仰吗?"

"应该是同一个。"梅热涅茨基含笑说。

"就为这个我有一句话要对你说。"

"你究竟要什么呀?"

"想了解你们的信仰。"

"我们的信仰……那么,您请坐,"梅热涅茨基说,耸耸肩膀,"我们的信仰是这样的。我们相信,有人夺取了权力,折磨和欺骗人民,因此必须不惜牺牲自己同这些人进行斗争,使受他们剥削——照梅热涅茨基的说法是折磨——的老百姓得到解放。就是必须消灭他们。他们杀人,他们就该被杀,直到他们清醒过来。"

年老的分裂派教徒叹着气,没抬起眼睛来。

"我们的信仰是不惜牺牲自己,推翻专制政府,建立自由的、经过选举的人民的政府。"

老头儿长叹一声站起来,整整囚袍的下摆,跪下来,扑倒在梅热涅茨基脚下,在肮脏的地板上叩头。

"您干吗叩头?"

"你别骗我,坦白说,你们的信仰是什么?"老头儿说,没站起来,也没抬起头。

"我已经说了我们的信仰是什么。您请起来,要不我连话也不愿说了。"

老头儿站起来。

"跟那个青年是同一个信仰吗?"他说,站在梅热涅茨基面前,偶尔用他那双善良的眼睛瞧瞧他,随即又垂下眼睛。

"就是他因此被处绞刑的那种信仰。如今我为了这个信仰将被解到彼得保罗要塞去。"

老头儿深深地鞠了一躬,默默地走出牢房。

"不,不是那个青年的信仰,"他想,"那个青年知道真正的信仰,而这个青年不是吹嘘跟他同一个信仰,就是不愿说出来……好吧,我将努力去寻找。不论在这儿,还是在西伯利亚。到处都有上帝,到处都有人。边走边想办法吧。"老头儿想,又拿起《新约全书》,随手翻到《启示录》。他戴上眼镜,坐到窗口,读了起来。

九

又过了七年,梅热涅茨基又离开彼得保罗要塞的单身牢房,被转送去服苦役。

在这七年里他体会很多,但他的思想倾向并没有改变,精力也没有衰退。他被关到要塞之前,每次审问,他的顽强不屈和对控制他的人的轻蔑态度,总是使侦查官和法官吃惊。他内心感到痛苦的是,他被捕了,不能完成开了头的事业,但也没把这种感情流露出来。他一接触到人,心里就满腔怒火。问他什么问题,他总是不吭声,只有当他有机会挖苦审问者——宪兵军官或者检察官时，他才开口。

当他听见常常听到的话："您只要老实交代，您的处境就可以得到改善。"他总是轻蔑地微微一笑。停了停说："如果你们想用威胁或利诱迫使我供出同志们，那你们随便判好了。难道你们以为，我做你们为此而审判我的事没做好最坏准备吗？所以你们既不能使我惊讶，也不能使我恐惧。你们要拿我怎么办就怎么办，我可是不会说的。"

看到他们尴尬地面面相觑，他觉得高兴。

当他在彼得保罗要塞被关进狭小潮湿、高高的铁窗上装有不透明玻璃的牢房时，他明白这不是几个月的事，而是几年的事，他感到恐怖。使他恐怖的是设备完善的牢房里死一般寂静，以及想到在这密不通风的大墙里关着不只他一个人，还关着许多被判十年、二十年徒刑的人，他们被迫自杀，上吊，发疯，或者害痨病慢慢死去。这里有女人、男人，有朋友，也许……"过几年，我也会发疯，上吊死去，人家也不会认识我。"他想。

他心里升起对一切人的仇恨，尤其对那些造成他被囚禁的人的仇恨。这种仇恨要求看到仇恨的对象，要求行动，喧闹。可这儿是死一般的寂静，拒不回答问题的人的轻轻脚步声，开门声和关门声，定时送来的伙食，沉默的人来访，透过不透明玻璃射进来的阳光，黑暗，又是同样的寂静，同样轻轻的脚步声，同样的响声。今天是这样，明天还是这样……而仇恨找不到发泄，啮噬着他的心。

他试着敲墙，但没有人回答他。他敲墙只引来轻轻的脚步声和用关单身牢房来威胁他的人没有表情的声音。

唯一得到休息和放松的时间是睡觉。但醒来后就感到格外可怕。在梦中，他总是看见自己生活在自由中，并且多半陶醉在他认为同革命活动毫不相干的那些事中。他时而弹奏一种古怪的弦乐器,时而向姑娘献媚,时而划船,时而打猎,时而听外国大学博士宣布一种新的科学发现,在宴会上致词。这些梦是那么丰富多彩,现实却是那么单调乏味,而往事同现实也很少有区别。

做梦痛苦的是,往往在他所追求和希望的事刚要完成时醒了过来。心脏猛地一悸,全部快乐的景象就消失了;剩下的又是痛苦的没有满足的愿望,又是那只有一盏小灯照着的潮湿发霉的墙壁,又是身下很硬的床铺和一边压瘪的草褥子。

睡觉是最好的时候。但囚禁越久,他睡得也越少。他把睡眠看作最大的幸福,希望睡觉,但越想睡,越睡不着。只要他问自己:"我在睡觉吗?"睡意就会消了。

奔跑,在床上跳跃,都毫无用处。由于剧烈的运动,身体更加虚弱,神经更加亢奋,脑袋疼痛,只要一闭上眼睛,在带有点点闪光的黑暗中就会出现各种丑八怪,有毛茸茸的,有秃顶的,有大嘴巴的,有歪嘴巴的,一个比一个可怕。这些丑八怪都做出种种可怕的怪相。随后,睁着眼睛也看到这些丑八怪,出现的不仅是嘴脸,而是整个身子。他们开始说话,跳舞。他毛骨悚然,霍地跳起来,用头撞着墙壁,大声叫嚷。门上的窥视孔打了开来。

"不许叫嚷。"一个平静的声音说。

"请典狱长来!"梅热涅茨基大声说。

没有任何回答,窥视孔又关上了。

这种绝望的心情控制了梅热涅茨基,他只有一个愿望:死。

有一次,处于这种绝望的心情下,他决定自杀。牢房的墙上有个通气孔,上面可以挂绳子,站到床上就可以上吊,但他没有绳子。

他把床单撕成一长条一长条,但这些布条不够。于是他决定绝食,两天不吃东西,但到第三天身体更加虚弱,不断出现严重的幻觉。给他送牢饭时,他躺在地上睁着眼睛,失去知觉。

医生来了,把他抬到床上,给了他溴剂和吗啡,他睡着了。

他第二天醒来,医生站在他旁边,摇着头。梅热涅茨基的心中突然充满了仇恨,这种感觉他已经好久没有过了。

"您真不要脸,在这儿工作!"当医生低下头给他诊脉时,他对医生说,"您干吗给我治病,来继续折磨我?这不等于参加笞刑并允许重复这种罪行吗?"

"请您仰天躺着。"医生不动声色地说,眼睛不看他,从侧袋里掏出听诊器。

"你们给人治愈棒伤,好再让他挨五千棒吗?见鬼,活见鬼!"他突然叫起来,从床上垂下两腿,"滚开,没有你们我也会死的!"

"不好,年轻人,对粗暴行为我自有办法。"

"活见鬼,活见鬼!"

梅热涅茨基的模样那么可怕,吓得医生慌忙走开。

十

不知是由于服了药,还是危机过去了,还是对医生的仇恨治好了他的病,从那时候起他精神振作起来,日子过得完全不同了。

"他们总不能永远把我关在这里,他们也不会这样做,"他想,"总有一天会放我出去的。说不定制度会改变(这是最可能的,我们的人仍在工作),因此必须爱护身体,以便出狱时身强力壮,能继续工作。"

他长久地考虑着,为此目的应该过最合理的生活:晚上九时睡觉,不管睡得着睡不着都强迫自己躺下,直到早晨五时。五时起床,收拾床铺,洗脸,做体操,然后像他自己说的那样,去上班。他想象他在彼得堡走着,从涅瓦大街走到纳杰日丁街,竭力想象他在路上可能看见什么:商店招牌、房子、警察、迎面而来的马车和行人。在纳杰日丁街上,他走进一个朋友和同事的家,在那里他跟外来同志们一起商量当前的计划。他们讨论,展开辩论。梅热涅茨基为自己也为别人发言。有时他大声说话,弄得岗哨通过小窗责备他,但梅热涅茨基完全不予理会,继续过他想象中的彼得堡的一天。他在朋友家里待了两小时光景,回家吃午饭,先是在想象中吃,后来真的吃起来了,因为这时送来了牢饭。他总是吃得不多不少。然后,他想象他坐在家里,学历史,学数学,有时,每逢星期日,则读文学书。学历史是这样的:他选择一个时代和一个民族,回忆历史事件和编年史。学数学是这样的:他在心里做习题,解几何题。他特别喜欢这项活动。每逢星期日,他回忆普希金、果戈理和莎士比亚的作品,自己也写文章。

睡觉前,他再作一次小小的漫游。他想象跟男女朋友谈话,有时轻松愉快,有时严肃认真。这样的谈话有些以前有过,有些是幻想出来的。这样一直到夜里。临睡前,他为了运动真的在牢房里走两千步,然后躺到床上,多半都能睡着。

第二天还是这样。有时,他去到南方,唆使老百姓起来暴动,他跟老百姓一起驱逐地主,分地给农民。不过,这一切他都不是突然想起，而是逐渐想到，想得十分详细。在想象中，他的革命党处处获得胜利，政府当局力量虚弱，被迫召开人民大会。沙皇家庭和一切人民的压迫者都消失了，成立了共和国，他梅热涅茨基当选为总统。有时他过分轻易达到目的。于是又重新开始，用其他方法来达到目的。

就这样他过了一年，两年，三年，有时脱离这种严格的生活秩序，但多半又回复过来。他利用想象来摆脱不由自主的幻觉。偶尔他也失眠，看见幻象、丑八怪，那时他就望望通气孔，考虑着怎样使绳子结牢，怎样做好套索上吊。但这种状态不会持续多久。他总能把它克服。

这样他过了差不多有七年。当他刑满被送去服苦役时，他身体健康，容光焕发，精力充沛。

十一

作为一个要犯，他被单独押送，不让他同其他人接触。直到到了克拉斯诺亚尔斯克监狱，他才有机会同其他政治犯交往。这些政治犯也是被送去服苦役的，共有六个人：两女四男。他们都是梅热涅茨基所不熟悉的具有新气质的青年人，都是些比他晚一辈的革命家，是他的接班人，因此他对他们特别感兴趣。梅热涅茨基希望看到，踏着他的脚印前进的人，他们会高度评价前辈们所做的一切，特别是他梅热涅茨基所做的一切。他想亲切宽厚地对待他们。但使他感到不快的是，这些青年人不仅不把他当作自己的先驱和老师，而且对他表现得很宽容，回避和原谅他的陈旧观点。按照他们的意见，按照这些新革命家的意见，梅热涅茨基和他的朋友们所做的一切，所有发动农民起义的企图，主要是恐怖活动和一切暗杀行为，从暗杀省长克罗波特金、梅森卓夫，直到亚历山大二世，这一切都是错误的。这一切只会导致亚历山大三世的反动和使社会倒退，甚至倒退到农奴制。人民解放的道路，照新的革命家的看法，是截然不同的。

梅热涅茨基和他的新朋友争论了两天两夜。尤其是他们的领导人罗曼（大家都这样直呼他的名字）坚信他们的观点是正确的，宽宏大量地甚至是嘲弄地否定梅热涅茨基和他的同志们过去的所作所为，这最使梅热涅茨基感到难过。

人民，按照罗曼的看法，是大老粗，是"苦力"，同现在这种文化水平的人民一起是什么事也做不成的。发动农民的一切企图无异于想燃烧石头或冰块。必须教育人民，必须教会他们团结。而这只有大工业和由此而产生的人民的社会主义组织才能办到。土地不仅不为人民所需要，而且使人民变得保守，成为奴隶。不仅我们这里是这样，在欧洲也是如此。他们记住权威们的意见和统计数字。人民必须从土地上解放出来。这事做得越快越好。越多的人去工厂做工，资本家控制土地越多，越多压迫他们，就越好。只有人民团结起来，才能消灭专制，主要是资本主义，而这种团结只有通过工人的同盟和团结才能达到，也就是说只有当人民群众不再成为土地私有者而成为无产阶级时才能达到。

梅热涅茨基跟他们争论，情绪激昂。特别使他生气的是一个相貌不错、黑发浓密、眼睛发亮的女人。她坐在窗台上，仿佛没直接参加谈话，偶尔插几句话支持罗曼的论点，或者只轻蔑地嘲笑梅热涅茨基的话。

"难道能把全部农民改造成工人吗？"梅热涅茨基说。

"为什么不能？"罗曼反驳道，"这是普遍经济规律。"

"我们怎能知道这个规律带有普遍性呢？"梅热涅茨基问。

"您去读读考茨基的著作吧。"黑发女人轻蔑地笑着插嘴说。

"就算是这样吧，"梅热涅茨基说，"（我可并不同意）农民可以改造成无产者，你们怎能认为他们可以纳入你们事先给他们规定的形式呢？"

"这是有科学根据的。"黑发女人从窗口回过头来插嘴说。

一谈到为达到目的要采用什么行动方式，分歧就更大了。罗曼和他的朋友们坚持必须建立工人军队，促使农民转变为工人，并在工人中宣传社会主义。不仅不公开同政府对抗，而且应利用它来达到自己的目的。梅热涅茨基则说，必须直接同政府进行斗争，对它实行恐怖活动，政府比我们强大，比我们狡猾。他想："不是你们欺骗政府，而是政府欺骗你们。我们向人民进行宣传，同政府展开了斗争。"

"你们在这方面做得可多啦！"黑发女人嘲讽说。

"是的，我认为跟政府直接斗争是徒然消耗力量。"罗曼说。

"三月一日事件[①]是消耗力量！"梅热涅茨基叫道，"我们牺牲自己的生命，而你们却太太平平地坐在家里享福，只宣传宣传。"

"说不上太享福。"罗曼平静地说，环顾着自己的同志们，得意

[①] 三月一日事件——指一八八一年三月一日沙皇亚历山大二世在彼得堡遇刺身亡。

神性与人性 | 321

扬扬地发出没有感染性但是洪亮、清晰而自信的笑声。

黑发女人摇摇头，不屑地微笑着。

"我们说不上太享福，"罗曼说，"至于坐在这儿，那还得感谢反动派，而反动派正是三月一日的产物。"

梅热涅茨基不作声。他愤怒得喘不过气来，就走到走廊里。

十二

梅热涅茨基竭力想平静下来，便在走廊里来回踱步。牢房门在晚间点名前是开着的。一个浅色头发的高个子囚徒，虽然被剃了阴阳头，仍没有失去他的和蔼，他走到梅热涅茨基跟前。

"我们牢房里有个囚徒看见先生，他对我说，叫他到我这儿来。"

"什么囚犯？"

"他的绰号叫'烟草大王'。他是个小老头儿，属分裂派教徒。他说叫那人到我这儿来。他是指您，先生。"

"他在哪儿？"

"就在我们牢房里。他说，'请你叫那位老爷来。'"

梅热涅茨基跟囚徒走进一个不大的牢房，里面铺上坐着和躺着一些囚徒。

在靠边的光板铺上，身上盖着灰色囚袍，躺着那个七年前向梅热涅茨基打听斯维特洛古勃的老分裂派教徒。老人脸色苍白，更加干瘪，满是皱纹，头发还是那么浓密，但稀疏的胡子全白了，向上翘着。浅蓝的眼睛善良而专注。他仰天躺着，显然在发烧：凸起的颧骨上泛着红晕。

梅热涅茨基走到他跟前。

"您要什么？"他问。

老头儿吃力地用臂肘支起身子，伸出一只哆嗦的干瘦的小手。他准备说话，竭力打起精神，沉重地喘着气，悄悄地说："当时你没向我揭示——上帝保佑你，可我向所有的人揭示了。"

"您揭示什么呀？"

"关于羔羊……关于羔羊我要揭示……那个带羔羊的青年。《福音书》里说：羔羊战胜了我，战胜了一切人……谁同他一起，谁就是天才和可靠的。"

"我不明白。"梅热涅茨基说。

"你精神上要明白。君王带着兽性接受领地。可羔羊战胜了我。"

"什么君王？"梅热涅茨基问。

"有七个君王：其中五个垮台了，一个留着，还有一个还没来。等到他来，他已没有什么作为……就是说，他的末日到了……你明白吗？"

梅热涅茨基摇摇头，心里想，老头儿在说胡话，他的话毫无意义。同室其他囚犯也这样想。那个唤梅热涅茨基的剃阴阳头囚徒走到他跟前，用臂肘轻轻推推他，要他注意自己，又向老头儿挤挤眼。

"他老是胡说八道，老是胡说八道，我们的烟草大王，"他说，"至于说些什么，连他自己也不知道。"

瞧着老头儿，梅热涅茨基这样想，他的同室同伴也这样想。老头儿则十分明白他说的是什么，而他所说的对他来说具有明确而深

神性与人性 | 323

刻的意义。这个意义就是，恶不可能长久统治，羔羊能用善和驯顺战胜一切人，羔羊会擦去所有人的眼泪，世界上不会再有哭泣、疾病和死亡。他觉得这一点已经实现，在全世界实现，因为这正在他临死前高尚的灵魂里实现。

"他快来临！阿门。他快来临，主耶稣啊！"他说，微微露出庄严而会梅热涅茨基觉得疯狂的微笑。

十三

"瞧，他就是人民的代表，"梅热涅茨基离开老人时想，"他是他们中最优秀的一个。多么愚昧啊！他们（指罗曼和他的朋友们）说：同他们这样的人在一起是什么事也做不成的。"

梅热涅茨基一度在人民中间做过革命工作，他知道——用他的话来说——俄国农民的"惰性"；在服役时他跟士兵和退伍军人常有来往，他知道他们在入伍宣誓上的愚忠和死心塌地的服从，也不可能用道理去说服他们。他知道这一切，但从未得出由此必然得出的结论。同新派革命家的谈话破坏了他的情绪，使他生气。

"他们说，我们所做的一切，哈尔图林、基巴里契奇、彼罗夫斯卡雅所做的一切都是没有必要的，甚至是有害的，都只会导致亚历山大三世的反动镇压，他们的所作所为使人民以为，一切革命活动都出自想行刺沙皇的地主，因为沙皇剥夺了他们的农奴。多么荒谬啊！这种想法是多么无知，多么愚蠢啊！"他想，继续在走廊里来回踱步。

所有的牢门都关上了,除了监禁新来革命者的那一间。走近这间牢房,梅热涅茨基听见他所憎恶的那个黑发女郎的声音和罗曼雄辩而果断的声音。他们显然在讲他。梅热涅茨基站下来听。罗曼说:"他们不懂得经济规律,不明白他们所做的是什么。这儿多半是……"

梅热涅茨基不能也不想听完他说的多半是指什么,也不需要知道这些。这个人的语气说明他们对他梅热涅茨基持一种十分蔑视的态度,可他是个革命英雄,为了这个目的已奉献了十二年生命。

梅热涅茨基心里升起一股前所未有的愤恨。他恨一切人,恨一切事,恨这个无聊的世界,只有大谈羔羊的老头儿那种畜生般的人,只有那些半人半兽的刽子手和狱吏,只有那些粗鲁自信、生下来就是死胎的教条主义者才能生活的世界。

值班看守走进来,把女政治犯领到女牢。梅热涅茨基走到走廊尽头,免得碰到她们。值班看守回来锁上新来囚犯的牢门,叫梅热涅茨基回自己的牢房。梅热涅茨基机械地服从了,但要求不把他的牢门锁上。

回到自己的牢房,梅热涅茨基躺到铺上,脸对着墙壁。

"难道真的就这样白白糟蹋掉所有的力量:把精力、意志和天才(他从不认为有谁在精神品质上超过他)白白糟蹋掉?"他想起不久前,在来西伯利亚的路上,接到斯维特洛古勃母亲的来信。她凭妇道人家的见识愚蠢地责备他们把她的儿子吸收进恐怖党而把他毁掉。收到这封信,他只不屑地一笑:这个愚蠢的女人怎能理解他和斯维特洛古勃所追求的目标! 现在,他想到这封信,想到斯维特洛古勃可爱、轻信和热情的人品。他先是想到他,然后想到自己。难道我这一辈子的作为都是错误的吗？他闭上眼睛想睡觉，但突然恐怖地感到，他在彼得保罗要塞第一个月所出现的感觉又出现了。又是脑袋疼痛，又是可怕的毛茸茸的大嘴丑八怪，又是点点闪光的黑暗，又是出现在睁着的眼睛前面的幻象。新出现的幻象是一个穿灰裤子的光头刑事犯在他头上摇晃。想到这些，他又开始找寻可以挂绳子的通气孔。

一种难以忍受的要求发泄的仇恨烧灼着梅热涅茨基的心。他坐立不安，无法驱散自己的思想。

"怎么办？"他开始问自己，"割断动脉吗？我不会。上吊吗？当然最简单。"

他想起走廊里那条捆柴的绳子。"站到木柴上或者凳子上。走廊里有值班看守在巡逻。但他会睡觉或者走开的。等到那时把绳子取来，系在通气孔上。"

梅热涅茨基站在门口，听着走廊里值班看守的脚步声。当值班看守走到走廊尽头时，他从门缝里往外张望。值班看守一直没走开，一直没睡觉。梅热涅茨基全神贯注地听着他的脚步声，等待着。

这时，在患病老人的牢房里，黑暗中点着一盏冒烟的小灯。在夜间一片酣睡声、呻吟声和干咳声中，世界上发生了一件大事。分裂派老教徒快要死了，在他的幻觉中出现了他终生热烈追求和希望的景象。在炫目的亮光中他看见了以美少年形象出现的羔羊，为数众多的各民族的人，身穿雪白的衣裳站在他面前，大家快快乐乐，地上已不再有恶了。老头儿知道，在他的心里，在全世界这一切都实现了。他感到极大的喜悦和安慰。

牢房里的人听见老头儿临死前喘着粗气的声音。他的邻铺囚徒醒过来，叫醒其他人。等喘气声停止，老头儿就不再作声，他的身体也凉了。他的同室囚徒就去敲门。

值班看守打开牢门，走进来。过了十分钟光景，两个囚徒把尸体抬到楼下停尸室里。值班看守跟着他们走出来，随手锁上门。走廊里又空无一人。

"锁上吧，锁上吧，"梅热涅茨基从牢门里张望外面发生的一切，"你不会妨碍我摆脱这一切荒唐的恐怖。"

梅热涅茨基此刻已不再感到原来折磨他的恐怖。他心里只有一个想法："但愿没有什么会妨碍他实现自己的企图。"

他忐忑不安地走到那捆木柴旁，解开绳子，把它抽出来，回头看着，把绳子拿进牢房。在牢房里，他爬到凳子上，把绳子挂在通气孔上。他系住绳子两端，打了个结，用两股绳子做了个圈套。圈套太低了。他重新系好绳子，又做了个圈套，在脖子上试了试，不安地听着和瞧着牢门。他爬上凳子，把头伸进绳圈里，拉拉整齐，踢开凳子，上吊了……

直到早巡查时，值班看守才发现梅热涅茨基屈膝站在凳子旁。他把他从绳圈里解下来。典狱长跑来，知道罗曼是医生，就叫他来抢救。

采用了一切常规的抢救方法，但梅热涅茨基没活过来。

梅热涅茨基的尸体被抬到停尸室，放在老分裂派教徒尸体旁的铺板上。

一九〇六年

孩子的力量

"打死他！……枪毙他！……把这个坏蛋立刻枪毙！……打死他！……割断凶手的喉咙！……打死他，打死他！"人群大声叫嚷，有男人，有女人。

一大群人押着一个被捆绑的人在街上走着。这个人身材高大，腰板挺直，步伐坚定，高高地昂起头。他那漂亮刚毅的脸上现出对周围人群蔑视和憎恨的神色。

这是一个在人民反对政府的战争中站在政府一边的人。他被抓获，现在押去处决。

"有什么办法呢！力量并不总在我们一边。有什么办法呢？现在是他们的天下。死就死吧，看来只能这样了。"他想，耸耸肩膀，对人群不断的叫嚷报以冷冷的一笑。

"他是警察，今天早晨还向我们开过枪！"人群嚷道。

但人群并没有停下来，仍押着他往前走。当他们来到那条还横着昨天在军警的枪口下遇难者尸体的街上时，人群狂怒了。

"不要拖延时间！就在这儿枪毙那无赖，还把他押到哪儿去？"人群嚷道。

被俘的人阴沉着脸，只是把头昂得更高。他憎恨群众似乎超过群众对他的憎恨。

"把所有的人统统打死！打死密探！打死皇帝！打死神父！打

孩子的力量 | 331

死这些坏蛋！打死，立刻打死！"妇女们尖声叫道。

但领头的人决定把他押到广场上去，在那里解决他。

离广场已经不远，在一片肃静中，从人群后面传来一个孩子的哭叫声。

"爸爸！爸爸！"一个六岁的男孩边哭边叫，推开人群往俘虏那边挤去，"爸爸！他们要把你怎么样？等一等，等一等，把我也带去，带去……"

孩子旁边的人群停止了叫喊，他们仿佛受到强大的冲击，人群分开来，让孩子往父亲那边挤去。

"瞧这孩子多可爱啊！"一个女人说。

"你要找谁呀？"另一个女人向男孩俯下身去，问。

"我要爸爸！放我到爸爸那儿去！"男孩尖声回答。

"你几岁啊，孩子？"

"你们想把爸爸怎么样？"男孩问。

"回家去，孩子，回到妈妈那儿去。"一个男人对孩子说。

俘虏已听见孩子的声音，也听见人家对他说的话。他的脸色越发阴沉了。

"他没有母亲！"他对那个叫孩子去找母亲的人说。

男孩在人群里一直往前挤，挤到父亲身边，爬到他手上去。

人群一直在叫着："打死他！吊死他！枪毙坏蛋！"

"你干吗从家里跑出来？"父亲对孩子说。

"他们要拿你怎么样？"孩子问。

"你这么办。"父亲说。

"什么？"

"你认识卡秋莎吗?"

"那个邻居阿姨吗? 怎么不认识。"

"好吧,你先到她那儿去,待在那里。我……我就来。"

"你不去,我也不去。"男孩说着哭起来。

"你为什么不去?"

"他们会打你的。"

"不会,他们不会的,他们就是这样。"

俘虏放下男孩,走到人群中那个发号施令的人跟前。

"听我说,"他说,"你们要打死我,不论怎样都行,也不论在什么地方,但就是不要当着他的面,"他指指男孩,"你们放开我两分钟,抓住我的一只手,我就对他说,我跟您一起溜达溜达,您是我的朋友,这样他就会走了。到那时……到那时你们要怎么打死我,就怎么打死我。"

领头的人同意了。

然后俘虏又抱起孩子说:"乖孩子,到卡秋莎阿姨那儿去。"

"你呢?"

"你瞧,我同这位朋友一起溜达溜达,我们再溜达一会儿,你先去,我就来。你去吧,乖孩子。"

男孩盯住父亲,头一会儿转向这边,一会儿转向那边,接着思索起来。

"去吧,好孩子,我就来。"

"你一定来吗?"

男孩听从父亲的话。一个女人把他从人群里带出去。

等孩子看不见了,俘虏说:"现在我准备好了,你们打死我吧。"

孩子的力量 | 333

这时候发生了一件完全意想不到和难以理解的事。在所有这些一时变得残酷、对人充满仇恨的人身上，同一个神灵觉醒了。一个女人说："我说，把他放了吧。"

"上帝保佑，"又一个人说，"放了他。"

"放了他，放了他！"人群叫喊起来。

那个骄傲而冷酷的人刚才还在憎恨群众，竟双手蒙住脸放声大哭起来。他是个有罪的人，但从人群里跑出去，却没有人拦住他。

一九〇八年

狼

从前有一个男孩。他很喜欢吃小鸡,但很害怕狼。

有一天,这个男孩躺下睡着了。他梦见他独自在树林里采蘑菇,突然从树丛里蹿出一头狼,向他扑来。

男孩吓得叫起来:"啊呀,啊呀!它要吃我了!"

狼说:"等一下,我不吃你,我要同你谈谈。"

于是狼就说起人话来。

狼说:"你怕我把你吃掉。可是你自己在做什么?你喜欢吃小鸡吗?"

"我喜欢。"

"那你为什么吃小鸡?要知道,这些小鸡也跟你一样活蹦乱跳。哪天早晨你都可以去瞧瞧,厨师怎样把它们捉到厨房里,怎样割断它们的喉咙,母鸡又怎样咯咯直叫,因为它的小鸡被抓走了。你看到过这情景吗?"狼说。

男孩说:"我没有看到过。"

"没有看到过,那你就去看看。可现在我要把你吃掉。你也是一只小鸡,我要把你吃掉。"

狼向男孩扑去。男孩吓得大叫:"啊呀,啊呀,啊呀!"他叫着就醒来了。

从那以后男孩就不再吃肉,不再吃牛肉、小牛肉、羊肉和鸡肉了。

一九〇八年

过路客和农民

［在一座农舍里。一个年老的过路客坐在坐柜上看书。主人下工回家，坐下来吃晚饭，请过路客一起吃。过路客谢绝了。主人独自吃晚饭。他吃完饭，站起来，做祷告，在老人旁边坐下。］

农民 什么风把你吹来的啊？……

过路客 （摘下眼镜，放下书）没有火车，火车要到明天才开。车站上很拥挤。我刚才请求女当家借你家过一夜。她让我进来了。

农民 好吧，没关系，在这里过夜吧。

过路客 谢谢。那么，你们现在过得怎么样？

农民 我们过的是什么日子啊？糟得不能再糟了！

过路客 怎么会？

农民 主要是没有办法过日子。我们的生活真是糟得不能再糟了！我家有九口人，个个都要吃，可是只收了六斗[①]粮，就是这么过。没办法只好去给人家打工。你去打工，人家就压你工钱。有钱人要怎么样，就拿我们怎么样。人口越来越多，土地没增加，捐税却不断增加。这儿又是地租，又是土地税，又是地下工程税，又是桥梁

---

① 斗——指俄斗。1俄斗合16.38公斤。

税，又是保险费，又是甲长税，又是粮食税，简直数也数不清，还有，神父要钱，官老爷要钱。个个都到我们这儿来，只有懒鬼才不来。

过路客 我还以为如今庄稼人都过得不错呢。

农民 过得太好了，常常整天没东西吃。

过路客 我还以为你们在大把大把花钱呢。

农民 哪儿来钱花啊？你说得真怪。人都快饿死了，可他说：大把大把花钱。

过路客 是啊，我从报上看到，去年喝掉了七亿卢布——要知道，一百万就等于一千乘一千——庄稼人一年喝酒就喝掉了七亿卢布。

农民 难道就只有我们喝吗？你瞧，神父他们就要头等货。而官老爷也不放过我们。

过路客 这只是小部分，大部分还是庄稼人喝的吧。

农民 那么照你说，庄稼人就不要喝了？

过路客 不，我是说，如果一年光喝酒就喝掉七亿卢布，那日子总还过得不错吧。七亿卢布可不是开玩笑，你也没话好说。

农民 没有烧酒怎么行？这可不是我们开头的，也不能由我们结束；祭坛上要供酒，办喜事要喝酒，死人要喝酒，请客要喝酒，不管你愿不愿意，都不能没有酒。这是规矩。

过路客 有人就是不喝酒。他们照样过日子。喝酒没什么好处。

农民 有什么好处，只有坏处！

过路客 那就别喝了。

农民 不论喝不喝，反正没法活。没有土地。要是有地，还可以过，可是没有地。

过路客 怎么没有地？地还少吗？不论往哪儿看，到处都是地。

农民　地有的是，可就不是我们的！胳膊肘离得近，就是咬不着！

过路客　不是你们的？那么是谁的？

农民　谁的？大家都知道是谁的。是他的，是那个大肚子地主老财的，他占有一千七百俄亩①地，他只有一个人，他还嫌少，可我们连鸡都不再养了，没地方放啊。再这样下去连牲口都没法养了。没有饲料。要是小牛或马闯到他的地里去，就得罚款，只好把最后一点儿家当拿去卖掉付罚金。

过路客　他要那么多地干吗？

农民　他要地干吗？当然是播种，收获，卖粮，把钱存到银行里。

过路客　这么多土地他怎么耕种、怎么收获？

农民　你简直像个孩子。他有的是钱，可以雇人替他耕种，替他收获。

过路客　我想，他的工人也是从你们中间雇的吧？

农民　有些是本地人，有些是外地人。

过路客　他们不全是庄稼人吗？

农民　当然，是我们弟兄。除了庄稼人，还有谁啊？当然都是庄稼人。

过路客　如果庄稼人不去给他干活……

农民　去不去都一样，反正他不给。即使地荒着，他也不给。真所谓狗睡干草，自己不吃，也不让人吃。

---

①　1俄亩合1.09公顷。

过路客 那他怎么保护自己的土地呢？我想他的地总有五俄里长吧？他怎么能看守呢？

农民 你说得真怪。他侧着身子睡觉，肚子越来越大，因此他用保镖。

过路客 那么，保镖又是从你们中间找的吧？

农民 还能从哪儿找，当然从我们中间找。

过路客 这么说来，庄稼人自己给地主老爷种地，自己又给他看守吗？

农民 那你说该怎么办？

过路客 该这么办，不去给他干活，也不去替他看守，土地就成为自由地了。土地是上帝的，人也是上帝的，谁要，谁就可以耕、种、收。

农民 你是说罢工吗？老伙计，对付这种事他们有的是兵。他们派兵来，一，二，三，开枪，就会有人被打死，有人被抓去。跟大兵是没什么话可说的。

过路客 士兵不也是你们的人吗？他们干吗要开枪打自己人？

农民 要不又怎样，士兵是起过誓的。

过路客 起誓吗？起誓是怎么一回事？

农民 你难道不是俄国人吗？起誓就是起誓。

过路客 你是说他们起过誓吗？

农民 要不又是什么？把手放在十字架和《福音书》上起誓：为了皇上和祖国愿意献出生命。

过路客 照我想，不需要这样做。

农民 怎么不需要啊？

过路客　不需要起誓。

农民　法律规定了，怎么不需要？

过路客　不，法律没有这样规定。可基督的律法明白禁止：根本不准起誓。

农民　是吗？那么神父怎么样？

过路客　（拿起《福音书》，翻开来找寻，然后读）"你们又听见有吩咐古人的话说，'不可背誓'，只是我告诉你们，什么誓都不可起。你们的话，是，就说是。不是，就说不是。若再多说，就是出于那恶者。"（《马太福音》第五章第三十三节、第三十七节）这就是说按照基督的律法不能起誓。

农民　不起誓就不能当兵。

过路客　那么士兵究竟有什么用呢？

农民　什么用？如果外国皇帝来打我们的皇帝，那怎么办？

过路客　皇帝他们自己吵架，那就让他们自己去解决好了。

农民　哼！那怎么办？

过路客　就这么办，凡是信上帝的，不论你怎么对他说，他都不会去杀人。

农民　那么神父怎么在教堂里宣读宣战命令，征集预备役士兵呢？

过路客　这我可不知道了，我只知道《福音书》第六章明白说："不可杀人。"这就是说，禁止人杀人。

农民　这是说在家里。打起仗来怎么能不杀人呢？是仇敌哪。

过路客　按照基督《福音书》的教导，仇敌是没有的，他要我们爱一切人。（他翻开《福音书》找寻。）

农民　好吧，你念念！

过路客和农民　│　345

过路客 （念《福音书》）"你们听见有吩咐古人的话说：'不可杀人。'又说：'凡杀人的，难免受审判。'只是我告诉你们，凡向弟兄动怒的，难免受审判。还说你们听见有话说：'当爱你的邻舍，恨你的仇敌。'只是我告诉你们，要爱你们的仇敌，为那逼迫你们的祷告。"（《马太福音》第五章第二十一、二十二节，第四十三、四十四节）

（长久的沉默。）

农民 那么，捐税怎么办？也不缴吗？

过路客 这事你应该知道。如果你的孩子在挨饿，那么，首先当然要让你的孩子吃饱。

农民 照你这么说，士兵就根本用不着了？

过路客 要他们干什么？他们从你们头上收去几百万卢布，给这批家伙吃饭穿衣可不是闹着玩的。要养活这样几百万吃白食的，而他们的用处就是不给你们土地，还要开枪打你们。

农民 （叹气，摇头）就是这样。要是大家都懂得就好。要不一两个人反对，他们就会枪毙你，或者把你送到西伯利亚去，结果就是这样。

过路客 但现在有些人，包括年轻人，他们单独信守上帝律法不去当兵，他们说：我不能违反基督律法去杀人。你们要怎么办就怎么办，我决不拿枪。

农民 那又怎么样呢？

过路客 他们被关进牢房里，这些可怜的人就在那里蹲上三四年。据说，他们在那边很好，因为长官也是人，尊重他们。有些人被释放了，说他们身体虚弱，不宜坐牢。有一个人身体魁梧，他也不宜坐牢。他们不敢关押这样的人，怕他对别人说，当兵违反上帝律法。于是就把他放了。

农民　那又怎么样？

过路客　有的获得释放，有的就死在那里。不过当兵也要死的，有时还会残废，少胳膊缺腿……

农民　你可真调皮，朋友。这样就好了，但事情往往不能这样了结。

过路客　为什么不能这样了结？

农民　因为……

过路客　因为什么？

农民　因为长官有权。

过路客　长官有权是因为你们听他的话。你们不听长官的话，他就没有权了。

农民　（摇头）你说得真怪。怎么能没有长官呢？没有长官说什么也不行。

过路客　当然不行。问题在于你认为谁是长官：是警察局长还是上帝？你要听谁的话：听警察局长还是听上帝？

农民　这还用说吗？没有比上帝更大的了。按照上帝的教导生活是头等大事。

过路客　要是按照上帝的教导生活，那就得听从上帝，而不是听从人。如果按照上帝的教导生活，那就不应该把人从别人的土地上赶走，不应该当甲长、做村长、收捐税，不应该去当警官、警士，更不应该去当兵，杀人。

农民　那么大胡子神父怎么样呢？他们应该看到这是不合乎律

法的，他们为什么不教导人应该怎么办？

过路客 这一点我不知道。他们走他们的路，你们走你们的路。

农民 那些大胡子恶鬼就是这样的。

过路客 可别这么说，不要责备别人。每个人都要记住自己的身份。

农民 这个当然。

（长久的沉默。农民摇摇头，冷笑。）

这是不是说，你主张大家齐心协力干，这样土地就是我们的了，捐税也没有了？

过路客 不，老弟，我说的不是这个意思。我不是说，按照上帝的教导生活，土地就会是我们的，捐税就不用缴了。我是说，我们的生活不好，就因为我们自己生活得不好。倘若按照上帝的教导生活，就不会有不好的生活。倘若按照上帝的教导生活，我们的生活将过得怎样，只有上帝知道，但肯定不会有不好的生活。我们自己喝酒，相骂，打架，打官司，妒忌，仇恨，不接受上帝的律法，那么，大肚子地主老财啦，大胡子神父啦，就会用金钱引诱我们，我们什么活儿都会去干；当看守，当甲长，当兵，使自己的弟兄破产，绞死人，枪毙人。自己按照魔鬼的教唆去生活，还要埋怨人。

农民 这话有理。就是太难了，太难了！有时候真受不了。

过路客 但为了灵魂必须忍受。

农民 这话说得对！我们之所以生活得不好，就是因为忘记了上帝。

过路客 问题就在这儿。所以生活得不好。你看，罢工工人说：我们把这些、那些老爷和大肚子老财统统打死，一切都是他们造成的，这样我们的生活就会好过了。他们打啊打的，可是什么好处也没有得到。做长官的也说：只要给我们一些日子，我们就把成千上万的人吊死，投入监狱，生活就会好过了。可是你看，生活还是越来越糟。

农民 这话说得对。难道可以不经过审判吗？总得按法律办事啊。

过路客 问题就在这儿。不是侍候上帝，就是侍候魔鬼，二者必居其一。你要侍候魔鬼，你就酗酒，相骂，打架，仇恨，自私，不听从上帝的律法而听从人的律法，生活就要过得不好；你要侍候上帝，只听他的话，不仅不抢人杀人，而且不责备任何人，不仇恨任何人，不参与干坏事，你的生活就不会过得不好。

农民 （叹息）老头儿，你说得很好，非常好，可惜这样的话我们很少听到。唉，要是多这样开导开导我们，情况就不同了。虽说城里也有人来，他们说他们的一套，怎样改变情况，他们说得很尖刻，可是听不出什么道理来。谢谢你，老头儿。你的话说得很好。

你要睡哪儿？睡炕好吗？婆娘会给你铺的。

一九〇九年十月十二日

КОНЕЦЪ.

草婴

（1923−2015）

原名盛峻峰，俄语文学翻译家。

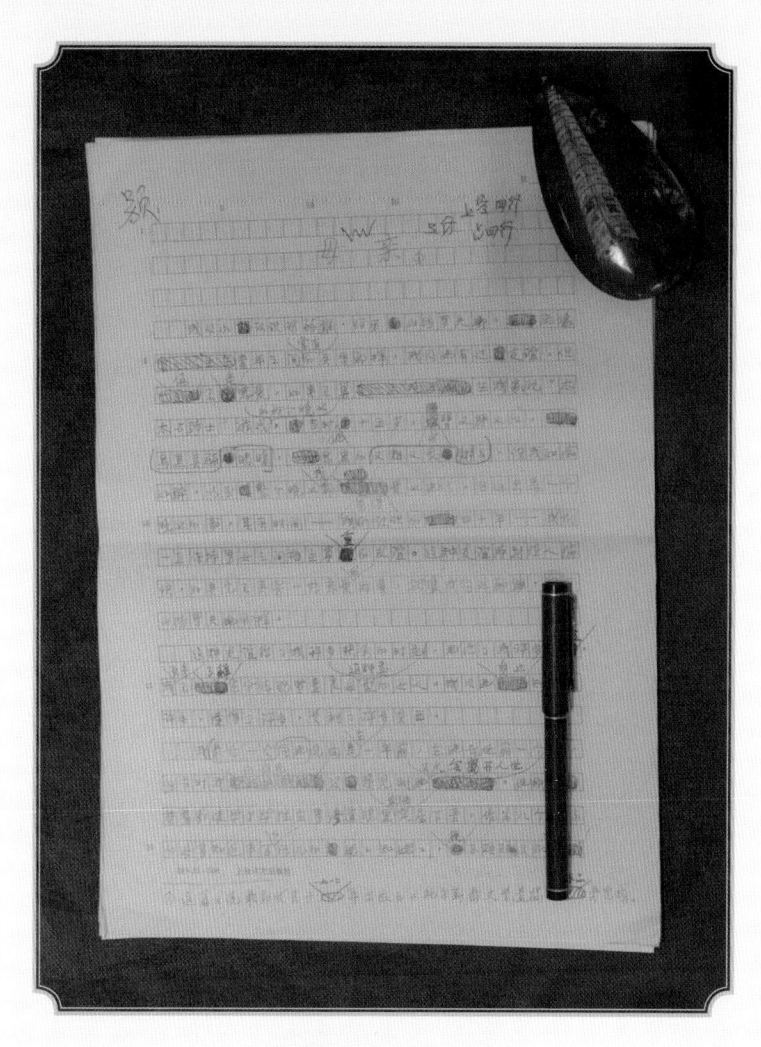

草婴翻译《母亲》手稿